dtv

Torsten Brettschneider, Mitte dreißig, führt ein durchschnittliches Leben in Frankfurt. Seine Beziehung kriselt zwar ein wenig, was er durch eine Ur-Mann-Therapie in den Griff zu bekommen versucht, doch immerhin läuft sein Job gut. Irgendwie aber genügt ihm das nicht mehr. Da erbt er überraschend einen Bauernhof in Mittelschweden und beschließt, sein Leben zu ändern: Er will ins Land der Elche ziehen. Seine Freundin Tanja findet das allerdings nicht so reizvoll und brennt mit Torstens Therapeuten an die Côte d'Azur durch. Und auch sonst entwickelt sich Torstens Vision bald zum Albtraum. Nicht nur, dass ihn auf seinem schwedischen Hof ein gewalttätiger norwegischer Ex-Widerstandskämpfer mit Wohnrecht empfängt – der ganze Ort scheint verrückt geworden zu sein! *Älgskit!* Was für eine Elchscheiße. Ob Torsten aus der Schwedennummer je wieder rauskommt?

Lars Simon ist Jahrgang '68 (das erklärt vielleicht einiges, aber nicht alles) und hat nach seinem Studium zuerst lange Jahre als Marketingleiter einer IT-Firma gearbeitet, bevor er als Touristen-Holzhaus-Handwerker mit seiner Familie über sechs Jahre in Schweden verbrachte. Heute lebt er in der Nähe von Frankfurt am Main.

Lars Simon

Elchscheiße

Roman

Deutscher Taschenbuch Verlag

Jede Ähnlichkeit mit realen Personen, Orten,
Handlungen wäre rein zufällig und
vom Autor nicht beabsichtigt.

Ab Seite 283 findet sich ein
kleines Schwedisch-Kompendium.

Ausführliche Informationen über
unsere Autoren und Bücher
finden Sie auf unserer Website
www.dtv.de

Originalausgabe 2014
© 2014 Deutscher Taschenbuch Verlag GmbH & Co. KG,
München
Dieses Werk wurde vermittelt durch die Literarische Agentur
Thomas Schlück GmbH, Garbsen
Umschlagkonzept: Balk & Brumshagen
Umschlaggestaltung: Lisa Höfner unter Verwendung
eines Fotos von gettyimages/Meinrad Riedo
Satz: Greiner & Reichel, Köln
Gesetzt aus der Sabon 10/12,75˙
Druck und Bindung: Druckerei C.H.Beck, Nördlingen
Gedruckt auf säurefreiem, chlorfrei gebleichtem Papier
Printed in Germany · ISBN 978-3-423-21508-4

älg Zool. [εlj] (-en; -ar) **Elch** *m*; Substantiv, maskulin – größtes Tier unter den Hirschen, das sich durch einen massigen Körper und ein schaufelförmiges Geweih auszeichnet; histor. Elen, Elentier.

skit vulg. [ʃiːt] (-en; -ar) **Scheiße** *f*; Substantiv, feminin – 1. Kot; 2. Ausdruck großen Ärgers.

Älgskit! vulg. [εljʃiːt!] (-en; -ar) **Elchscheiße!** *f*; Substantiv, feminin – 1. lauter Ausruf beim unerwarteten Auffinden eines gigantischen Haufens Losung des größten zu den Hirschen gehörenden Tieres mit massigem Körper und schaufelförmigem Geweih in gebrauchten Gummistiefeln; 2. größtmögliches Zusammenspiel von schlechten, ärgerlichen Unerfreulichkeiten; 3. Anm. Beides kommt meist Hand in Hand daher.

EINS

Ich nippte an meinem Cappuccino und dachte nach.

Kürzlich hatte ich eine inspirierende Fernsehdoku gesehen, die von einem Ex-Banker handelte, der sich mit seiner gigantischen Abfindung eine ganze Südseeinsel gekauft hatte und nun dort in einer Hütte aus Palmwedeln hauste und nichts anderes tat, als das Leben einer bestimmten Vogelart zu dokumentieren, die nur auf seinem Eiland vorkam und die wahrscheinlich außer ihm und dem Fernsehsender auch niemanden sonst interessierte. Aber egal. Er hatte eine Vision und ging ihr nach. Das imponierte mir.

Also hatte ich letzte Nacht etwas beschlossen.

»Du, Tanja, ich schreibe ein Buch«, platzte es aus mir heraus.

»Wie bitte? Was?«, kam es zurück. Dabei sah sie mich an, als hätte ich ihr von meiner in Bälde anstehenden Geschlechtsumwandlung erzählt.

»Warum denn nicht? Immerhin habe ich ein Thema mit einer riesigen Zielgruppe.«

»Was denn für eins?«

»Es wird ein Buch für Männer in der Midlife-Crisis, allerdings nicht als Ratgeber, sondern verpackt in einer witzigen Erzählung. Ein Bildungsroman sozusagen.«

Ich nickte bekräftigend.

Tanja stand auf und stellte ihre Tasse auf die Spüle.

»Meinst du nicht, es wäre für dich sinnvoller, so ein Buch zu lesen, anstatt es zu schreiben?«

Respekt ist ganz, ganz wichtig in einer Beziehung.

Aber wahrscheinlich war der vogelliebhabende Ex-Banker mit seiner Vision auch nicht überall sofort auf Begeisterung gestoßen. Der hatte nämlich mit entschlossenem Blick einen beeindruckenden Schlusssatz in die Kamera gesagt, nachdem diese einen letzten Schwenk über sein Inselparadies vollführt hatte, wo im dichten Urwaldgrün bunt gefiederte Vögel herumflatterten. »Ein Mann muss tun, was ein Mann tun muss!«

Diesen Spruch hatte er zwar bestimmt aus einem Film geklaut, aber er klang überzeugend, und irgendwie passte er auch.

»Torsten! Mensch, du kommst zu spät!«, fuhr Tanja plötzlich erschrocken auf und beendete die Diskussion über meine literarischen Pläne. »Hast du mal auf die Uhr geschaut?«

Nein, hatte ich nicht. Was sollte die Frage? Ich war quasi Schriftsteller! Hatte Tanja mir überhaupt zugehört? Mein Blick begegnete jetzt trotzdem der Küchenuhr. »Hoppla! Schon Viertel vor acht.«

Ich zog schnell den Mantel über, schnappte mir meine Aktentasche, eilte durch den Flur und öffnete die Wohnungstür. Der Schriftsteller musste warten. »Bis später, Häschen!«, rief ich zurück. Tanja hatte in der Küche damit begonnen, die Spülmaschine einzuräumen.

»Du hast nicht vergessen, dass Renate und Ferdinand heute Abend um halb acht zum Essen kommen, oder?«, kam es aus der Küche.

»Nein, weiß ich!«, antwortete ich lautstark. Im Treppenhaus hallte es. »Soll ich noch etwas besorgen?«

»Ja, bring doch bitte zwei frische Baguettes mit, wenn du von der Arbeit kommst«, gab sie mir zwischen Besteckklirren und Tassengeklapper mit auf den Weg.

Die 08:15-Uhr-Bahn war brechend voll. Von der um 08:02 Uhr hatte ich nur noch die Rücklichter im Tunnel verschwinden sehen. Sie war höhnisch lachend vor mir geflohen. Doch jetzt ruckelte ich endlich zusammen mit den anderen Fahrgästen von Ginnheim in die Frankfurter City. Ferdinand und Renate. Ich mochte die beiden eigentlich recht gerne, ihn, obwohl er übertrieben frankophil war, und sie, seine Lebensgefährtin und zugleich beste Freundin von Tanja, obwohl sie übertrieben esoterisch war. Noch mehr hätte ich mir allerdings einen ruhigen Abend in Zweisamkeit mit meiner Freundin gewünscht. Der war überfällig, denn unser Gespräch am Frühstückstisch war leider repräsentativ für den aktuellen Stand unserer Beziehung. Es hätte durchaus besser laufen können. Mit weniger Sand im Getriebe.

Doch dafür hatte ich ja Ferdinand. Der war nämlich nicht nur frankophil, sondern auch Gesprächstherapeut und promovierter Psychologe. Seit gut drei Monaten ging ich mehr oder weniger regelmäßig zu ihm. Heimlich. Niemand wusste davon, vor allem Tanja nicht. Alles hatte nach einem ziemlich fiesen Streit mit ihr kurz nach Weihnachten begonnen, den Ferdinand am Rande mitbekommen hatte. Ganz Gentleman und Freund hatte er geschwiegen, mich aber am nächsten Tag angerufen und mir den Vorschlag gemacht, mich mal bei ihm auszusprechen. Er habe das Gefühl, ich unterdrücke zu viel von mir, sei deshalb unzufrieden und könne daher mit Stresssituationen in der Beziehung dementsprechend unzureichend umgehen. Ich müsse wieder mehr der Ur-Mann werden, der ich einmal gewesen sei. Ferdinand war Anhänger dieser Theorie mit leicht machistischen Tendenzen. Höhle, Faustrecht, Weibchen, Jagd, Instinkte, Beute und Feuer machen, eben Ur-Mann sein. Etwas, das nach seinem Dafürhalten in der heutigen Gesellschaft zu sehr in Vergessenheit geraten sei, aber hundertprozentig noch genauso gut funktioniere wie vor knapp zwanzigtausend Jahren. »Steinaxt statt iPhone«, sagte er abschließend scherzhaft und lachte dabei wie ein provenzalischer Landadliger. So munterte er mich zwar auf, und das war total nett von ihm, dennoch haderte ich damit, seine Dienste wirklich in Anspruch zu nehmen. Und war seine Frau-Mann-Beziehungstheorie nicht ein klein wenig zu anachronistisch?

Am Ende hatte ich trotzdem zugesagt. Was hatte ich zu verlieren?

Drei Haltestellen später stieg ich aus und die Treppe vom U-Bahnhof nach oben zurück ins Tageslicht. Dann schob ich mich noch einen halben Kilometer durch Schwärme von Menschen, an hupenden Autos vorbei, bis ich an die Hanauer Landstraße kam, wo sich die Büros von Wieland IT-Security befanden. Ein altes Loftgebäude aus roten Ziegeln mit meterhohen stahlgrauen Fenstern und geweißten Gewölbedecken. Meine Schritte hallten durch das lichtdurchflutete, klimatisierte Treppenhaus, dann durch den Flur, bis ich mein Büro erreichte. Ich legte die Aktentasche auf den kleinen Besprechungstisch, zog mein Sakko aus und hängte es an die Garderobe, lief in die Teeküche, zapfte mir eine Latte macchiato und setzte mich an meinen Schreibtisch.

»Guten Morgen«, piepste es.

Ich sah auf. Elisa stand in der Tür. Sie war Vertriebsmitarbeiterin in meinem Team, Anfang dreißig, hatte die Stimme eines Vögelchens, lispelte ganz leicht und trug ihre Kostüme immer eine Nummer zu eng und zu kurz. Sie war trotzdem ledig.

»Eine Frau mit einem seltsamen Akzent hat angerufen. Sie wollte nicht verraten, worum es geht, und sich gleich noch mal melden. Wahrscheinlich wieder nur eine Telefonverkäuferin.«

»Alles klar, danke«, sagte ich und öffnete meine E-Mails, kam aber nicht dazu, sie zu lesen, denn da klingelte es bereits. Ich nahm ab.

»Brettschneider.«

»Herr Brettschneider? Torsten Brettschneider?«, fragte es leise am anderen Ende.

Ein Blick auf das Display zeigte eine ellenlange Nummer, die mit null-null-vier-sechs begann. Wo war das denn? Ein Callcenter in Tadschikistan? Die Länderkennung kam mir trotzdem bekannt vor. Es musste die Telefonverkäuferin sein, vor der mich Elisa eben noch gewarnt hatte. Sie hatte in der Tat einen seltsamen Akzent, aber auch eine ziemlich süße Stimme.

Ich wiegelte ab, bevor sie überhaupt mit ihrem eingeübten Verkaufsgespräch beginnen konnte: »Nichts für ungut, aber ich brauche weder Unterhosen noch todsichere Anlagen auf den Caymans.«

Pause.

»Ich will Ihnen nichts verkaufen, Herr Brettschneider. Mein Name ist Åsa Norrland. Ich bin Justiziarin für Auslandsangelegenheiten bei der schwedischen Anwaltskanzlei Svensson in Borlänge.«

»Schwedische Anwaltskanzlei?«

»Ja, Anwaltskanzlei. Wir vertreiben normalerweise weder Herrenunterbekleidung noch Geldanlagen.«

Ich schluckte.

»Tut mir leid. Bei uns rufen so viele Verkäufer an, dass ich dachte …«

»Kennen Sie eine gewisse Lillemor Eriksson?«, überging sie die Entschuldigung meiner Peinlichkeit.

»Wen?«

»Sie war Ihre Großtante mütterlicherseits.«

»Meine was?«

»Die Schwester der Mutter Ihrer Mutter.«

»Danke, ich weiß, was eine Großtante ist, aber ich wusste bis eben nicht, dass ich eine hatte.«

»Hatten Sie, aber ich muss Ihnen leider mitteilen, dass sie vor zwei Wochen im Alter von einundachtzig Jahren verstorben ist.«

Wir begingen gemeinsam eine Pause. Sie bestimmt, weil sie pietätvoll das Abebben meines Schmerzes über den unerwarteten Verlust einer Angehörigen zulassen wollte, und ich, weil ich mir das Hirn zermarterte, wer denn zur Hölle Tante Lillemor gewesen war.

»Das tut mir natürlich leid, besonders für Tante Lillemor selbst«, nahm ich das Gespräch unbeholfen wieder auf und versuchte gleichzeitig, meine Unwissenheit elegant zu umschiffen, »aber weshalb erzählen Sie mir das?«

Frau Norrland schien sich durch einen Stapel Unterlagen zu wühlen; am anderen Ende der Leitung raschelte es eine Zeit lang.

Abrupt hörte das Geräusch auf.

»Hier habe ich den Aktenvermerk. Ich darf Ihnen weiterhin mitteilen, dass Sie der letzte lebende Verwandte in direkter Nachkommenschaft von Frau Eriksson und damit ihr Alleinerbe sind.«

»Alleinerbe?«

»Ja.«

»Was heißt das in Zahlen?«, fragte ich vorsichtig, um nicht gierig zu erscheinen.

»Sie hat 17356 Kronen auf einem Sparbuch.«

»Wie viel ist das in etwa in Euro?« Jetzt wurde es interessant, denn diese Summe klang eher nach gebrauchtem Porsche Boxster als nach Campingurlaub im Sauerland. Ich sah mich schon mit Tanja die Promenade Riminis in meinem silbernen Flitzer entlangfahren und mich dabei an den neidischen Blicken der Passanten und dem Winken braun gebrannter Strandschönheiten in knappen Bikinis ergötzen.

Åsa tippte etwas in ihren Computer.

»Genau 1938 Euro und siebenundzwanzig Cent, Kurs heute«, gab sie zurück.

Es soll ja schöne Ecken im Sauerland geben.

»Na ja, besser als nichts«, sagte ich.

»Das ist noch nicht alles.«

Es raschelte wieder.

»Ja?«, fragte ich ungeduldig und lauschte gespannt in den Hörer. Was hatte mir die anscheinend wenig wohlhabende Großtante Lillemor denn noch vererbt? Einen halben Elch in der Tiefkühltruhe? Ein paar Klafter Brennholz? Eine alte Axt? Ihre Gummistiefel?

Endlich sprach Åsa Norrland weiter: »Sie hat Ihnen außerdem den Storegården in Gödseltorp vermacht.«

»Den was? Storegården? Was ist das? Ein Schrebergarten?«

»Nein, Herr Brettschneider. Das ist ein Gehöft in Mittelschweden, in der Nähe des Örtchens Gödseltorp in Dalarna am Gödselsjö gelegen, mit knapp vierzig Hektar Nutzwald und einigen Nebengebäuden. Der Verkehrswert liegt etwa bei zweihundertfünfzigtausend Euro.«

ZWEI

»Weißt du, was passiert ist?«, rief ich, stolperte in den Flur und ließ die Aktentasche neben der Tür fallen.

Tanja sah mich verständnislos an und dann auf meine leeren Hände. »Ja. Du hast die Baguettes vergessen.«

Auf dem Weg zum Bäcker machte ich mir meine Gedanken. Mein Job, mein neuer Traum von einem eigenen Buch und ein Bauernhof in Schweden. Ich konnte es noch immer nicht fassen. Tante Lillemor. Dunkel zogen verblasste Erinnerungen an diesen Namen auf, aber ich konnte ihn einfach nicht einordnen. Meine Mutter war seit über fünfundzwanzig Jahren tot. Bestimmt hatte sie von ihrer Tante das eine oder andere Mal gesprochen, vielleicht hatte ich sie sogar als Kind einmal persönlich kennengelernt, damals in Schweden, aber es war schlicht und ergreifend zu lange her. Mein Vater hatte Lillemor nie erwähnt. Ohnehin war er seit dem Tod meiner Mutter nicht mehr oben gewesen und hatte kaum ein Wort über die Heimat seiner Frau verloren, wo er immerhin zusammen mit ihr über ein Jahrzehnt gelebt hatte. Vierzig Hektar Nutzwald. Ob die Einnahmen aus den Holzverkäufen genügten, um sich als Autor eines Männerbildungsromans über Wasser zu halten? Was brauchte man da zum Leben?

»Worzellstang oder Franzosebrot?«, fragte mich die Bäckereifachverkäuferin in breitem Hessisch.

»Franzosenbrot. Zwei. Danke.«

Die beiden Baguettes unterm Arm machte ich mich auf nach Hause. Unterwegs lief mir ein indischer Blumenverkäufer über den Weg, der gerade aus einer Gaststätte kam.

»Rose?«, fragte er und bleckte die Zähne.

Ich erwarb ein langstieliges tiefrotes Exemplar für Tanja. Eine ältere Frau, zwei Lidl-Tüten in der Hand, lächelte mich verschmitzt an.

»Ist die Blume für mich? Danke schön. Wie komme ich zu dieser Ehre?«

Tanja drehte sich um, zog eine schmale Vase aus einem der unteren Küchenschränke, füllte sie mit Wasser, schrägte den Rosenstiel an und platzierte die Blume auf der Fensterbank.

»Na ja«, antwortete ich verlegen, »es ist schon etwas her seit dem letzten Blumenstrauß, Häschen, und außerdem muss ich dir etwas sagen …«

»Von mir aus, aber nur, wenn es schnell geht und wirklich wichtig ist. Ferdinand und Renate kommen in einer halben Stunde, und meistens kommen sie mehr als pünktlich, wie du weißt. Kannst du dich bitte rasch umziehen und das Baguette aufschneiden? Der Tisch ist noch nicht gedeckt, und die Himbeeressig-Vinaigrette für das Vorgericht müsste auch noch gemacht werden.«

Ich starrte ihr auf den Rücken. Sie stand vor der Spüle, ordnete Rucolablätter und Granatapfelkerne halbkreisförmig auf den Vorspeisentellern an und drapierte ein Häufchen saftig glänzender Cocktailtomaten in die Mitte des Arrangements. Wie hingebungsvoll sie sein konnte. Wie erotisch sie das Gemüse liebkoste.

»Ach, ich erzähl's dir später in Ruhe.«

Ich zog mich um, bereitete eine fruchtige Soße für den Salat zu und schnitt das Brot. Noch während ich die letzten Scheiben des Baguettes vom Laib abtrennte, klingelte es.

Zehn vor halb acht.

Tanja wischte sich die Hände an einem Geschirrtuch sauber und eilte zur Tür.

Ferdinand: »Tanja. Mensch toll siehst du aus. Neue Frisur?«

Renate: »Hallo, Tanja!« Bussi-Bussi.

»Moin Torsten. Hat sie dich zur Hausarbeit verdonnert?«, lachte Ferdinand, als er die Küche betrat und sportiv auf mich zuschnellte, um mich mit einem festen Händedruck zu begrüßen.

»Nee, nix verdonnert. Soßen sind fast so eine Art Domäne von mir. Oh, du hast ja Wein mitgebracht«, sagte ich und deutete auf den Leinenbeutel, den Ferdinand in der anderen Hand trug.

»Ja. Das ist mein kleines Gastgeschenk. Wir können es ja gleich mal aufmachen. Ich weiß ja, dass du keinen Bordeaux zu Hause hast, du verstehst?«

Er zwinkerte.

Ich verstand.

»Bist doch nicht böse deswegen, oder?«

»Quatsch«, entgegnete ich. »Solange ihr nicht auch noch euer Essen mitbringt.«

»Die Vinaigrette ist große Klasse, Torsten. Himbeeressig, stimmt's?«

»Was du alles herausschmeckst, ist wirklich erstaunlich. Eine ganz sensible Zunge hast du, Ferdinand«, sagte Tanja.

Ferdinand lachte geschmeichelt.

»Danke für die Blumen!«, sagte ich und hob das Glas. »Prost!«

Wir stießen an und nippten am Wein.

»Schmeckt er dir?«, fragte Ferdinand und fügte an: »Ich liebe ihn. Premier Cru und nur siebenundzwanzig Euro die Flasche. Für den Preis nicht zu toppen, was?«

»Hm, der ist echt ganz okay. Fast so wie mein Rioja«, entgegnete ich scherzhaft und fing mir von Tanja einen strafenden Blick ein.

Als Hauptgang hatte Tanja toskanischen Krustenbraten zubereitet, den sie mit Steinpilzrisotto servierte. Es schmeckte fabelhaft.

»Bekomme ich noch etwas Bordeaux?«, fragte ich Ferdinand und hielt ihm auffordernd mein Glas hin.

»Meinst du nicht, du solltest ein bisschen weniger trinken, Torsten?«

Tanja sah mich an. Langsam, ganz langsam zog ein Gewitter in ihrem Gesicht herauf. Aber es war noch weit entfernt. Höchstens ein Wetterleuchten.

»Weniger? Wieso? Ich habe schließlich was zu feiern, Leute!«

Alle blickten mich fragend an. Ich hatte beschlossen, die Bombe platzen zu lassen.

»Was denn?«, wollte Tanja wissen.

»Beförderung?«, fragte Renate und tupfte sich mit der Serviette den Ölfilm von den Lippen.

18

»Schwanger?«, erkundigte sich Ferdinand und lachte über seinen eigenen Scherz.

»Alles falsch«, sagte ich und machte eine dramaturgische Pause. »Ich habe geerbt!«

Es war einige Sekunden ganz still.

»Was hast du?« In Tanjas Gesicht stand Ungläubigkeit. Sie rückte etwas näher.

»Geerbt!«, wiederholte ich lauter.

»Oh Gott, dein Vater?«, fragte Ferdinand.

»Nein, Tante Lillemor!«

Tanja nahm mir das Weinglas weg und stellte es auf den Tisch.

»Ist das ein Scherz?«

»Nein, ist es nicht«, erklärte ich. »Tante Lillemor ist wirklich tot, und mir hat sie ihren Bauernhof in Schweden vermacht. Mit Wald.«

»Wer ist Tante Lillemor?«, wollte Tanja wissen.

»Sie war die Tante meiner Mutter, und ich bin der Alleinerbe.«

»Na, dann kann man ja nur gratulieren!« Ferdinand hob sein Glas.

»Das ist ein kosmisches Zeichen«, kommentierte Renate und ließ den Blick verklärt in Richtung Zimmerdecke schweifen.

»Fragt sich nur, wofür«, entgegnete Tanja.

DREI

»*Dir* hat sie den Hof vererbt?«

Mein Vater war fassungslos. Fast bellte er diese Worte in den Hörer.

»Was ist daran so ungewöhnlich? Ich meine, ich bin immerhin ihr letzter lebender Verwandter gewesen. Und bitte schrei nicht so. Mein Bordeauxkopf pocht ...«

»Bild dir bloß nichts darauf ein«, fuhr mein Vater in unverminderter Lautstärke fort. »Außerdem, was willst *du* denn schon mit vierzig Hektar Wald und einem Bauernhof?«

Ich liebte es, wenn mein Vater das »Du« so betonte, als sei ich zu blöd für alles. Er war Diplom-Ingenieur und ich nicht. Manche Dinge ändern sich eben nie.

»Was man halt mit vierzig Hektar Wald und einem Bauernhof so macht. Spazieren gehen, Bäume fällen, verpachten oder dort leben oder alles zusammen, und wenn es nur für eine Weile ist.«

»Leben? In Gödseltorp, diesem Drecksnest? Da willst du nicht tot überm Zaun hängen!«

»Die Stockholmer Schären wären mir auch lieber, Papa, aber die Immobilie ist nun mal in Gödseltorp. Was hast du denn gegen den Ort?«

»Ein Drecksnest bewohnt von Drecksäcken«, knurrte mein Vater.

»Mama kam doch auch da her.«

»Na und? Wir sind dann nach Deutschland übersiedelt, wenn du dich daran noch erinnerst. Aus gutem Grund.«

»Genau das ist mein Problem, Papa. Ich erinnere mich an nicht mehr viel. Ich war drei Jahre alt damals.«

»Vier.«

»Gut, dann eben vier. Ist ja auch egal. Jedenfalls werde ich das Erbe antreten und da mal hochfahren.«

»Und dein Job?«

»Ich nehme meinen Jahresurlaub.«

»Aha. Und Tanja? Wolltet ihr dieses Jahr nicht auf die Kanaren?«

»Wollten wir. Geht aber nicht, denn wir fahren jetzt ja nach Schweden.«

»Das wird ihr nicht gefallen.«

»Stimmt. Aber wenn es danach ginge, bräuchte ich gar nichts mehr zu machen. Ihr missfällt nämlich in letzter Zeit so ziemlich alles, was ich tue.«

»So schlimm?«

»Weiß nicht. Lassen wir das. Ich komme die Tage abends mal rum und leihe mir deine alten Schweden-Karten – und vielleicht kannst du mir ein wenig über Gödseltorp erzählen?«

»Ja meinetwegen. Drecksnest.«

»Ich hab dich auch gern. Bis dann.«

VIER

Nach dem Telefonat mit meinem Vater fuhr ich zu Ferdinand in die Praxis. Erster Stock in einer Altbauvilla in Sachsenhausen, einem der südlichsten Stadtteile von Frankfurt und zugleich einem der teuersten. Ich hatte mal wieder einen Termin, auch wenn ich mittlerweile meine Zweifel hatte, ob Ferdinand tatsächlich die beste Option gewesen war, denn die Situation zwischen Tanja und mir hatte sich nicht wirklich verbessert, seitdem ich zu ihm auf die Couch ging. Im Gegenteil. Die Gräben wurden tiefer, schien es mir. Doch Ferdinand hatte nur den Kopf geschüttelt und milde gelächelt, als ich das und meine diesbezüglichen Bedenken vor einigen Wochen zur Sprache gebracht hatte. »Weißt du, Torsten«, hatte er erklärt, »in der Psychologie ist es bisweilen wie in der Homöopathie: Am Anfang können sich die Symptome noch verstärken, bevor eine Besserung eintritt. Tanja bekommt langsam den Ur-Mann zurück, den sie mal geliebt hat. Selbstbewusst, das Herz am rechten Fleck und voller Lebensmut und Entscheidungskraft, den Typen, der das Feuer in der Höhle am Brennen hält und die wilden Tiere erlegt, verstehst du? Sie hat nur vergessen, wie das war, und muss sich daran erst wieder gewöhnen, okay?«

Ich drückte auf den patinierten Messingknopf neben der Tür. Weit entfernt erklang das Rasseln einer altmodischen Klingel.

Ferdinand hatte kein Schild montieren lassen, das auf seine Tätigkeit als Therapeut hinwies. Aus Gründen der Diskretion, wie er mir erklärt hatte, als ich ihn einmal darauf ansprach.

Lauter werdende Ledersohlen auf Eiche natur. Ein teurer Klang. Die Tür öffnete sich, und Ferdinand streckte mir lächelnd die Hand entgegen.

Er nahm mir meine Jacke ab, und ich folgte ihm in sein Besprechungszimmer. Warmes Frühlingslicht fiel durch die hohen Scheiben.

»Ein Schlückchen Mineralwasser?«

»Ja, danke.«

Ferdinand schenkte ein. Mit dem Rücken zu mir fragte er: »Und? Hast du dir das mit dem schwedischen Bauernhof noch mal durch den Kopf gehen lassen, oder steht deine Entscheidung fest?«

Er drehte sich um und hielt mir das Glas hin. Ich nahm es, trank einen Schluck, stellte es auf den Sechzigerjahre-Retro-Tisch vor mir und setzte mich auf die schwarze Lederliege.

»Ja, ich will das eigentlich nach wie vor machen.«

»*Eigentlich?*« Ferdinands Stimme hatte einen väterlichen Ton angenommen. Er setzte sich auf den Sechzigerjahre-Retro-Freischwinger mir gegenüber.

»Tanja wird es nicht gerade lieben«, wandte ich zögerlich ein.

»Nein, wird sie nicht. Anfangs. Aber du wirst sehen, dass sie deine Entscheidung respektieren lernt und dadurch auch wieder den angemessenen Respekt für dich als Ur-Mann empfinden wird. Deine Entscheidung erfordert Mut, aber den scheinst du zu haben. Das ist gut. Ur-Männer haben Mut.«

Ich trank wieder. Ich hatte Nachdurst. Der Bordeaux.

»Ich muss doch irgendwann mal anfangen, meinen Weg zu gehen. Ich meine, mein Buch, mein Traum, mal einen Schnitt im Leben, verstehst du? Mal von vorne anfangen. Tanja und ich, na, du weißt ja. Da läuft nicht mehr viel, auch im Bett nicht. Sie rennt dreimal die Woche vormittags in ihr Fitnessstudio, geht halbtags als Beautyberaterin in diesem Kosmetikladen arbeiten, kommt nach Hause, kocht was und sagt nicht viel. Das war's.«

»Eine neue Höhle würde euch beiden guttun. Du hast es verstanden, Torsten, du musst es nur noch machen. Frauen wollen einen Ur-Mann, der den Speer in die Hand nimmt und Entscheidungen trifft. Lieber eine falsche als keine.«

»Du glaubst, es wäre ein Fehler, das mit Schweden?«

»Nein, Unsinn«, wiegelte Ferdinand ab und hob beschwichtigend die Hände. »Ich sage nur, selbst wenn es einer wäre, ist es so immer noch besser, als die Sache auszusitzen. Sonst kommt ihr nicht vom Fleck und du auch nicht. Was ist mit deinem Job?«

»Ach ja, es geht. Ich meine, es läuft finanziell nicht übel, aber irgendwie befriedigt er mich nicht mehr so. Frag mal eine Kuh, wie aufregend sie Gras findet, wenn die Wiese überall fettgrün bewachsen ist.«

Ferdinand schmunzelte. »Was machst du, wenn es dir in Schweden so gut gefällt, dass du bleiben willst?«

»Ich habe noch achtundzwanzig Tage bezahlten Urlaub dieses Jahr. Das sind mehr als fünf Wochen. Das sollte doch genügen, um das herauszufinden, oder?«

»Das habe ich nicht gefragt.« Ferdinand hob die Augenbrauen und sah mich durchdringend an.

»Keine Ahnung. Am liebsten würde ich kündigen.«

Bums! Das war so plötzlich aus mir herausgerutscht, dass ich es selbst kaum glauben konnte.

»Kündigen?«, hakte Ferdinand nach.

»Ja und nein, ich meine, es ist ein guter, sicherer Job, und die Raten für die Wohnung …«

»Stopp!«, rief Ferdinand. »Das hatten wir schon oft besprochen. Hör auf dein Bauchgefühl, lass dich von deinen Instinkten leiten, okay? Also, wie ist dein Traum? Raus damit! Ohne Grenzen.«

So hatte ich das Ganze noch überhaupt nicht gesehen. Ich begann zu grübeln. Ferdinand ließ mich dabei nicht aus den Augen.

»Gut«, sagte ich schließlich. »Mein Traum? Ohne Grenzen? Hm, ich habe einen Hof, der zweihundertfünfzigtausend Euro wert ist, ich habe ein wenig auf die Seite gelegt, und davon kann ich die Raten für die Wohnung locker ein Jahr zahlen, und wenn alle Stricke reißen, dann verkloppe ich den Hof da oben, nehme das Geld und komme zurück. So viel Startkapital haben die wenigsten. Ich könnte in Schweden meinen Traum verwirklichen und endlich mein Buch schreiben.«

Ferdinand schenkte mir Wasser nach. Ich trank und grübelte weiter. Die Idee gefiel mir immer besser. Dann kam mir Tanja in den Sinn.

»Das macht Tanja nie und nimmer mit.«

Ferdinand schüttelte den Kopf.

»Das muss sie anfangs doch auch gar nicht. Fahr einen Monat da hoch, alleine. Das wird ihr imponieren, und wenn du das da oben hinbekommst, dann holst du sie nach. Es muss ja nicht für immer sein.«

»Ich könnte ihr sagen, dass das Abenteuer mich

stark machen und uns wieder näher zusammenbringen wird ...«

»Genau!«, freute sich Ferdinand. »So gibst du ihr auch die Chance, dass sie sich wieder in ihre Rolle als Ur-Frau einfinden kann.«

»Das klingt nach einem echt guten Plan.«

»Aber ja, Torsten. Das Leben ist ein einmaliges Experiment. Wir kommen euch auch öfter besuchen da oben. Mann, Junge, Ur-Mann, was für eine Story! Ich beneide dich darum und wünschte, ich könnte so eine Riesensache machen.«

»Könntest du doch.«

»*Ich* bin mit meinem Leben und meiner Beziehung aber ganz zufrieden«, konterte er.

»Du hast vollkommen recht«, gestand ich nach kurzem Nachdenken ein. »Ein Ur-Mann muss tun, was ein Ur-Mann tun muss!«

Ferdinand sprang auf und klopfte mir über den Tisch hinweg auf die Schulter. »Sehr gut, Torsten! Liebe wird aus Mut und Entschlossenheit gemacht. Es wird zuerst Streit geben, klar, aber das ist nur ihre Schutzhaltung als Weibchen, verstehst du? Sie wird dich für deine Konsequenz letztendlich anhimmeln, glaube mir. Was meinst du, wie viele frustrierte Ehefrauen zu mir kommen und sich genau das von ihren Männern wünschen, aber nicht bekommen? Du wärst eine leuchtende Ausnahme. Quasi der Archetyp des Ur-Manns. Ein Held. Durch und durch begehrenswert.«

FÜNF

Es war Montagmorgen, halb zehn.

Ich atmete tief durch. Freiheit! Ein erhebendes Gefühl. Im Café an der Ecke trank ich einen Espresso. Dann schlenderte ich beschwingt nach Hause.

Tanja war noch da. Der Schönheitssalon, in dem sie montags bis freitags Typberatung machte, öffnete erst um zehn.

»Was machst du denn hier?«, fragte sie erstaunt.

»Ich habe gekündigt, Häschen.«

Es war genau, wie Ferdinand es vorhergesagt hatte. Es gab einen Riesenkrach. Tanja wechselte mehrfach übergangslos vom Zetern ins Heulen, vom Heulen ins starrende Schweigen und wieder zurück ins Zetern. Einzig die Prophezeiung, Tanja würde beginnen, mich für meine Entscheidung anzuhimmeln, ließ etwas auf sich warten. Wahrscheinlich brauchte sie einfach Zeit, um sich daran zu gewöhnen und um diese Gefühle zuzugeben. Ist ja auch nicht leicht für eine Frau, wenn sie ihrem Ur-Mann wiederbegegnet.

Ich hingegen wirkte auf mich ruhig und selbstbewusst. Echte Männer sind so.

Auch als Tanja Hals über Kopf die Wohnung verließ und die Treppe hinunterraste, blieb ich gelassen und sah ihr vom Balkon aus nach, wie sie über die Straße rannte, sich in ihr MINI Cabrio setzte, die Tür zuknallte und

27

beim Kavalierstart fast ein altes Mütterchen mit Rollator überfuhr.

Eine Zeit lang lief ich etwas ziellos in der Wohnung umher. Nicht nur Tanja musste sich erst an diese gravierenden Veränderungen gewöhnen, auch für mich kam das alles doch sehr spontan. Aber ich fühlte mich gut.

Ich beschloss, Ferdinand anzurufen. Ihm hatte ich meine Entschlussfreudigkeit schließlich zu verdanken.

Es klingelte ungewöhnlich lange, bis er abnahm.

Im Hintergrund schluchzte jemand.

»Ich hab's getan. Aber ich störe gerade, nicht wahr? Ich melde mich nachher noch mal«, sagte ich, als ich die Situation begriff. Ein Patientengespräch.

Ferdinand hielt den Hörer zu. Gedämpft kamen unverständliche Worte an mein Ohr. Dann ganz deutlich: »Ja, es passt gerade nicht so. Ich rufe dich in ungefähr einer Stunde zurück.«

»Alles klar. Bis dann.«

Ich legte auf.

Und jetzt?

Ich wollte nach Schweden. Ich nahm das ernst. Es gab viel vorzubereiten. Zuerst telefonierte ich mit meinem Vater und kündigte ihm mein Kommen für den heutigen Abend an. Ich würde eine Flasche Champagner mitbringen und bat ihn schon mal um die Vorbereitung eines Vortrags über Schweden im Allgemeinen und Gödseltorp im Besonderen.

»Drecksnest. Meinetwegen«, grummelte er zum Abschied.

Dann rief ich Åsa Norrland von der schwedischen Anwaltskanzlei Svensson an.

»Ich komme hoch«, sagte ich.

28

»Schön«, antwortete sie. »Wann?«

»Ich muss hier noch ein paar Dinge regeln, aber ich denke, Mitte, Ende nächster Woche sollte es klappen.«

»Das freut mich wirklich. Es ist ein schöner Hof, den Sie da geerbt haben. Und über die Details reden wir, wenn Sie hier sind.«

Ihre Stimme war echt sexy und süß. Dieser Akzent machte mich wahnsinnig.

»Soll ich dann zu Ihnen in die Kanzlei nach Borlänge kommen?«

»Ja. Wenn Sie genau wissen, wann Sie losfahren, melden Sie sich einfach, und wir machen einen Termin aus.«

»*Okej, det ska jag göra*«, sagte ich und freute mich, dass ich noch nicht alles vergessen hatte.

Åsa auch.

»*Jaså, du pratar svenska?*«

»*Ja, men bara lite grann. Jag har glömt det mesta.* Aber als Kind konnte ich es mal richtig. Wir haben einige Jahre in Schweden gelebt, bevor wir nach Deutschland zurückgingen, und mit meiner Mutter habe ich bis zu ihrem Tod nur Schwedisch gesprochen. Ich denke, nach ein paar Wochen kommt das schon wieder zurück.«

»Das klingt noch sehr schön«, lobte mich die süße Schwedin. »Das sind doch ideale Voraussetzungen.«

»Sagen Sie, kennen Sie Gödseltorp und die Menschen dort?«

Åsa schwieg einen Moment, dann sagte sie diplomatisch: »Ich würde sie mal als *eigen* bezeichnen.«

»Eigen?«

»Ja, eigen. Aber nett«, fügte sie rasch an, als hätte sie Angst, dass ich es mir anders überlege und meine geplante Reise absagen könnte.

»Also, Sie bekommen die Dokumente vorab per E-Mail. Die Originale sind in der Post. Ich brauche zwei Exemplare unterschrieben zurück. Beachten Sie die Regelung mit dem Hausverwalter ...«

»Ja, ja, okay, ich schau mir das an, über Details können wir später reden«, freute ich mich.

»Wie Sie meinen. *Hej då och lycka till!*«

Um 20:00 Uhr weckte mich Linda Zervakis mit der Tagesschau. Ich musste auf der Couch eingeschlafen sein, als ich mich nach dem Telefonat mit Åsa Norrland kurz hingelegt hatte, um Sendungen zu schauen, in deren Genuss man als normaler Arbeitnehmer nur kommt, wenn man Grippe hat.

Seltsam. Ferdinand hatte sich doch melden wollen. Jetzt war er bestimmt nicht mehr in der Praxis.

Und Tanja war noch immer verschwunden.

Ich duschte eilig, zog mich an und fuhr zu meinem Vater. Neben der kühlen Flasche Champagner hatte ich das ausgedruckte Exposé des geerbten Bauernhofes dabei und eine ganze Menge Fragen an meinen alten Herrn im Gepäck. Unterwegs versuchte ich es noch zweimal auf Ferdinands Mobilnummer, aber es sprang immer sofort die Mailbox an.

Mein Akku piepste.

Das Ladegerät lag zu Hause.

Ich machte das Telefon aus.

»Na, auch schon da?«, sagte mein Vater, als er die Tür öffnete, dann drückte er mich an sich. »Komm rein.«

Ich folgte ihm in die Küche und stellte den Champagner auf den Tisch.

»Lust auf Luxusbrause?«

Wortlos öffnete mein Vater den Vitrinenschrank und holte zwei Kristallgläser hervor.

»Meinst du, es gibt wirklich Grund zum Feiern?«, fragte er skeptisch.

Ich pulte die Aluminiumfolie vom Korken und begann, das Drahtgeflecht zu lösen.

»Warum denn nicht? Ich habe immerhin gestern eine Immobilie im Wert von einer Viertelmillion geerbt.«

»In einem Drecksnest.«

Der Korken knallte, und ich beeilte mich, den Flaschenhals über die Gläser zu bekommen.

»Drecksnest hin, Drecksnest her. Ich habe geerbt, und heute habe ich einen großen Schritt gemacht. Ich habe gekündigt.«

»Du hast *was*?«, rief er und machte dabei den gleichen Gesichtsausdruck wie Tanja vor ein paar Stunden. »Bist du behämmert?«

Ich schenkte noch etwas in beide Gläser nach, wartete, bis der Schaum sich gesetzt hatte, und reichte meinem Vater seinen Champagner.

»Auf die Zukunft«, sagte ich in einer Mischung aus Überschwang und Feierlichkeit und hielt mein Glas in die Höhe.

Widerwillig stieß er mit mir an.

»Du bist echt verrückt, Sohn. Das war doch ein guter Job. Und jetzt? Was willst du machen?«

Er nippte am Champagner.

»Ich werde Schriftsteller.«

Er prustete den Champagner über den Küchentisch. Der Mund war ihm offen stehen geblieben, und in seinen Augen waren viele Fragen zu lesen. Zum Beispiel: »Was habe ich falsch gemacht?«, oder: »Warum ich?« Er brauchte einige Momente, um sich wieder zu sammeln.

»Das meinst du doch nicht wirklich ernst, oder?«

»Doch. Todernst. Ich habe auch schon eine super Buchidee und habe bereits mit dem Manuskript begonnen.«

»Das ist ja toll, Torsten. Du schreibst also einen Bestseller und alles wird gut?«

»Klar. Warum denn nicht? Und wenn ich zwei oder drei Veröffentlichungen brauche, um davon leben zu können, wäre das doch auch zu verkraften, oder?«

Noch immer sah mich mein Vater an. Nun war allerdings etwas in seinen Augen, das mich wirklich aufbrachte. Nicht etwa Zorn oder Ärger, nein, es war Mitleid. Ich tat meinem Vater leid. Etwas Schlimmeres gibt es nicht.

»Mann, Papa. Glaubst du denn, ich würde mir keine Gedanken machen und hätte keinen Plan B?«

Die Augen meines Vaters sagten: »Genau das glaube ich.«

Er schenkte sich mit fahrigen Händen nach.

»Und was sagt Tanja dazu?«

»Wir haben uns gestritten.«

»Wie überraschend …«

»Danke für deinen Kommentar. Jedenfalls ist sie wutentbrannt abgedüst, und ich habe keine Ahnung, wo sie ist.«

Mein Vater trank das halbe Glas leer.

»Sie hat einen anderen. Glotz nicht so fassungslos. Ich habe damit meine Erfahrungen.«

»Wen soll *Tanja* denn schon haben?«, fragte ich mit einem Unterton, der beiläufig klingen sollte.

Mein Vater zuckte mit den Schultern.

»Das Internet ist voll von unzufriedenen Frauen, die einen Seitensprung suchen.«

»Woher willst *du* denn das wissen?«, wunderte ich mich.

»Ich bin nicht einmal Mitte sechzig, habe viel Zeit und einen PC mit Internetanschluss. Meinst du, ich sei bereits senil und impotent?«

»Aber Papa …«

»Was?«

»Na gut, ich meine, du bist alleine …«

»… und Frührentner und deshalb tote Hose oder was?«

»Nein, aber das …«

»… hättest du deinem Alten nicht zugetraut, oder?«

»Nein«, antwortete ich. Hatte ich tatsächlich nicht.

»Siehste. Und Tanja traust du das auch nicht zu?«

Ich dachte nach. Die Antwort lautete ebenfalls eindeutig: Nein! Aber das war anscheinend äußerst naiv von mir.

»Und wenn es so wäre, dann könnte ich es auch nicht mehr ändern.«

»Das stimmt allerdings. Jetzt nicht mehr. Ich sage ja auch nicht, dass es so ist, nur, dass du dich nicht wundern solltest, wenn sie zu ihrem Liebhaber gefahren ist.«

Es lief mir eiskalt den Rücken runter. Zugegeben, Tanja und ich hatten ein paar Problemchen, aber die Vorstellung, dass sie deshalb in diesem Augenblick in den Armen eines südländisch anmutenden Mittzwanzigers schmachtete, der sich auf die Zielgruppe unzufriedener und unbefriedigter Hausfrauen bis Mitte dreißig spezialisiert hatte, ließ mich erschaudern. Ja, vielleicht ließ sie sich von ihm im Moment die Seele aus dem Leib vögeln und schrie seinen Namen, während er ihr zärtlich ins Ohr biss. »Giuseppe, Giuseppe, oh ja. Gib's mir! *O, il mio cavallo italiano!*«

Ich schenkte mir nach. Jetzt auch mit fahrigen Händen.

»Ich werde mit ihr reden.«

»Mach das, mein Sohn.« Damit griff er hinter sich und legte mir einen Stapel gefaltete Papiere vor die Nase. »Hier sind alle Schweden-Karten, die ich noch besitze. Die *vägkarta* solltest du dir besser neu kaufen, denn die ist aus den Siebzigern, und ich denke, dass die Schweden mittlerweile ein paar Straßen mehr haben als früher. Die Regionalkarten von Gödseltorp kannst du mitnehmen. In dem Drecksnest ist wahrscheinlich in den letzten zwanzig Jahren weniger passiert als in Grönland. Da gibt es wenigstens Packeis, in Gödseltorp nur Pack!«

Ich faltete die Lokalkarte des Dörfchens auseinander. Sie bestand vor allem aus zwei Farben: grün und blau. Grün waren die Wälder rund um den Ort, und davon gab es reichlich, und blau war der Gödselsjö, der See, an dem der Ort vor ein paar Hundert Jahren gegründet worden war.

»Das ist ja eine Sackgasse, wo der Ort liegt. Der Weg hört einfach auf, *dead-end* quasi.«

»Das kannst du laut sagen«, murmelte mein Vater. »Mehr *dead* als *end*.«

»Und was ist das für eine Markierung?«, fragte ich und zeigte auf einen gelben Punkt, der bedeutend jüngeren Datums schien und erst unlängst an den Rand des Ortes geklebt worden sein musste.

»Das habe ich für dich markiert. Es ist der alte Hof von Lillemor, der Hof, den du geerbt hast.«

Ich starrte gespannt auf die Karte. Der gelbe Punkt lag ungefähr eine Streichholzlänge vom See entfernt, was nach meiner Überschlagsrechnung etwas mehr als zwei Kilometer bedeutete. Ein haarbreiter brauner Strich führte von einem etwas dickeren braunen Strich vom Ortskern weg direkt zum Hof. Drumherum nichts als Grün. Wälder. Und drei andere Höfe oder Gebäudeansammlungen. Weit entfernt. Das war alles.

»Drecksnest«, kommentierte mein Vater.

Ich hieb mit der flachen Hand auf den Tisch. »Mann, Papa, was hast du denn für ein Problem mit Gödseltorp?«

Mein Vater verzog mürrisch das Gesicht. »Das geht dich gar nichts an.«

»Auch gut, aber dann halt wenigstens die Klappe!«

»Meinetwegen. Ich sag dir nur eins: Wenn du da hochfährst, dann nimm dich vor Ragnar Hedlund und seiner Sippe in Acht. Es sind Neider und Diebe, und man kann ihnen nicht trauen.«

»Du hattest Ärger mit ihm?«

»Kann man so sagen.«

»Das ist fast dreißig Jahre her, Papa.«

»Drecksack bleibt Drecksack und Drecksnest bleibt Drecksnest.«

Auf der Rückfahrt mit dem Taxi ärgerte ich mich noch ein wenig darüber, dass ich meinen Audi nicht mehr besaß, meinen Ex-Firmenwagen. Ein schönes Auto mit 250

PS. Aber eindeutig kein Schriftstellerauto, tröstete ich mich. Ich brauchte etwas Schwedisch-Intellektuelles. Am besten einen Volvo oder so. Ich nahm mir vor, morgen bei einem der zahlreichen Autohändler an der Hanauer Landstraße vorbeizuschauen, ob die nicht etwas Angemessenes für mich im Programm hatten.

Ich schloss die Haustür auf, lief die Treppe hoch und erschrak zu Tode.

Renate saß auf dem Boden vor unserer Wohnung.

Ihr Gesicht war verquollen, und ihre Frisur hatte jegliche Form eingebüßt.

»Um Himmels willen, was ist denn passiert?«, wollte ich wissen und hockte mich neben sie.

Sie begann sofort zu schluchzen: »Er ist weg ... mit ihr ... und dein Handy war die ganze Zeit aus ...«

»Ja, ich weiß, ich hab's ausgemacht, mein Akku ... aber wer ist mit wem weg?«, hakte ich verwirrt nach.

»Na, Ferdinand mit Tanja.«

»Wie?«

»Sie haben ein Verhältnis, und jetzt ist er mit ihr nach Frankreich durchgebrannt. Scheiß Karma, das alles!«

Mir fiel die Kraft aus dem Gesicht. Mann, war ich ein blinder Trottel gewesen! Natürlich hatte Ferdinand mir deshalb zu alldem geraten. Nicht etwa, weil er als Therapeut mein Wiedererstarken als Mann im Sinn gehabt hätte oder gar als Freund eine Verbesserung meiner Beziehung zu Tanja, nein. Dieser hinterfotzige Schweinehund hatte stets nur eines im Sinn gehabt: Tanja! Und zwar für sich selbst.

Ich war fassungslos.

Das Häschen hatte ausgehoppelt.

Jetzt wurde mir auch klar, wer da im Hintergrund geheult hatte, als ich heute Vormittag Ferdinand in seiner Praxis anrief. Keine wehklagende Patientin, meine eigene Freundin war es gewesen. Dann noch eine erschütternde Erkenntnis: Im Gegensatz zu mir schien mein Vater die Frauen wirklich zu kennen. Aber diesen Gedanken schob ich schnell wieder beiseite. Für heute hatte ich schon genug zu verdauen, beschloss ich.

Kein Job, keine Abfindung, kein Audi, keine Tanja. War das eine Krise oder eine Chance?, schoss es mir durch den Kopf, und ich bedankte mich herzlich bei Ferdinand, der es mir ermöglicht hatte, das nun herausfinden zu dürfen.

»Komm, wir gehen rein«, sagte ich und half Renate auf die Füße. Ich konnte sie ja schlecht da sitzen lassen, und außerdem hatte ich plötzlich große Lust auf einen Cognac. Oder zwei. Zur Verdauung.

SECHS

»Was machen wir denn jetzt?«, fragte Renate, kaum dass die Tür ins Schloss gefallen war und ich ihr umständlich aus ihrer violetten Kunstpelzjacke mit aufgenähten glitzernden Sternen geholfen hatte. Ihre Stimme bebte schon wieder so eigentümlich, und ich befürchtete, sie würde im selben Moment losplärren.

Darum bemühte ich mich, meiner Stimme einen festen Klang zu geben, und konfrontierte sie mit einer Floskel, die immer passte, aber zugleich enorme Standfestigkeit ausdrückte. »Ein Mann muss tun, was ein Mann tun muss«, antwortete ich und verzog dabei keine Miene.

Meine Worte verfehlten ihre Wirkung nicht. Sie sah mich zwar mehr verwirrt als beeindruckt an, aber das Zittern in ihrer Stimme verschwand.

»Was heißt das?«

»Wir trinken einen Cognac.«

Ich ging ins Wohnzimmer und bedeutete Renate, mir zu folgen.

»Ich bin immer wieder gerne hier«, sagte sie wehmütig, bevor sie sich mit einem Seufzer auf der Couch niederließ. »Euer Zuhause hat ein gutes Karma.«

Mit zwei unelegant vollen Cognacschwenkern trat ich zu ihr und hielt ihr einen hin.

»Gutes Karma? Hat aber nicht viel genutzt, was?«, gab ich zurück. Ich liebte Renates esoterische Exkurse.

38

»Wenn das bedeutet, dass es dufte ist, wenn meine Freundin mit deinem Freund abhaut, dann Prost! Aufs Karma!«

Ich trank einen ordentlichen Schluck.

»Hast du eine Zigarette?«, fragte ich sie.

»Eine Zigarette? Du rauchst doch gar nicht.«

»Nicht mehr. Jetzt wieder. Ich finde, das passt zu meinem Leben.«

Renate kramte in ihrer Handtasche und nestelte ein Päckchen Eve 120 hervor und ein Feuerzeug, auf dem ein kitschiger Engel abgedruckt war, so eine Mischung aus tantrischer Liebesgottheit und zu dünn geratener Putte.

Gebannt starrte ich auf das hässliche Bild, dann steckte ich mir einen der schlanken Stängel in den Mund und zündete ihn an. Es schmeckte furchtbar, aber irgendwie auch gut.

Renate qualmte kurz darauf ebenfalls und flüsterte: »Du musst mit dem Kosmos im Flow sein, weißt du. Keine Mauern bauen, sondern dich öffnen und einlassen.«

»Ach so«, sagte ich und dachte daran, wie oft Tanja sich in den letzten Monaten geöffnet und eingelassen hatte; unbekleidet und mit Ferdinand. Ich trank meinen Cognac leer.

Dann griff ich zum Telefon und wählte die Nummer meines Vaters.

»Hallo, Papa. Ich wollte dir nur sagen, dass du recht gehabt hast. Tanja ist weg. Mit Ferdinand.«

Schweigen.

»Bist du noch dran?«

»Ja, natürlich«, kam es aus der Muschel zurück. »Mit Ferdinand? Was für ein Drecksack.«

»Stimmt, aber das ist egal. Ich bin jetzt im Flow mit dem Kosmos.«

Es sollte lustig klingen.

»Hast du getrunken?«

»Ja, aber nicht viel.«

»Mensch, Torsten, das tut mir leid, das mit Tanja. Soll ich vorbeikommen?«

»Nein, das brauchst du nicht. Ich wollte es dir nur sagen. Mir geht es so weit okay, außerdem ist Renate da.«

»Renate? Ferdinands Freundin?«

»Ex-Freundin«, korrigierte ich ihn.

»Geht da was?«

Ich überging diese Frage.

»Ich habe mit Schweden telefoniert. Ich fahre kommende Woche hoch und schaue mir meinen Hof in Gödseltorp an.«

»Drecksnest. Soll ich mitkommen?«

Schweigen.

Ich dachte nach.

»Nein«, entschied ich, »das mache ich besser alleine. Wenn alles geregelt ist, kannst du mich ja besuchen.«

»Meinetwegen«, grummelte mein Vater. »Soll ich nicht doch kurz vorbeischauen?«

»Nein, brauchst du nicht. Ich melde mich. Mach's gut.«

Zwanzig Minuten später saß mein Vater neben Renate im Wohnzimmer und trank ebenfalls einen Cognac.

»Ich dachte, ich bringe dir noch die restlichen Unterlagen über Schweden und Gödseltorp vorbei, wenn ich schon nicht mitkommen kann«, eröffnete mein Vater das Gespräch mit einem subtilen Vorwurf und rutschte unter einem charmanten Grinsen näher an Renate heran, die das aber nicht zu stören schien. Im Gegenteil.

»Nett von dir«, gab ich zurück und betrachtete mit Argwohn, wie die beiden lächelnde Blicke austauschten. Was sollte das denn?

»Ich weiß, wie man sich fühlt, wenn man verlassen wird«, säuselte mein Vater.

»Danke für dein Mitgefühl«, sagte ich, obwohl mir klar war, dass er damit definitiv Renate meinte und nicht mich.

Renate, die nur auf einen kosmischen Trigger dieser Art gewartet zu haben schien, barg ihr Gesicht in den Händen. Ein Zittern ging durch ihren Körper. Leises Weinen drang hervor. Behutsam nahm Papi sie in den Arm.

Unfassbar. Von meinem alten Herrn konnte ich tatsächlich noch eine Menge lernen. Es klingelte, bevor ich einen bissigen Kommentar anbringen konnte.

Renate und mein Vater sahen auf.

»Wer kann das sein?«, wollte Renate wissen. »Ist es vielleicht Tanja?«

»Das glaube ich kaum. Sie hat einen Schlüssel.«

»Oder Ferdinand?« Renates Tränen versiegten. Das Gesicht meines Vaters verfinsterte sich.

»Das glaube ich noch weniger«, antwortete ich. »Allerdings wäre es mir ehrlich gesagt eine Freude, denn ich würde ihn den Flow meines ganz persönlichen Kosmos spüren lassen.«

Ich stellte das leere Cognacglas auf den Couchtisch, erhob mich und schritt zur Video-Gegensprechanlage.

Auf dem kleinen, vier Zoll messenden Schwarz-Weiß-Bildschirm waren zwei langweilig gekleidete Typen undefinierbaren Alters zu sehen. Beamte vielleicht. Eigentlich sahen sie aus wie Kriminalbeamte. Die Jacken, die Hemden, ein Schnurrbart, eine schmucklose Brille. Das passte zu meinem Bild. Ich stellte mir vor, wie sie gleich sagen würden: »Kripo Frankfurt. Können wir Sie einen Augenblick sprechen?« Es könnten aber auch erfahrene Drücker oder Spendeneintreiber sein. Ich war auf alles gefasst. Dachte ich.

»Ja. Was möchten Sie?«

»Kripo Frankfurt. Hauptkommissar Müller und Kommissar Schmidt. Können wir Sie einen Augenblick sprechen?«

Die waren echt! Nicht, weil sie so aussahen oder weil der Ausweis, den mir HK Müller in die Kamera hielt, relativ überzeugend wirkte, das hätte ein Betrügerpaar auch hinbekommen, aber diese Namen. Kein anständiger Verbrecher würde sich Müller oder Schmidt nennen. Das wäre einfach zu peinlich.

Ich betätigte den Türöffner.

»Wer ist es?«, fragte mein Vater aus dem Wohnzimmer, wahrscheinlich während er schon mit Renate fummelte.

»Nur Müller und Schmidt von der Kripo.«

Aus dem Wohnzimmer drangen turbulente Geräusche. Kurz darauf standen Renate und mein Vater mit entgeisterten Gesichtern neben mir im Flur, als es auch schon klopfte.

Ich öffnete die Wohnungstür.

»Herr Torsten Brettschneider?«, fragte mich der Ältere der beiden. Er hatte ein mausgraues Gesicht und eine vergoldete Brillenkette. Sein Kollege versuchte dabei einen reglosen und brutalen Schimanski-Blick, der aber von seiner abgewetzten Kunstleder-Kaufhausjacke entmachtet wurde.

»Ja, der bin ich. Was kann ich für Sie tun?«

»Können wir reinkommen?«, fragte Schimanski tonlos, während er mit unstetem Blick die Situation nach potenziellen Gefahren abzuscannen schien, etwa nach perversen Serientätern oder islamistischen Bombenlegern, die ich in meiner Wohnung beherbergte.

Ich ignorierte Schimanski und antwortete dem Hauptkommissar: »Gerne, wenn Sie mir kurz sagen würden, worum es geht.«

»Kennen Sie einen gewissen Bernd Meier?«

»Kennt nicht jeder einen Bernd Meier?«, fragte ich scherzend zurück und erntete dafür einen vernichtenden Blick von Schimanski.

»Also, was ist?«

»Nein«, fügte ich hastig hinzu, als ich sah, dass die Beamten keinen Spaß verstanden oder nicht verstehen konnten. »Ich kenne keinen Bernd Meier. Wer soll das sein?«

»Vielleicht kennen Sie ihn unter seinem anderen Namen.«

»Und der wäre?«

»Dr. Ferdinand von Spickaert.«

Einige Augenblicke später saßen Müller und Schimanski im Wohnzimmer vor einem Kaffee. Renate, mein Vater und ich jeweils vor einem Cognac.

»Bernd Meier, alias Dr. Ferdinand von Spickaert, ist ein Hochstapler und Betrüger«, erläuterte HK Müller den Fall. »Wenigstens werden ihm fast zwei Dutzend Betrugsdelikte zur Last gelegt.«

»Er wird nicht nur von der deutschen Polizei gesucht, sondern auch von Interpol«, fügte Schimanski hinzu, wohl um mir deutlich zu machen, in welch schlechter Lage ich mich aufgrund meines sozialen Umfeldes befand und wie weitreichend seine eigenen mächtigen Verbindungen waren. Er wollte mich beeindrucken und nippte zum Abschluss lässig am Kaffee, wobei er sich allerdings die Lippen verbrannte.

»Ein Betrüger und Hochstapler?«, schluchzte Renate, und mein Vater, der wirklich keine Gnade kannte, sagte: »Ich weiß, wie es ist, verlassen zu werden«, und legte wieder seinen Arm um sie.

»Wer sind Sie?«, zischte Schimanski an Renate gewandt, doch die war außer Stande, zu antworten.

»Fer-di-schnif-nand-schnief-wa-wa-wa-war-schnief-mei-mei-mein-Lebägäfääää-hu-hu-hu-huuuuu…«, plärrte sie los.

»Er war ihr Lebensgefährte«, übersetzte ich.

Mein Vater legte nun auch noch den anderen Arm um Renate. Sie vergrub ihr Gesicht in seinem Halsansatz.

»Das trifft sich gut und erspart uns einen Weg mehr«, bemerkte Schimanski, der bereits dienstbeflissen seinen Notizblock aus der Kunstlederjacke gezogen hatte, nicht ohne darauf zu achten, dass ich seine Schusswaffe, die er am Halfter in Brusthöhe trug, zu Gesicht bekam.

»Heute haben wir endlich den richterlichen Beschluss zur Hausdurchsuchung der Praxisräume erhalten, und dabei haben wir auch Ihren Namen in der Patientenkartei von Meier gefunden«, führte HK Müller aus. »Zu Frau Renate Schwidergall wären wir als Nächstes gegangen. Sie waren doch bei ihm in *Behandlung*, Herr Brettschneider, oder?« HK Müller betonte das Wort Behandlung so, dass klar war, was er davon hielt, und unterstrich die Lächerlichkeit, der er mich preisgab, noch, indem er dazu Gänsefüßchen in die Luft malte.

»Schon mal was von Arztgeheimnis gehört?«, fragte

ich sauer, als ich bemerkte, wie Renate und mein Vater mich ansahen, nachdem der Kommissar dieses private Detail meines Lebens hemmungslos der Öffentlichkeit preisgegeben hatte.

»Natürlich, Herr Brettschneider«, antwortete HK Müller süffisant. »Aber Herr Meier ist ja kein Arzt. Kein Arzt, kein Arztgeheimnis, verstehen Sie?«

Diese Schlussfolgerung gefiel mir überhaupt nicht, trotzdem leuchtete sie mir ein.

»*Du* warst in Behandlung?«, fiel mir mein Vater nun auch noch in den Rücken. »Bei diesem Ferdinand?«

»Muss ich darauf antworten?«, zickte ich zurück.

»Das wundert mich auch, Herr Brettschneider«, pflichtete Schimanski nun wiederum meinem Vater bei. Sein Lächeln schien sich regelrecht in sein Gesicht gefressen zu haben. »Haben Sie denn gar nicht gemerkt, dass er kein Therapeut ist? Bernd Meier hatte ein gekauftes Diplom und einen gekauften Doktortitel von einer Universität in Rumänien. Das muss einem doch auffallen.«

»So, wie es Ihnen gleich aufgefallen ist, als dieser Bernd Meier vor vier Jahren unter dem Namen Dr. Ferdinand von Spickaert eine Praxis als Psychotherapeut mitten in Frankfurt aufgemacht hat?«, konterte ich.

Schimanski brach die Bleistiftspitze ab, die er gebannt auf das Papier seines Notizblockes gepresst hatte. *Touché!* Ha!

»Wissen Sie, was Herr Meier vorhatte? Wo er hinwollte?«, schlichtete HK Müller.

»Nein, keine Ahnung. Ich weiß nur, dass er mit meiner Freundin Tanja verschwunden ist, angeblich an die Côte d'Azur.«

»Und Sie?«, wandte sich HK Müller an Renate.

»Ich-ich-weiß-nischts-hu-hu-huuu…«

»Dann wäre das vorerst alles«, sagte HK Müller, als er sah, dass aus Renate im Moment nichts herauszuholen war, und bedeutete Schimanski durch eine eingespielte Geste à la »Harry, fahr den Wagen vor!«, sich ebenfalls zu erheben.

»Würden Sie und Frau Schwidergall bitte morgen Vormittag zu uns auf die Wache kommen. Hier ist meine Karte. Wir möchten Sie bitten, Ihre Aussagen zu Protokoll zu geben.«

Ich nickte.

»Wenn Sie eine Bescheinigung für Ihren Arbeitgeber brauchen …«

»Braucht er nicht mehr«, sagte mein Vater.

Schimanskis Grinsen kehrte zurück. »Freundin weg und Job weg. Das ist hart.«

»Ich habe mal gehört, dass die Chinesen für *Krise* und *Chance* nur ein einziges Wort haben«, philosophierte HK Müller noch beim Verlassen der Wohnung.

Ich schloss die Tür und wünschte Schimanski und Ferdinand die Pest an den Hals. Für Müller hätten mir Mumps oder die Masern völlig genügt.

SIEBEN

Am nächsten Tag machten Renate und ich unsere Aussagen auf der Polizeiwache. Wir mussten zuerst eine halbe Ewigkeit in einem durch flackerndes Neonlicht beleuchteten Vorraum zum Vernehmungszimmer warten, bevor uns HK Müller hereinbat. Er nahm sich Zeit. Das musste er auch, denn er tippte dermaßen langsam, dass sich meine Finger in die Kunststoffstuhllehne krallten.

Ich hatte vor geraumer Zeit einmal eine Reportage über die Einstellungstests bei der Polizei gesehen. Dort mussten gestählte Jünglinge und ebensolche junge Frauen relativ harte Fitnessprogramme durchlaufen. Wenn ich aber HK Müller jetzt so betrachtete, fragte ich mich, wie er es überhaupt zur Polizei, geschweige denn in den höheren Dienst geschafft hatte. Er sah eher nach Herz-OP aus (der Patient, nicht der Chirurg) als nach Sport, und ein VHS-Kurs »Flottes Tippen« hätte ihm auch gutgetan.

Ich gab mein Wissen um Ferdinand pragmatisch und sachlich zu Protokoll.

Anders Renate.

Sie plapperte und heulte wieder drauflos, faselte ständig etwas von schlechtem Karma und kosmischen Engelsverschwörungen, sodass selbst der in die Jahre gekommene HK Müller beinahe die Beherrschung verloren hätte und zeitweise wie in Trance auf seinem Kugel-schreiber herumkaute.

Endlich hatten wir auch diesen Teil hinter uns, und ich fuhr Renate zu ihrer Wohnung zurück. Mein Vater hatte mir netterweise sein Auto geliehen.

Nachdem Renate im Hauseingang verschwunden war, beschloss ich, dass dies Tag eins meines neuen Lebens war, und ich brauchte ein Auto. Also tuckerte ich mit dem alten Diesel-Benz meines Vaters durch die Frank-furter Innenstadt, vorbei an Wielands IT-Loft und weiter auf der Hanauer Landstraße. Aus einer schier endlosen Reihe von Gebrauchtwagenhändlern entschied ich mich als erste Anlaufstelle für die Firma Auto Yilmaz, welche mit zweijähriger Gebrauchtwagengarantie auf alle Mo-delle warb. Das klang seriös.

Ich bog von der viel befahrenen Hauptstraße durch die mit farbigen Girlanden behängte und mit Werbesprü-chen plakatierte Einfahrt auf das Grundstück des Händ-lers ab. Kaum hatte ich den Motor ausgemacht, kam mir auch schon ein extrem übergewichtiger Mann entgegen, der sich, von mir unbemerkt, zeitgleich zu meiner An-kunft aus seinem Kabuff, einer ebenfalls behängten und plakatierten Holzhütte, gezwängt haben musste.

Ich stieg aus, er hielt mir die Hand hin.

»Tach«, sagte er.

»Guten Tag, Herr Yilmaz«, entgegnete ich und schlug ein.

»Isch nisch Yilmaz. Yilmaz iss Onkel von mein Frau. Isch heiße Özgür.«

»Tag, Herr Özgür.«

»Auto?«

»Ja.«

Ich war beeindruckt. Özgür kam direkt und fokussiert zur Sache.

Er rieb sich die feisten, goldberingten Hände. Er roch Umsatz. Sein Doppelkinn wabbelte vor Aufregung.

»Wasfür?«

Ich beschloss, mich der aufs Wesentliche komprimierten Kommunikation anzupassen, und sagte: »Volvo.«

»Groß?«

»Ja.«

»Kombi?«

»Ja.«

»PS?«

»Ja.«

Özgür sah mich verstört an. Er hatte denselben Humor wie die Frankfurter Kripo.

»Viel«, konkretisierte ich meine Antwort und versuchte ein Lächeln.

»Farbe?«, fuhr Özgür mit seinem Verhör fort.

»Dunkel.«

»Preis?«

»Fünfzehn.«

»Habischnisch.«

Danke für das Gespräch, Herr Özgür!, dachte ich bei mir, blieb aber ruhig. Ich wünschte mir jetzt einen Satz wie: »Lieber potenzieller Kunde. Nachdem ich Ihren Kfz-Bedarf durch ein persönliches Interview ermittelt habe, ich dem von Ihnen geäußerten Modellwunsch aufgrund meiner lückenhaften Fahrzeugpalette jedoch nicht entsprechen konnte, würde ich es wagen, Ihnen gegebenenfalls ein adäquates Gefährt eines anderen Herstellers anzubieten, sofern dieses Vorgehen Ihren Vorstellungen entspräche.«

Oder so ähnlich wenigstens.

Wahrscheinlich meinte Özgür genau das, als er sagte: »Okäi, dann anderes«, sich umdrehte und mich durch ein schräges Kopfnicken aufforderte, ihm zu seinem Fuhrpark zu folgen.

Er schwabbelte über den Parkplatz und blieb vor einem VW-Bus stehen. Kurz brachte er die Fahrzeugfakten auf den Punkt: »2004er, T5 Multivan, Sechszylinder, Automat, 235 PS, 3. Hand, TÜV neu, groß, dunkelblau. Achtzehntausend. Särr gutt!«

Ich hatte noch nie darüber nachgedacht, mir einen VW-Bus zu kaufen. Den fuhren immer die gleichen Typen. Surfer, Kiffer, Familien mit sieben Kindern oder Handwerker. Aber schlecht sah er nicht aus, zugegeben. Ich lief ums Fahrzeug herum und tat so, als hätte ich Ahnung von Autos, klopfte mal hier ans Blech, wackelte mal dort. Es fiel nichts ab.

Einen Volvo hätte ich allerdings trotzdem lieber gehabt, von wegen Schweden und Schriftsteller und neuem Leben und so weiter.

Dann ein Zeichen! Hosianna! Der Kosmos! Der Flow!

Auf der Rückseite des Fahrzeugs prangte ein riesiger Elch. Ich hatte die Art von Menschen immer verlacht, die ihre Autos mit selbstklebenden Applikationen ihrer Leidenschaften beklebten: den Umrissen von Sylt, Fußballvereinslogos, einem Bernhardinerwelpenkopf oder eben einem Elch als Indiz für Skandinavienaffinität. Eigentlich fand ich das immer noch blöd.

Aber ein Zeichen war es trotzdem!

Herr Özgür schob die Seitentür auf und hielt eine für seine Verhältnisse fast schon feierlich anmutende Rede, die er mit einer einladenden Geste geschickt zu kombinieren wusste: »Innen auch särr gutt. Platz für Handwerker oder sieben Kinder.«

Er grinste und schien dabei an die Herstellung von sieben Kindern zu denken. Auf jeden Fall war klar: Özgür glaubte nicht, dass ich kiffte oder surfte.

»Ladder, Klima, Sitzbank, Navi, Anlage. Särr gutt!«, fuhr er fort.

Er schien zu wittern, dass ich den Wagen ganz nett fand.

»Sofort kaufen? Siebzehn.«

Ich sah ihn an. Hatte ich nicht fünfzehn gesagt?

»Fünfzehn.«

»Gehtnischt.«

»Dann kauf ich nicht.«

»Winterreifen dabei.«

»Fünfzehn.«

»Dachgepäckträger dabei.«

Das ging noch eine ganze Weile so weiter. Schließlich überredete mich Herr Özgür zu einer Probefahrt, die mich wiederum davon überzeugte, einen VW-Bus zu kaufen. Drei türkische Tees und eine weitere halbe Stunde zäher Verhandlungen später unterschrieb ich den Kaufvertrag. Ich hatte für sechzehntausendzweihundertvierzig Euro einen VW-Bus gekauft und war aufgeregt und zufrieden.

Als ich meinem Vater sein Auto zurückgab und von meinem Gebrauchtwagenerwerb bei Yilmaz berichtete, zeigte er mir den Vogel und schüttelte nur den Kopf. Doch in seinem Blick sah ich, dass er langsam aufgab und sich mit dem wahnsinnigen Lebenswandel seines einzigen Sohnes abzufinden begann.

Am nächsten Tag, Mittwoch, fuhr ich zu meiner Bank,

holte das Geld und tauschte es bei Herrn Özgür gegen den VW-Bus ein.

Ich war bereit.

Am Donnerstag sollte es losgehen. Ich rief Åsa Norrland an und berichtete ihr die neuesten Entwicklungen.

Schweden und neues Leben, ich komme!

ACHT

Mein VW-Bus hieß Lasse. So hatte ich ihn getauft. Auch Autos brauchen einen Namen.

Vor meiner Abreise erwarb ich einen schwedischen Sprachkurs für Fortgeschrittene auf CD, denn mein Schwedisch war schon ein wenig einge- oder eher *ver-rostet* und bedurfte meiner Ansicht nach dringend einer Auffrischung. Gerne hätte ich den Kursus als MP3 heruntergeladen, aber Lasses Stand der Technik entsprach aufgrund seines Alters in etwa meinen Schwedischkenntnissen. Wenigstens gelobte die Umverpackung des Lehrmediums unter anderem »Schwedisch in Perfektion und im Handumdrehen«. Das hatte mich überzeugt. Eine blonde Schönheit auf dem CD-Cover (sah sie Åsa ähnlich?) bekräftigte obendrein: »*Vill du prata perfekt svenska? Inget problem!*« Auf Anraten meines Vaters erwarb ich zudem vierundzwanzig Flaschen Hochprozentigen, je zwölf Einliterpullen Whiskey und Wodka. Er behauptete, das sei so eine Art Zweitwährung dort oben, und man wisse ja nie, wofür man die gebrauchen könne. Ich hielt das für überflüssig in Anbetracht der Tatsache, dass Schweden mittlerweile Mitglied der EU war und man das Zeug auch da oben überall bekam, aber mein Vater beharrte darauf. Schließlich gab ich nach. Lasse war sowieso überdimensioniert für eine einzeln reisende Person, die weder surfte noch sieben Kinder hatte, da fiel der bräunliche Pappkarton, den ich vorsorglich unter einer Wolldecke verbarg, nicht ins Gewicht. Gummistiefel, zu denen mein Vater mir ebenfalls dringend geraten hatte, besaß ich nicht. Wozu auch, mitten in Frankfurt? Allerdings wollte ich mir diese erst in Schweden kaufen, denn wenn es ein Land gab, wo man Gummistiefel erstehen konnte, dann musste es Schweden sein.

Mein Vater umarmte mich zum Abschied, nahm meinen Haus- und Wohnungsschlüssel entgegen, um ihn unserer – also mittlerweile nur noch meiner – Putzfrau mit der Bitte einer wöchentlichen Wohnungskontrolle inklusive Postentsorgung zu übergeben. Er sah mich mitleidig an und wünschte mir Glück, denn das würde ich brauchen in Gödseltorp. Sagte er.

Und: »Drecksnest!«

Ich schlief schlecht. War es die Aufregung? Dann klingelte gegen halb zwei zu allem Überfluss auch noch das Telefon.

Mit zerknitterten Augen erkannte ich Tanjas Handynummer auf dem Display.

»Hallo? Tanja?«, sagte ich schlaftrunken, doch niemand antwortete.

Im Hintergrund ertönten fremdländische Wortfetzen und ein Schifferklavier – eine südländische Tanztaverne vielleicht. Sie war wohl beim eng umschlungenen Blues mit Ferdinand versehentlich auf die Kurzwahltaste gekommen.

»Du hast dich entschieden, und ich fahre morgen nach Schweden. Schönes Leben noch!«, beendete ich meinen Monolog und zog das Telefonkabel aus der Dose. Den Rest der Nacht träumte ich davon, wie ich auf einem Elch mit glutroten Augen reitend Ferdinand und Tanja durch eine enge Gasse vor mir hertrieb. Ich schlief besser.

Um acht klingelte der Wecker. Ich war müde und benötigte mehrere Tassen Kaffee, bevor ich mein Gepäck in Lasse neben der zugedeckten Schnapskiste verstaute. Den uralten braunen Lederrucksack, den ich noch aus Studienzeiten hatte, legte ich auf den Beifahrersitz. Darin hatte ich mein Notebook mit dem Manuskript, alle wichtigen Dokumente und Unterlagen zur Erbschaft sowie mein iPhone, den Reisepass und mein Geld verstaut.

Viertel nach neun. Ich atmete tief ein. Dieser Moment hatte große Bedeutung. Vielleicht war es einer der wichtigsten Momente in meinem Leben überhaupt. Ein neuer Abschnitt, ein neuer Start, alles hinter sich lassen und nur dem Horizont nachjagen. Dieser Gedanke bewegte mich. Feierlich steckte ich den Schlüssel in Lasses Zündschloss und drehte ihn.

Es machte: Klack. Sonst nichts.

Noch einmal. Wieder nur: Klack.

Danke Auto Yilmaz, danke Herr Özgür.

Ich rief ihn an. Es klingelte fünfmal, dann ging der Anrufbeantworter dran. Nachdem Herr Yilmaz oder einer seiner zahlreichen Verwandten mit der Ansage fertig war, sprach ich auf Band: »Hallo, hier ist Brettschneider! Ich habe vor zwei Tagen einen VW-Bus bei Ihnen gekauft. Jetzt springt er nicht mehr an. Bitte rufen Sie mich zurück. Sie erreichen mich unter der Nummer null eins sieben zwei drei neun …«

»Yilmaz hier!«

Er war es selbst.

»Hallo, Herr Yilmaz. Das Auto springt nicht mehr an.«

»Batterie«, entschied Herr Yilmaz, der mit ferndiagnostischen Fähigkeiten ausgestattet zu sein schien. Wahrscheinlich wusste er aber, dass er mir einen kaputten Uralt-Akkumulator untergejubelt hatte. »Wo stehen Sie?«

Ich nannte meine Adresse.

Eine Stunde später sprang Lasse endlich an.

Sonst sei der Wagen aber ein Schnäppchen gewesen, beteuerte Herr Yilmaz mit traurigen Augen, und sein Neffe habe das Auto eigentlich viel zu billig hergegeben.

Ich glaubte ihm kein Wort, wünschte ihm einen schönen Tag und fuhr los. Es war bereits halb elf. Der Augenblick der Abfahrt hatte deutlich an Feierlichkeit eingebüßt, aber das Gefühl kam langsam zurück, als ich die A5 erreichte und auffuhr. Es hielt genau drei Kilometer, dann stand ich im Stau.

Doch wozu hatte ich meinen CD-Sprachkurs?

Ich legte ihn ein, drückte auf »Play«, und als sich der Stau nach nur etwa einer Stunde aufgelöst hatte, konnte ich mich bereits wieder an mehr erinnern und sprach zur Übung fließend die Bestellungen mehrerer Fast-Food-Gerichte und diverser Getränke auf Schwedisch nach, gefolgt von einer Diskussion über das Für und Wider von Nadelzuchtwäldern, was zwar bereits anspruchsvoller, aber auch langweiliger und wesentlich unpraktischer war.

Hatte ich Yilmaz Unrecht getan? Es schien so, denn Lasse schnurrte wie ein junges Kätzchen und lief geschwind über den Asphalt. Leider aber auch die Nadel der Tankuhr. Man sagt den Schweden ja nach, sie würden gerne einen zischen. Auf Lasse traf das zu, auch wenn er deutscher Herkunft war. Er hatte mächtig Durst. Ich

überschlug den Verbrauch und kam beim zweiten Tankstopp auf der Höhe von Hannover auf ungefähr acht-
zehn Liter. Was mir auch zu denken gab, war die Fahrertür. Schon in Frankfurt bei meiner Abreise hatte sie
ein wenig geklemmt; es schien vom Schloss herzurühren.
Beim ersten Tanken musste ich schon mit ziemlicher Gewalt am Türgriff reißen, um sie zu öffnen, doch nun, als
ich von der Kasse zurück zu meinem Auto kam, ging gar
nichts mehr.

Ich zerrte wie besessen am Türgriff.

Nichts.

Ratlos stand ich vor Lasse, der mich nicht mehr he-
reinlassen wollte.

»Du, geh doch einfach auf die andere Seite, ne.«

Ich drehte mich um.

Vor mir stand ein Typ mit Pudelmütze auf dem Kopf.
Sein Haar spross wie Unkraut unter dem Strickbund seiner Kopfbedeckung hervor. Ein spärlicher Bart wucherte
in dünnen Strähnen aus seinem pickligen Gesicht. Sein
hüftlanger Bundeswehrparka war abgenutzt, fadenschei-
nige Pump-Cordhosen in der Farbe verblichener Stütz-
strümpfe zierten seine Beine und endeten in alten Mo-
torradstiefeln. Über der Schulter trug er einen braunen
Ruck- und einen zusammengerollten Schlafsack. Das
Auffälligste an ihm war jedoch – neben einem selbst
gemalten Schild, das er in der Hand hielt und auf dem
in wackligen Buchstaben »Schweden/*Sverige*« zu lesen
war – eine flaschenbodendicke Hornbrille, die aufgrund
einer offenbar rekordverdächtigen Dioptrienzahl seine
Augen unnatürlich vergrößerte, so als würden sie von
hinten gegen die Gläser hüpfen. Er sah aus wie ein sel-
tener Fisch.

Ein Penner, schoss es mir durch den Kopf.

Oder ein Linksextremer.

Oder ein Sozialpädagoge im zehnten Semester.

Oder von allem etwas.

»*Was?*«, fragte ich schärfer als beabsichtigt, denn der Typ schien eher Mitleid als Groll verdient zu haben, war ich mir sicher.

»Na, Mensch, geh doch auf der anderen Seite rein, ne. Nur so 'ne Idee, ne.«

Er nickte beim Sprechen rhythmisch mit dem Kopf, als wolle er seinen Worten noch wenigstens etwas Dynamik mit auf den Weg geben. Die Dynamik einer Schildkröte.

Ich zerrte noch einmal an der Fahrertür, gab dann aber entnervt auf.

»Andere Seite«, grummelte ich, »vielleicht hast du recht.«

»Ich bin der Rainer, ne.«

»Hallo, Rainer«, grüßte ich zurück. »Ich bin der Torsten.« Mit diesen Worten umrundete ich das Auto, stieg durch die Beifahrertür ein und kletterte auf den Fahrersitz hinüber. Dort angekommen, ließ ich Lasses Fenster herunter.

»Danke für den Tipp«, sagte ich.

»Gerne du«, sagte Rainer und hob sein Schild zaghaft etwas höher.

Ich fürchtete mich vor seiner nächsten Frage. Ich konnte schlecht lügen. Und da kam sie auch schon: »Du, Torsten, sag mal, wo fährst'n du hin?«

»Nach Norden«, erklärte ich knapp. Das war nicht gelogen.

»Oh Mann, oberstkrass«, freute sich Rainer. »Nach

Schweden, ne? Ich hab den Elch hinten gesehen. Ne, du fährst nach Schweden, ne Torsten?«

Ich ersparte uns einen weiteren, überflüssigen Dialog zu meinem Reiseziel und befahl: »Steig ein.«

Rainer freute sich wie Bolle, eierte um Lasse herum zur Beifahrerseite, ließ sich in den Sitz plumpsen und stopfte seinen Schlaf- und seinen Rucksack, der zu meiner Schande meinem zum Verwechseln ähnlich sah, zwischen das Gepäck hinter die Sitze.

Ich ließ Lasses sechs Zylinder aufheulen. Die Reifen quietschten kurz.

»Coole Karre, ne«, kommentierte Rainer meinen Kavalierstart, »nich' gerade ökomäßig, aber echt krass, ne.«

Rainer sagte ständig »ne«, und obwohl dieses Kürzel von »nicht wahr?« herrührte und eigentlich als Frage betont werden sollte, tat er es nicht. Er sprach sein »ne« tonlos aus, hängte es an, ob es passte oder nicht.

»235 PS«, sagte ich und trat aufs Gas.

Lasse fädelte sich spielend leicht in den fließenden Verkehr ein.

»Krass, ne.«

»Ja, voll krass«, stimmte ich ihm zu.

»Kann ich rauchen, ne?«

Ich wollte schon loswettern, dass sich das nicht gehöre, da fiel mir ein, dass ich ja selbst wieder damit angefangen hatte.

»Meinetwegen.«

»Willste auch?«

»Warum nicht.«

Rainer popelte zwei selbst gebaute Zigaretten aus einem Jutesäckchen hervor, zündete beide an und reichte mir eine herüber.

Der Tabakrauch erinnerte mich an irgendetwas. An früher. An die Schule und die Uni.

Es schmeckte gut.

Ich fuhr schneller.

Nach einigen Zügen hatte ich das Bedürfnis zu reden. Mir ging es saugut, und grundlos musste ich ein Lachen unterdrücken, als ich daran dachte, wie es Ferdinand mit Tanja trieb.

»Krass, wie schnell der Bus abgeht«, sagte Rainer und grinste.

»Ja, oberstkrass«, sagte ich und lachte.

»Du bist echt locker drauf, ne.«

»Ich bin aber mal so was von locker drauf«, sagte ich und lachte weiter.

»Genau«, sagte Rainer.

Lasses Tachonadel kratzte zitternd an der 200 km/h-Marke.

»Wo fährst'n hin?«, wollte Rainer wissen.

»Nach Schweden.«

»Krass. Ich auch, ne.«

Wir lachten uns beide halb tot.

Vor uns beeilte sich ein dunkelblauer Opel-Kombi, den Weg freizumachen. Ich gab ordentlich Lichthupe und ließ Lasses Horn ertönen. Rainer zeigte dem Fahrer noch den Mittelfinger.

Wir waren zu einem exzellenten Team verschmolzen.

Im Rückspiegel sah ich, wie der Kombi beschleunigte und im Wageninneren eine rote Schrift zu blinken anfing.

Ich konnte es nicht genau lesen, ich war zu schnell. Daher bat ich Rainer, die Schrift zu entziffern. Ich machte mir große Hoffnungen, dass er mit seiner dicken Brille dazu imstande war.

»Pe-O-eL-I-Zett-E-I«, buchstabierte er und fasste zusammen: »Polizei. Krass, die Bullen. Scheiße, ne!«

Die Polizei. Na und? Was konnte die uns schon anhaben?

»Du, Torsten, vielleicht ist es besser, du hängst die ab, ne.«

»Wieso das denn?«

»Na, wenn die mein Dope finden, wär das echt scheiße.«

»Was für Dope?«

Mit einem Schlag war ich glockenhellwach.

Na klar! Dieser Geruch von Rainers Zigaretten. Die Schule. Die Uni. Jetzt fiel mir wieder ein, woher ich das kannte.

»Willst du mir etwa sagen, wir haben Haschisch geraucht?«, donnerte ich los.

Rainer sank im Beifahrersitz zusammen. »Nee, nur Gras, ne.« Er schien Gewalt, und seien es auch bloß laute Worte, nicht gewohnt zu sein aus seiner Kommune. Seine Brille hing schief im Gesicht. Eines seiner Augen schrumpfte dadurch optisch auf ein Normalmaß zusammen. »Krass, ich hab gedacht, du wärst locker drauf, ne.«

»Du Vollidiot!«, schrie ich ihn an. »Ich bin vielleicht locker, aber die Polizei nicht.«

Gott sandte mir ein Zeichen. Oder war es Renates kosmisches Karma? Hinter uns scherte ein Schwerlasttransporter aus und überholte einen noch langsameren LKW. Gleichzeitig kündigte ein blaues Schild die Ausfahrt »Neuland« an. Spontan bremste ich auf 140 km/h ab, zog nach rechts und schoss mit quietschenden Reifen die Ausfahrt entlang. Ich folgte der anschließenden

Landstraße bis zu einem Waldstück, bog auf einen Parkplatz ein und brachte Lasse zum Stehen.

Ich atmete aus. Die Polizei folgte uns nicht.

»Raus!«, brüllte ich Rainer an.

Verschüchtert klaubte er seine Siebensachen zusammen, öffnete die Tür und stieg aus.

Ich ließ den Motor wieder an und fuhr davon.

Im Rückspiegel sah ich Rainer stehen.

Allein.

Das Schild mit der Aufschrift »Schweden/*Sverige*« in der Hand.

Es war kalt.

Hatte ihn seine Freundin auch mit seinem Therapeuten betrogen? Nach Therapeut sah er aus. Nach Freundin weniger.

Ich bremste trotzdem und legte den Rückwärtsgang ein. Auf seiner Höhe hielt ich an, und Rainer kam zögerlich zur Tür.

»Hab ich was vergessen, ne?«, fragte er schüchtern.

»Wenn du mit nach Schweden willst, dann schmeiß deinen Stoff weg und steig ein. Wenn du lieber kiffen willst, dann bleib hier. Also?«

Rainer dachte kurz nach, dann wühlte er in seinem Rucksack, holte einen transparenten, mit grünen Pflanzenteilen vollgestopften Plastikbeutel hervor und steckte ihn andächtig in einen Papierkorb.

Einen Augenblick später saß er wieder neben mir, und ich fuhr weiter in Richtung Schweden, einer wolkenverhangenen Sonne entgegen.

NEUN

Ich war hundemüde, durfte aber nicht schlafen. Rainer schon. Er war gegen die Tür gelehnt eingenickt. Seine Riesenbrille war ihm dabei zur Stirn hochgerutscht, und er schnarchte. Ein kleiner Speichelfaden troff ihm von der Lippe auf den Bundeswehrparka. Ich wandte den Blick ab. Nur einmal wurde er wach, als mich der durstige Lasse nochmals zu einem Tankstopp zwang und ich zu diesem Anlass zweimal über Rainer steigen musste, um ins Freie und wieder zurück zu gelangen. Die Fahrertür ließ sich nämlich auch von innen nicht mehr öffnen.

Er sagte nur: »Oberstkrass, ne«, und schlief weiter.

Endlich hatten wir nach stundenlanger Fahrt den Fährhafen in Puttgarden erreicht. Zu viele Stunden, denn obwohl ich Lasse die Sporen gegeben hatte, hatte mich der teils ungeplante Tagesverlauf zeitlich doch etwas zurückgeworfen. Die letzte Fähre fuhr aus dem Hafen, als wir ankamen. Es war 18:15 Uhr. Die Sonne stand noch hoch am Himmel.

Rainer wachte auf und rieb sich die Augen, bevor er die Schaufensersehhilfe darübergleiten ließ. »Alles klar, oder was?«

»Nein«, entgegnete ich. »Wir haben die letzte Fähre verpasst. Oberstkrass.«

»Genau!«, sagte Rainer.

Ich fuhr auf einen Parkplatz neben einer Raststätte, an

63

der sich noch mehr Gestrandete versammelt hatten. Trucker, Familien mit plärrenden Kindern und junge Pärchen in alten Autos.

Rainer und ich aßen den Tagesteller, eine völlig überteuerte und total weich gekochte Portion faseriges Gulasch mit Fertig-Kartoffelpüree und Matschesalat, im dazugehörigen Restaurant, und während Rainer es sich bereits in Lasse bequem machte, nutzte ich die freie Zeit, um einige Telefonate zu führen.

Zuerst rief ich Yilmaz an. Ich wusste zwar, dass er mir nicht helfen konnte, aber ich wollte ihn über Lasses neues Leiden beizeiten ins Bild setzen, nicht dass es hinterher hieß, ich hätte es nicht getan, und die Garantie sei deshalb futsch. Oder so. Außerdem befürchtete ich, dass es nicht das letzte Problem mit Lasse sein würde, und im bestimmt irgendwann anstehenden Schadensersatzprozess wollte ich schon jetzt jeden Formfehler vermeiden.

Wieder war nur Yilmaz' Anrufbeantworter zu sprechen. Ich hinterließ eine Nachricht.

Dann rief ich meinen Vater an.

»Papa?«

»Ja? Ach du bist es, Torsten. Alles klar bei dir?«

»Wie man's nimmt.«

»Heißt?«

»Wir haben die letzte Fähre verpasst, weil die ausgerechnet heute die Verbindung wegen Bergungsarbeiten bis morgen früh gesperrt haben, ich spät weggekommen bin, im Stau stand und vor allem, weil ich mehrmals anhalten musste, weil Lasse so viel säuft. Außerdem musste ich noch die Polizei abschütteln.«

»Die Polizei? Wieso die Polizei? War die Kripo wieder

hinter dir her? Und warum *wir*? Und wer zur Hölle ist Lasse? Ein alkoholabhängiger Anhalter?«

»Nein«, sagte ich, »der Anhalter heißt Rainer und säuft nicht, sondern kifft. Lasse ist mein Auto. Und wieso *wieder*? Die Kripo war nie hinter mir her. Abgesehen davon musste ich die Autobahnpolizei in Zivil abschütteln.«

»Du machst mir langsam Sorgen«, sagte mein Vater betroffen.

Im Hintergrund kicherte jemand.

»Was ist denn bei dir los?«, wollte ich wissen.

»Ach, das ist nur Renate, die sich neue Negligés gekauft hat und sie gerade vorführt.«

»Du machst mir auch langsam Sorgen«, bemerkte ich und verabschiedete mich mit dem Versprechen, mich zu melden, sobald ich schwedischen Boden unter den Füßen hätte.

Jetzt noch schnell Åsa Norrland. Ich hoffte, die Anwälte in Schweden würden länger arbeiten als die in Deutschland.

»*Advokat Svensson i Borlänge, Åsa Norrland. Hur kan jag hjälpa dig?*«, meldete sie sich freundlich. Und so wahnsinnig sexy. Das Bild der Sprachkurs-Cover-Schönheit zog vor meinem geistigen Auge vorbei.

»*Hej.* Hier ist Torsten Brettschneider. Åsa, ich wollte Ihnen nur sagen, dass ich später komme. Die Fähre ... na ja ... alles hat sich etwas verzögert.«

»*Oh, vad synd,* wie schade«, sagte sie. »Wann, meinen Sie, werden Sie hier sein?«

»Wir nehmen morgen früh gleich die nächste Fähre, sodass wir bestimmt noch vor Mittag in Göteborg sind und dann am Nachmittag in Gödseltorp.«

»Wer ist *wir*?«, fragte nun auch Åsa.

»Äh, *wir*, das sind ich und … und ein Freund von mir«, suchte ich nach einer halbwegs passablen Erklärung. Dabei sah ich zum Auto hinüber und erblickte Rainers zerknautschtes Gesicht, das er im Schlaf an die eingespeichelte Scheibe der Beifahrertür presste. Das Licht der Nordsonne malte helle Punkte durch die Brillengläser auf seine aschfahle Gesichtshaut.

»Also ein Bekannter und ich«, verbesserte ich mich.

»Ah, Sie kommen mit einem Freund, Torsten? Das ist schön. Eine so lange Reise alleine ist auch langweilig.«

»Ja, genau. Langweilig ist es mit meinem Bekannten absolut nicht.«

»Aber gut, dass Sie anrufen«, hob Åsa von Neuem an. »Ich hätte in Kürze auch versucht, Sie zu erreichen. Ich werde nämlich erst am Montag zum Hof kommen können. Zum Glück eilt ja alles nicht. Gehen Sie einfach zum Storegården. Es ist ja jemand da, der Sie hereinlässt.«

»Es ist jemand da?«, wunderte ich mich. Das war mir neu.

»Gewiss. Bjørn Hakansen. Er ist zwar bereits neunundachtzig Jahre alt, aber immer noch der Hausverwalter. Das steht doch im Exposé Ihrer Erbschaftsimmobilie und im Vertrag.«

Das musste ich wohl überlesen haben. Die schwedische Sprachkurs-Cover-Schönheit kam mir wieder in den Sinn. »*Vill du prata perfekt svenska? Inget problem!*« Ich hätte ihr eher begegnen sollen.

»Ja, natürlich«, sagte ich.

Kurz dachte ich darüber nach, ob ich mich bei Åsa scherzhaft darüber erkundigen sollte, was denn noch alles für ungeahnte Überraschungen in Gödseltorp auf mich warteten. Doch ich verwarf diesen Gedanken. Ein Fehler, wie sich später zeigen sollte, denn ich wäre auf der Stelle wieder umgekehrt, wenn ich die ganze Wahrheit jetzt schon erfahren hätte.

»Also, wenn Sie keine weiteren Fragen mehr haben, dann würde ich Ihnen jetzt eine schöne Reise wünschen.«

»Vielen Dank für Ihre Hilfe. Sie sind sehr freundlich und sympathisch.«

»Gern geschehen«, antwortete Åsa, und ich glaubte zu bemerken, dass sie errötete. Das Blut meines Vaters pochte heiß in meinen Adern.

»Wir sehen uns also am Montag«, fuhr sie fort. »Ich freue mich, Sie kennen zu lernen. Ich werde gegen Mittag in Gödseltorp sein. Bis dann! *Hej då och lycka till.*«

»*Hej då, Åsa*«, verabschiedete ich mich und legte auf. Mann, war die süß!

TIO

Der nächste Morgen begann früh: Die erste Fähre nach der Sperrung fuhr um 6:15 Uhr. Überraschenderweise waren Rainer und ich relativ ausgeschlafen. Auch wenn Lasse stets großen Durst hatte – er verfügte über genauso viel Platz.

Nach einer guten Stunde Fahrt durch den Sund erreichten wir Rødby. Fünfzig Liter Super später hatten wir das flache Dänemark durchquert und fuhren durch Kopenhagen auf die Öresundbrücke zu. Natürlich hätte man von Puttgarden aus auch eine Fähre direkt nach Göteborg nehmen können, aber ich wollte dieses gigantische Bauwerk, das ich bis dato nur aus dem Fernsehen kannte, selbst erleben und auch den Weg durch Schweden bis nach Gödseltorp auf eigenen Reifen zurücklegen.

»Das ist ja total oberstkrass, ne«, kommentierte Rainer die Brücke, die sich vor uns mit ihren beinahe acht Kilometern über das Meer erstreckte.

Auf der anderen Seite erwartete uns Schweden.

Und der Zoll.

Als Rainer die Beamten sah, begann er nervös auf dem Beifahrersitz hin und her zu rutschen.

»Ich dachte, in der EU gibt's keine Grenzen mehr, ne«, sagte er für seine Verhältnisse aufgeregt.

Ich sah ihn an. »Du hast doch nichts mehr?«, wollte ich wissen.

»Kein Gras, nee, quatsch, hab ich alles weg, ne«, versuchte Rainer mich zu beruhigen. Es gelang ihm nicht restlos.

Natürlich stoppte uns der Grenzbeamte.

»*Har ni någonting att deklarera?*«

»*Nej*«, antwortete ich.

Dann fiel sein Blick auf Rainer.

Der sagte überfordert und hilflos: »Hallo, ne, alles klar, oder?«, und hob die Hand zum Gruß.

Verzweifelt über so viel soziale Inkompetenz krallte ich meine Hände in Lasses Lenkrad und beobachtete den Grenzbeamten aus den Augenwinkeln. Er dachte nach. Ich konnte es ihm ansehen, doch schließlich schien er zu dem Schluss gekommen zu sein, dass sich die Mühe bei uns nicht lohnte, zumal in unserem Auto kein Alkohol in rauen Mengen zu sichten war, solange man nicht unter die gemusterte Wolldecke schaute, die wie zufällig zwischen dem Gepäck lag. Vielleicht auch, weil er nicht die geringste Lust hatte, Rainer einer Leibesvisitation zu unterziehen. Dafür hatte ich Verständnis.

Er winkte uns durch.

Ich atmete aus.

Rainer wischte sich den Schweiß von der Stirn. »Krass.«

Etwa zweihundert Kilometer nach Göteborg trennten sich Rainers und meine Wege auf der Höhe von Säffle, westlich des Vänernsees. Ich wollte nach Mittelschweden, er nach Årjäng, ein kleines Nest in der Nähe der norwegischen Grenze. Er sagte, dort finde ein illegales alternatives Rockkonzert namens »*Svampar o fred*« statt, »Pilze und Frieden«, aber ich wusste, dass das für mich keine Alternative war, erst recht nicht, wenn da alle

69

so drauf wären wie Rainer. Ob der Name des Festivals vorsätzlich Tolstois Bestseller entliehen und verunstaltet worden war oder ob die Veranstalter die Ähnlichkeit gar nicht bemerkt und damit lediglich auf eine eng definierte Gruppe an Zuhörern abgezielt hatten, blieb mir verschlossen. Es war mir eigentlich auch egal, ob Rainer dort mit Zugedröhnten aus aller Herren Länder mitten im Wald zu psychedelischen Klängen tanzte und auf einem Magic-Mushroom-Trip in Rentierfelle gehüllt ein Lagerfeuer umkreiste. Und doch: Ich weiß nicht, warum, aber irgendwie berührte mich der Abschied. Ich hatte Rainer lieb gewonnen, war er doch der Erste, der mich ein Stück meines neuen Lebensweges begleitet hatte, auch wenn er zugegebenermaßen eine sonderbare menschliche Gesamtkomposition war.

Nachdem ich getankt und mich erfolglos nach Gummistiefeln erkundigt hatte (sollte ich mich doch getäuscht haben mit meiner Vermutung, in Schweden gebe es überall und jederzeit Gummistiefel in allen Formen und Farben?), kam Rainer aus der Tankstellentoilette herübergeschlichen, zog seinen Rucksack und seine Schlafutensilien aus Lasse hervor und drückte mir mit weichem Griff die Hand.

»Echt cool, dass du mich mitgenommen hast, ne, Torsten. Echt danke, du.«

»Kein Problem«, sagte ich. »Gute Reise. Wohin willst du nach dem Konzert in Årjäng?«

»Ach, du, wohin das Leben mich treibt, ne. Ich hab acht Wochen Zeit, bevor die Uni wieder losgeht, ne.«

»Was studierst du?«

»Sozialpädagogik, ne. Zehntes Semester.«

»Ne!« Mir lag auf der Zunge, ihn nach seiner politischen Orientierung zu fragen, um auch mein zweites Vorurteil bestätigt zu bekommen, aber ich beließ es dabei. Eigentlich war Rainer ja in Ordnung. Und ein Penner war er auch nicht, er sah nur so aus. »Dann viel Spaß, und vielleicht sieht man sich ja noch mal«, rief ich zum Abschied, und er entgegnete: »Genau. Man sieht sich ja immer zweimal im Leben, ne.«

Ich krabbelte zur Beifahrerseite in Lasse hinein und brauste weiter. Im Rückspiegel sah ich Rainer noch winken, Schlaf- und Rucksack geschultert, bevor er am asphaltierten Horizont verschwand.

Ich war wieder allein.

ELVA

Es lagen noch gut dreihundert Kilometer vor mir; in Schweden, wie Lasses Navi hochgerechnet hatte, fast fünf Stunden Fahrt.

Die Landschaft wurde einsamer und einsamer, Vögel fremder Gattungen zogen ihre Bahn über mir, gelbe *Viltövergång*-Warnschilder mit stilisierten Elchen zierten den Straßenrand, und ich fragte mich mittlerweile, ob das Wort »Verkehrsdichte« im Schwedischen überhaupt vorkam. Wälder und Seen wechselten sich mit Seen und Wäldern ab. Der Karte hatte ich entnommen, dass Gödseltorp etwa auf der Höhe der Stadt Borlänge gelegen war, an den Ufern des Gödselsjös. Gleich neben dem See gab es noch fünf weitere Gewässer, das größte von ihnen hieß Stor-Flaten, Großer Flaten. Dass diese Bezeichnung mich eher an »großer Fladen« und an Elche mit Verdauungsstörungen erinnerte, erheiterte mich. Dass Borlänge nach meinen Recherchen eine recht hohe Kriminalitätsrate hatte, hingegen nicht.

Aber es half nichts. Ich musste weiter.

An den Ufern des Gödselsjös lag Gödseltorp.

Am Rand von Gödseltorp lag der Storegården.

Der Hof der lieben Tante Lillemor, an die ich mich nicht mehr erinnerte.

Mein Hof, meine Zukunft.

Ich erreichte nach drei Stunden die Bundesstraße

25. Noch einhundert Kilometer, behauptete das Navi-Display. Nach dreißig weiteren Kilometern verließ ich die Straße und fuhr ins Nichts, so, wie es mir mit dominanter weiblicher Stimme befohlen wurde.

Nichts heißt: Wald. Viel Wald. Nichts außer Wald.

Die Straße verwandelte sich abrupt vom holprigen Asphaltweg in einen noch holprigeren Kiesweg. Meinten die Schweden das ernst? War ich hier richtig?

Ich nahm mir vor, dem Weg und Lasses Navi noch eine halbe Stunde eine Chance zu geben, und hoffte, dass Auto Yilmaz, namentlich der liebe Herr Özgür, mir nicht eine CD mit Kartenmaterial aus dem vorherigen Jahrtausend untergejubelt hatte. Falls die Daten so aktuell waren, wie meine Batterie es gewesen war, dann Gute Nacht! Was soll's?, dachte ich bei mir, dann drehe ich eben um und frage jemanden.

Sehr witzig! Wen denn?

Bing!

Mein Blick schnellte auf Lasses Tankuhr.

Schön, dass es immer noch schlimmer kommen kann.

Das orange Lämpchen neben der kleinen Zapfsäule im Tachometer leuchtete mal wieder gierig auf.

Lasse soff immer mehr. Irgendetwas konnte da nicht stimmen.

Ich rauschte, eine Staubwolke nach mir ziehend, um eine Kurve und traute meinen Augen nicht. Hosianna? Karma? Kosmos? Schon wieder?

Egal!

Vor mir lag in einer Senke tatsächlich eine Tankstelle. Klein und heruntergekommen, aber eine Tankstelle. Geöffnet hatte sie vermutlich auch, wie ich dem amerikanisch angehauchten Schild aus Neonleuchtbuchstaben entnehmen konnte. »O en« stand dort geschrieben. Das »p« war kaputt und flackerte nur vor sich hin.

Ich ließ Lasses sechs Zylinder aufheulen, preschte auf die Tanke zu und kam vor der rechten der beiden Säulen zu stehen. Ein Blick in die verschmierten Schaufenster des Verkaufsraumes zeigte die Silhouette eines beleibten Mannes, der nun über den Tresen gebeugt aufschaute und zur Tür kam.

Ich krabbelte aus Lasses Beifahrertür und sah den Tankwart, der mittlerweile ins Freie getreten war, in seiner ganzen Pracht. Er trug einen ölverschmierten Overall und eine ebensolche Strickmütze (ich hoffte, dass es sich um Öl handelte). Er war riesig, fett und blond, er schielte, und er war ungepflegt. Unwillkürlich musste ich an eine Szene aus einer Stephen-King-Verfilmung denken, in der ein behämmerter Tourist unbedarft an der Tankstelle eines Massenmörders tankt, unter ihm hundertsiebzehn teils ausgeweidete Leichname. Alle von behämmerten Touristen.

Ich sah mich um. Niemand war da. Nur ich und der seltsame Typ, der mich anstarrte und dabei in seinen Zähnen pulte, die schwarz waren vom Snus.

Ich hob die Hand und lächelte.

»*Hej!*«, sagte ich.

Er schwieg, nickte, spuckte einen monströsen Flatscher eingespeichelten Kautabak auf den Boden und verschwand wieder hinter seinen verschmierten Scheiben.

Irgendwie war mir mulmig. Ich wollte so schnell wie möglich tanken, zahlen und weg. Bloß keinen längeren Aufenthalt hier an der Tankstelle von Stephen King und vor allem: bloß keinen Ärger.

Klack. Vollgetankt. Endlich.

Ich hängte den Zapfhahn ein und sah auf die Summe. 637 Kronen. Das hatte ich noch in bar. Was für ein Glück! Ich glaubte nicht daran, dass hier eine EC-Karten-Zahlstelle existierte. Wie recht ich doch hatte. Das Innere des Verkaufsraumes musste seit Jahren nicht gereinigt worden sein. Ich vermied es, auf die Verfallsdaten der ausgestellten Produkte zu sehen, und hielt schnurstracks auf die Kasse zu.

»*Hej!*«, sagte ich noch einmal. »*Skulle jag kunna få betala?*«

»*Hej!*«, antwortete der Tankwart, und ich erschrak zu Tode. Seine Stimme stand in keinerlei Verhältnis zu seinem Äußeren. Eunuchengleich und schrill war sie. Das verstärkte nur meine Fantasie.

Er schielte mich an und fistelte weiter: »*Sexhundratrettiosju kronor.*«

»*Självklart*«, gab ich bemüht unerschrocken zurück, »selbstverständlich«, und nestelte das Geld aus meinem Rucksack.

Zumindest hatte ich das ernsthaft vorgehabt.

Doch in meinem Rucksack war kein Geld. In meinem Rucksack war auch kein Handy. Auch kein Notebook. Und keine Unterlagen.

Das war nicht mein Rucksack!

Verzweifelt hob ich ihn an. Mit Edding geschrieben prangte ein Name dick auf der Rückseite: »Rainer«.

Der i-Punkt war durch eine aufgebügelte Kamillenblütenapplikation ersetzt worden.

Im Rucksack befand sich neben einem Paar uralter Wanderschuhe, einigen ausgeleierten Unterhosen und Stricksocken ein Plastikbeutel mit getrockneten Pflanzenresten. Das war alles und zugleich der einzige, lächerliche Trost, der mir geblieben war, denn Rainer hätte nun auf seinem Drogenfestival nichts zu rauchen.

Ich ließ den Rucksack sinken.

Was für eine Scheiße!

Rainer, du verdammter Blindfisch, du Dioptrienidiot!, tobte es in mir.

Der Tankwart sah mich erwartungsvoll mit einem Auge an. In seinem Blick lag bereits etwas Anspannung. Ich konnte es fühlen.

Auf Schwedisch sagte ich: »Haha, so ein Pech. Nicht mein Rucksack. Freund. Vertauscht. Haha.«

Der Tankwart wechselte auf das andere Auge, fixierte mich und richtete sich auf; er war fast zwei Köpfe grö-ßer als ich.

»637 Kronen«, wiederholte er in gemeiner Tonhöhe.

Ich schloss die Lider.

Ich sah mich im Geiste, wie ich verstümmelt und schreiend zu den anderen Kadavern in den verschiede-nen Stadien der Verwesung unter das Tankstellenhäus-chen geschleudert und mit feuchter schwedischer Erde bedeckt wurde. Oben Fetti, wie er in die Grube schielt und gackert wie ein Schulmädchen, während er herz-haft in meinen abgetrennten Oberschenkel hineinbeißt und ein Stück rohen Muskel herausreißt, um ihn zu ver-schlingen.

»Ich hab kein Geld!«, hörte ich mich flüstern und riss die Augen wieder auf. Ich wollte dem mit hoher Wahr-scheinlichkeit nun gleich folgenden Axthieb wie ein Mann entgegensehen.

»Das macht doch nichts«, entgegnete das Monster un-erwartet. »Das kann ja mal passieren. Geben Sie mir ein-fach Ihren Ausweis, und ich schreibe mir noch Ihr Auto-

kennzeichen auf, dann zahlen Sie, wenn Sie das nächste
Mal vorbeikommen.«

Hatte ich mich verhört?

»Wie?«

»Na ja«, fistelte der Dicke, »es gibt nur diese eine Straße nach Gödseltorp. Sie müssen ja irgendwann wieder
hier vorbei. Zahlen Sie halt dann.«

»Gerne, ich … ich …«

In diesem Moment beschloss ich, an meinen Vor-
urteilen ernsthaft zu arbeiten. Dennoch. Rainer hatte
alles, was ich besaß, und im Gegensatz zu ihm glaubte
ich nicht daran, dass man sich im Leben immer zweimal traf. Ich wusste nicht einmal, wie er mit Nachnamen
hieß. Ein sinnloses Unterfangen, weiter darüber nach-
zugrübeln. Eines stand fest: Wenn ich hier jemals wieder vorbeikommen würde, hätte ich immer noch kein
Geld. Ich sah dem dicken Mann ins gerötete Gesicht. Seine Nase war ein Blumenkohl. Da kam mir eine Idee: Es
gab eine Zweitwährung. Danke, Papa!

»Kann ich auch mit Schnaps bezahlen? Ich habe keinen Ausweis mehr.«

»Schnaps?«

»Ja«, bekräftigte ich. »*Snaps och brännvin, förstår
du?*«

»Was für Schnaps?«

»Whiskey und Wodka.«

Der Dicke dachte nach, doch in seinem Blick lag ein
gieriges Leuchten. Ich bewunderte die Menschenkennt-
nis meines Vaters immer mehr.

»Wie viele Flaschen?«

Ich überlegte kurz. »Sagen wir sechs?«

»Das ist gut«, trällerte der Tankwart und folgte mir

zum Auto, wo ich ihm einen halb vollen Karton mit Alkohol übergab. Die übrigen Flaschen hatte ich vorsorglich versteckt, ich wollte sie in Reserve halten; sie lagen unter dem Beifahrersitz. Man weiß ja nie.

Er klemmte sich den Pappkarton unter den Arm, als wäre es ein Lego-Bauklötzchen, und begann schon zu winken, als ich mich noch mühte, durch Lasses Beifahrertür zum Lenkrad zu kriechen.

Er winkte auch noch, als ich schon losfuhr, und er winkte noch, als ihn der Hügel, den ich hinter mir ließ, verschluckte.

Wahrscheinlich hat er noch wesentlich länger gewinkt.

Ich machte drei Kreuze, dass ich aus der Nummer schadlos herausgekommen war, und wusste in diesem Moment des Glücks nicht, wen ich lieber erwürgen wollte, Herrn Özgür von Auto Yilmaz, dem ich den Tankstopp in dieser Einöde ja irgendwie mit zu verdanken hatte, oder Rainer, den Blindfisch, der meine akute Geldnot verschuldet hatte.

Ich glaube, Rainer wäre mir jetzt lieber gewesen, denn ganz abgesehen von Özgürs erheblich größerem Halsumfang und dem damit verbundenen Mehraufwand, ihn zu erdrosseln, ärgerte ich mich am allermeisten darüber, dass ich statt einer sauteuren kompletten technischen Ausrüstung, Geld, Handy und allen Dokumenten nur noch zwei ausgelatschte Wanderstiefel, drei labbrige Unterhosen, vermutlich aus den späten Neunzigerjahren, selbst gestrickte Socken aus Öko-Island-Schafwolle und einen Beutel voll Dope besaß. Klasse! Super, Rainer!

Nach einer weiteren halben Stunde knochenharter Fahrt kam ich an eine Weggabelung und stoppte. Eine Dreckwolke hüllte den Wagen ein, und zwei Schilder tauchten langsam aus dem sich verziehenden Staub auf. Weiße Schrift auf blauem Grund. Wie die Autobahnschilder in Deutschland, nur dass dieser Fahrweg das Gegenteil von Autobahn war. Das nach rechts sagte: »Borlänge 57«, das linke Schild: »Gödselsjö/Gödseltorp 8«. Sollte es wirklich wahr sein? Stand ich tatsächlich kurz davor, nach schlappen eintausendfünfhunderteinundvierzig Kilometern mein Ziel zu erreichen? Ich rieb mir die Hände und gab Gas.

Nur zwanzig Minuten später erklomm Lasse einen Hügel. Oben angekommen, musste ich in die Eisen gehen, denn mir bot sich ein erhebender, atemberaubender Anblick. Zu meinen Füßen, einsam und besinnlich, lag der Gödselsjö, an seinem Ufer ein kleines Dorf, aus den Schornsteinen der wenigen Häuser quoll der rauchig-exotische Atem der neuen Heimat. Die Sonne warf ihre Strahlen feuerrot durch die Wolkenfetzen herab und brachte die windgekräuselte Oberfläche des Gewässers zum Glühen. Kraniche zogen mit fernen Schreien am Horizont vorbei. Die Luft drang warm und von duftenden Heidelbeerblüten erfüllt durch die geöffneten Fenster herein. Meine Augen wurden feucht. Es hatte sich gelohnt. Hier also würde ich die nächsten Jahre ganz oder wenigstens ganz oft verbringen. Hier, an diesem Ort der Ruhe und der Einkehr würde ich meine Bücher schreiben (ich hatte bereits beschlossen, dass es mehrere sein sollten). Hier, auf diesem Flecken Erde, der dem Paradies nicht näher sein konnte, wo die Menschen noch Teil des Seins, wo Freundlichkeit und Wärme noch Essenz des

Herzens waren und keine aufgesetzte Allüre, hier würde ich *sein*. Ergriffen atmete ich tief ein.

Im gleichen Augenblick erschrak ich zu Tode.

Hinter mir war ein riesiges Auto angedonnert und mit blockierenden Reifen zum Stehen gekommen. Ein monströser amerikanischer Pick-up. Es hupte mehrmals aggressiv und ungeduldig und vor allem verdammt laut, dann sprang ein Mann im Alter meines Vaters unerwartet behände aus dem 4WD-Giganten, kam zu mir herübergerannt und wetterte in gebrochenem Deutsch: »Bleib Ihr Idioter in Tyskland auch imme mitt i vägen stehe? Das is kein Aussicht, das is Väg.«

Das Auffälligste an ihm war seine breit geschlagene Nase, die ihm das Aussehen eines Boxers gab. War das ein Gödseltorper Willkommensritual, oder war der Typ einfach nur ein Arschloch?

Ein Blick in den Rückspiegel gewährte Erklärung. Auf der geöffneten Fahrertür prangte ein Name inklusive Firmenlogo, ein stilisierter, gekrönter Elchkopf. Ich mühte mich, den spiegelverkehrten Text zu entziffern, und las:

Ragnar Hedlund
Bensin och bil – Gödsel Café – Hemköp
780 99 Gödseltorp/Gödselsjö

Hedlunds Tankstelle und Autoreparatur, Hedlunds Café und Hedlunds Supermarkt. Ich zuckte zusammen. Ragnar Hedlund war doch der Typ, über den mein Vater so gewettert hatte. Drecksack hatte er ihn genannt. Es stimmte, wieder hatte er recht gehabt. Das fing ja gut an. Ich hatte mich direkt beim Dorftycoon unbeliebt gemacht. Doch ich war mir sicher, dass Ragnar und ich bestimmt noch super Freunde werden würden. Vielleicht kam mir dieser Gedanke insbesondere deshalb, weil er in diesem Moment mit hochrotem Kopf und mit schäumenden Spuckebläschen in den Mundwinkeln vor meiner Fahrertür tobte wie ein tollwütiger Troll und am Türgriff zerrte, der natürlich nicht funktionierte, was ihn nur noch mehr in Rage brachte.

Einige Hasstiraden und einen unkontrolliert aufbrüllenden V8-Motor später prasselten kleine Kieselsteinchen auf Lasse herab. Mein neuer Freund Ragnar war wutentbrannt abgezischt und hatte alle vier Reifen seines Pick-ups ordentlich durchdrehen lassen. Er entschwand in einer kleiner werdenden Staubwolke. Ich wartete noch fünf Minuten, um sicherzugehen, ihm nicht noch einmal zu begegnen, dann startete ich Lasse und rollte bedächtig los. Ich genoss die Fahrt im Schritttempo, denn es schien, als wolle die Sonne nie mehr untergehen. Den ganzen Weg hinab ins Tal nach Gödseltorp leuchtete sie hell und strahlend über die endlose Natur.

Nach einer Kurve ging ich wieder in die Eisen.

»Gödseltorp.«

Das Ortsschild steckte schief am Wegesrand. Es war eingeknickt. Jemand musste es schon mindestens einmal im Vollrausch umgefahren haben. Noch mehr Sorgen machte mir, dass es mit Löchern übersät war, durch die ein Mann locker seinen Zeigefinger hätte stecken können. Dirty Harrys Smith & Wesson kam mir in den Sinn. Irgendwer hatte einige Magazine seiner Schusswaffe daraufgeballert. Beeindruckend war, dass der Schütze auch die beiden Punkte des »ö« von »Gödseltorp« getroffen hatte. Ich wusste in diesem Moment nur nicht, ob mich das trösten oder mir nur noch mehr Angst machen sollte.

Die Hoffnung, entkommen zu können, mischte sich mit der Furcht vor einem schnellen, gezielten Todesschuss aus dem Hinterhalt.

Der aufkommende Wind hauchte kühl über den Gödselsjö, ließ die strohig-grünen Blätter einer Trauerweide rascheln. War da nicht ein röchelndes, diabolisches Kichern gewesen? Ich sah mich zögerlich um. Kein Mensch war zu sehen. Wieder wandte ich mich dem Ortsschild zu, denn nur eine Handbreit unter ihm war ein weiteres, jedoch von Laienhand aus Holz gefertigtes mit Kabelbindern und rostigem Draht befestigt worden. Es zeigte einen schlecht getroffenen Teufelskopf auf schwarzem Grund und daneben in handgeschriebenen blutroten Lettern, die wohl an eine altdeutsche Schrift erinnern sollten: »*Home of MC Satans Oväsen*«.

Super!

Nicht nur der tobende Ragnar Hedlund erwartete mich hier, sondern auch noch ein örtlicher Rockerclub namens »Höllenlärm«.

Es muhte heiser, ich sah zur Seite und erschrak. Eine uralte, einäugige Kuh glotzte mich aggressiv über einen Weidezaun hinweg an. Ob sie die Hälfte ihres Augenlichts lediglich durch den korrodierten Stacheldraht verloren hatte, der die Koppel eingrenzte, ob einer der Rocker von MC Höllenlärm aus dem Gödseltorper Chapter sie in Ermangelung anderer Freizeitangebote gequält hatte oder ob der Geist des fistelnden Tankwärters der Stephen-King-Tankstelle in sie gefahren war, konnte ich nicht sagen.

Ich wollte es auch gar nicht wissen.

Eine Wolke schob sich vor die Sonne.

Es wurde schlagartig kalt.

Es muhte wieder. Nur die Kuh. Ein Auge. Böse.

Es war nicht schön hier. Mein Magen fühlte sich flau an.

Wie hatten es meine Eltern in diesem Drecksnest nur so lange ausgehalten? Und Tante Lillemor? Sollte sich herausstellen, dass sie keines natürlichen Todes gestorben war, es hätte mich nicht gewundert.

Umkehren konnte ich nicht mehr, und ich hatte es doch nicht anders gewollt.

Ich fuhr langsam weiter.

TOLV

Gödseltorp erstreckte sich über gut zwei Kilometer am
Ufer des Sees entlang. Als Ort konnte man diese scheinbar ohne Infrastrukturkonzept errichtete Ansammlung
von Häusern und Höfen eigentlich nicht bezeichnen. Zumindest nicht, wenn man das Rhein-Main-Gebiet gewohnt war. Der Wasserkante folgend, schlängelte sich
der Kiesweg durch die Gegend, schlecht gestrichene Häuser duckten sich im Schatten riesiger Birken, Buchen und
Nordmanntannen an den Straßenrand. Noch immer sah
ich keine Menschenseele. Ich fragte mich, ob es sich bei
den nicht sichtbaren Bewohnern dieses Örtchens eher um
nachtaktive Wesen handelte, die sich nach Belieben wahl-
weise in Nebel, Fledermäuse oder Wölfe verwandeln konnten, wenn sie sich nicht gerade an den Halsschlagadern
verirrter Wanderer vergingen. Vielleicht schlummerten
sie gerade in geweihter Erde vor sich hin und warteten
nur darauf, dass die Sonne endlich wieder verschwand.
Ich atmete erleichtert auf; wäre dem so, würden sie
noch lange hungern und mich in Frieden lassen müssen,
denn es war ja bald Mittsommer, und – das wusste ich
aus diversen Reiseführern und den verschwommenen Erinnerungen meiner Kindheit – da ging die Sonne so gut
wie gar nicht unter in diesen Breiten. Mein Vater hatte
das auch erzählt, und ich glaubte mittlerweile, dass der
einfach immer recht hatte.

Der Weg gabelte sich. Ein weiteres verwittertes Schild wies bergan, doch leider war die Schrift total verblichen. Mit viel Fantasie und gutem Willen konnte ich am Ende ein »n« und mittendrin ein »å« erkennen. Ich seufzte. Zum einen hatte ich nach dieser Reise keine Lust auf schwedisches Kniffel, und zum anderen war ich mir sicher, dass diese beiden Buchstaben in gut einem Drittel aller schwedischen Wörter vorkamen; ein hoffnungsloses Unterfangen. Links folgte der Weg weiter dem Ufer des Gödselsjös. Da, wo er hinter einer Landzunge verschwand, erblickte ich einen zusammengestückelten Gebäudekomplex, der aus einer Tankstelle, einem Café und einem Tante-Emma-Laden bestand. Dort würde man bestimmt wissen, wo mein geerbter Bauernhof lag. Die Frage war nur, ob man es mir auch sagen oder mich ohne viel Federlesen lynchen würde, denn dieser Laden gehörte, wie eine elchhohe Tafel deutlich bekannt gab, meinem alten Freund Ragnar Hedlund. Ich hatte Lust, eine Zigarette zu rauchen. Ich fand, das passte situativ. Allerdings waren auch die in meinem Rucksack, der jetzt Rainer gehörte. Ich legte den Gang ein und tuckerte auf die Lokalzentrale von Hedlunds Imperium zu. Ich hatte mich nicht getäuscht, und zu allem Unglück schien Ragnar auch noch da zu sein, denn sein V8-Monstertruck stand voll von Schlamm und Staub vor der Tür.

Eingeschüchtert hoppelte Lasse auf die Tankstelle und parkte. Neben Ragnars Giganto-Auto nahm er sich aus wie ein Einkaufswagen.

Ein in Leder gekleideter Typ, etwa in meinem Alter, mit rotbackigem, wettergegerbtem Gesicht, trat neugierig an die Eingangstür und sah mir mit ausdruckslosem Blick dabei zu, wie ich aus Lasses Beifahrertür herauskrabbelte und dabei fast zu Boden gestürzt wäre. Über seiner Jacke trug er eine mit Aufnähern übersäte Jeansweste, sein Color. Einer der Aufnäher zeigte den gleichen stümperhaften blutroten Teufelskopf, wie ich ihn zum ersten Mal auf der Reviermarkierung unter dem Gödseltorper Ortsschild hatte sehen dürfen. Er war Member der Motorradgang *Satans Ованen*, Mitglied von MC Höllenlärm.

Prost Mahlzeit!

Er grinste fies, als ich an ihm vorbeikam.

»*Hej*«, sagte ich.

Er jedoch sagte nichts, sondern packte mich direkt am Kragen.

»Isz hab den Idioten, von dem du erzählt haszt«, schrie er in die Tankstelle hinein und verströmte dabei einen Odem aus Alkohol und Exkrementen, dessen Herkunft ich mir zwar nicht erklären konnte, der mir aber trotzdem fast die Tränen in die Augen trieb. Wohl fühlte ich mich nicht, doch es tröstete mich, dass der Typ wenigstens lispelte. Das machte ihn in meinen Augen weniger gefährlich.

Ich nahm allen Mut zusammen, den mir sein Sprachfehler gab, und sagte halbherzig: »He, was soll das? *Wer* ist hier ein Idiot? Lass mich los!«

Er sah mich überrascht an. Damit hatte er nicht gerechnet. Klar, Ferdinand war ein Hochstapler gewesen, aber hatte er nicht gesagt, man müsse vehement auftreten, um als Mann wahrgenommen zu werden, um sein Selbstbewusstsein zurückzugewinnen? Okay, bei Tanja hatte es nicht geklappt, aber vielleicht bei lispelnden, spät entwickelten Landeiern, die sich für echte Rocker hielten. Ich beschloss, das Risiko einzugehen, denn wenn ich schon sterben musste, dann wenigstens heldenhaft und aufrecht als Ur-Mann.

»Lass los!«, brüllte ich ihm voll ins Ohr. »Oder …«

»Oder was?«, fragte Ragnar. Er war dazugekommen und erkannte mich. Sein Blick war finster.

»Oder was? Na, oder eben!«, entgegnete ich und bemerkte, wie dämlich das klang.

»Lass ihn los, Ole-Einar«, befahl Ragnar dem anderen.

»Isz kann ihn auch in den Szee szmeiszen, wenn du willszt, Papa.«

Papa? Der Lispler war Ragnars Sohn!

»Will ich aber nicht«, grollte Ragnar. »Lass ihn los, hab ich gesagt!« Er schnaufte dabei durch seine platte Nase.

Widerwillig ließ Ole-Einar von mir ab und sah mich grimmig an.

»Was wollen Sie hier?«, wandte Ragnar sich nun an mich, und genau das fragte ich mich in diesem Moment ebenfalls. Und auch wenn ich um seine Deutschkenntnisse wusste, so gab er sich nun keine Mühe mehr, sondern sprach in einem so breiten Dialekt, dass es mir schwerfiel, ihm zu folgen.

»Ich suche den Storegården«, erklärte ich schließlich und strich mein Hemd glatt, das von Ole-Einars Attacke ein wenig derangiert war. »Wissen Sie, wie ich da hinkomme?«

Ragnar war blass geworden und starrte mich an.

Ole-Einar auch.

»Den Storegården?«, stammelte Ragnar.

»Ja, genau den. Ich habe ihn geerbt. Von Tante Lillemor«, führte ich aus.

»Von Lillemor …? *Sie* also …?«

Ich fragte mich in diesem Augenblick, warum mich die beiden Männer anschauten, als hätte ich zwei Köpfe und vier Arme und würde während unseres Dialoges ganz beiläufig mit brennenden Tennisbällen jonglieren.

»Ja, ich«, sagte ich fest. Ragnar zuckte leicht. Ferdinands Strategie schien endlich aufzugehen. »Also, wissen Sie jetzt, wie ich dort hinkomme?«, schob ich ungeduldig nach.

Plötzlich tauschten Vater und Sohn Blicke aus und unterdrückten eine mir nicht erklärliche Aufgeregtheit. Ja, die grinsten sogar möglichst heimlich, oder täuschte ich mich?

Ragnar fand als Erster seine Stimme wieder. »Drehen Sie um und fahren Sie zur Weggabelung zurück, dann links den Hügel hinauf. Nach etwas mehr als eineinhalb Kilometern kommt er auf der rechten Seite.«

»Genau«, bestätigte nun auch Ole-Einar hastig. »Isz gansz einfach. Nur nach linksz rauf und die Sztrasze lang. Aber isz würde an deiner Sztelle aufpasszen, denn auf dem Hof iszt …«

»Halt die Klappe«, schnitt ihm Ragnar das Wort ab und stieß ihn dabei in die Seite, dann lächelte er mich unverbindlich an.

»Was ist auf dem Hof?«, hakte ich nach, denn das erschien mir doch wissenswert.

»Nichts. Ein Hof eben.« Wieder grinsten beide.

Das nervte mich, aber ich war sicher, dass sie mir nicht verraten würden, was auf dem Hof war, und ein weiteres Nachbohren würde ihre Freude nur verstärken. Das gönnte ich ihnen nicht.

Also schloss ich: »Gut, danke. Ich werd's schon finden.«

»Besztimmt«, sagte Ole-Einar.

»Ganz sicher«, pflichtete ihm sein Vater bei.

Ich wollte schon gehen, da sah ich auf Ole-Einars Füße. Seine abgewetzten Lederhosen steckten doch tatsächlich in vollgeschissenen Gummistiefeln! Das erklärte den infernalischen Gestank, der von ihm ausging. Jetzt musste *ich* grinsen.

Ole-Einar folgte meinem Blick, und in einer Mischung aus Beschämtheit und erneut aufkommender Wut platzte es aus ihm heraus: »Szo isz dasz halt, wenn man Kühe hat.«

»Klar«, sagte ich verständnisvoll, als hätte ich mein ganzes Leben nichts anderes gemacht, als Ställe auszumisten, und an Ragnar gewandt fragte ich: »Habt ihr noch welche?«

»Was?«, wollte Ragnar leicht verstört wissen.

»Na, Gummistiefel!«

»Nein, die sind aus.«

»Okay«, ich zuckte mit den Schultern. »Dann noch einen schönen Abend!« Mit diesen Worten stieg ich auf der Beifahrerseite in Lasse ein, krabbelte auf den Fahrersitz rüber und winkte den beiden noch zum Abschied zu. In diesem Augenblick war ich mir sicher, dass sie mich für einen Vollidioten hielten. Ich wusste nur nicht, ob das ein Vor- oder ein Nachteil war.

Zumindest hatten die beiden nicht gelogen. Nachdem ich der Weggabelung links den Hügel hinauf gefolgt war, gaben die Reihen der sommergrünen Bäume die Sicht auf ein beeindruckendes Gehöft zu meiner Rechten frei. Es bestand, soweit ich das auf den ersten Blick beurteilen konnte, aus einer unglaublich riesigen Scheune, welche die linke Seite des Guts begrenzte. Dahinter ein Gehege mit angebautem Hühnerhaus. In Verlängerung der Scheune stand ein solider Schuppen, wahrscheinlich eine Werkstatt oder etwas Ähnliches, zwischen diesem und der Scheune, etwas zurückversetzt, ein Unterstand, der bis unter die Decke voller gespaltener Holzscheite war. Gegenüber eine kleine Holzhütte – sicher eine der berühmten schwedischen *gäststugor*, das Gästehaus also – und am Kopf des Ensembles, gut und gerne drei Gummistiefelwürfe entfernt, das Haupthaus. Waren alle Nebengebäude in *faluröd* gehalten, dem für Schweden so typischen Eisenoxydrot, so erstrahlte dieses Bauwerk in feinster Eierschale mit grünen Fensterrahmen.

Ich war ergriffen.

So schön hatte ich es mir in meinen kühnsten Träumen nicht ausgemalt! Alles wirkte so gepflegt, so liebevoll. Blumenrabatten säumten die Zufahrt, blühende Büsche wechselten sich mit früchtetragenden Johannisbeersträuchern ab, die vor efeu- und klematisberankten Natursteinmauern ihre Wurzeln trotzig in die Erde geschlagen hatten.

Ich öffnete das Hoftor und fuhr mit Lasse auf meinen Grund und Boden. Leise knirschte der Kies unter den Reifen, flüsterte mir sein Willkommen zu. Das Gepäck würde ich später holen. Zuerst wollte ich das Haus von innen in Augenschein nehmen. Ich war total aufgeregt. Wenn es nur halb so schön war wie das Äußere des Anwesens, hatte ich einen Sechser im Lotto gezogen! Hier in dieser Atmosphäre heimeliger Gastlichkeit würde meiner Feder vielleicht sogar Bestseller um Bestseller entspringen, malte ich mir aus. So schön war es. Das hier machte alles vergessen, was ich in den vergangenen Tagen erlebt hatte, selbst die unterschwellige Bedrohung, die ich bei der Ankunft in Gödseltorp empfunden hatte. In Gedanken lobpreiste ich Tante Lillemor und bedauerte zutiefst, sie nie richtig kennengelernt, sie nicht wenigstens einmal vor ihrem Tod besucht zu haben.

Drei steinerne Stufen am Ende des Weges führten zum überdachten Eingang empor. Gerne hätte ich *mein* Haus mit *meinem* Schlüssel aufgeschlossen, den mir Åsa Norrland noch vor meiner Abreise hatte postalisch zukommen lassen, doch das ging leider nicht.

Auch den hatte Rainer in meinem Rucksack.

Ich lauschte an der verschlossenen Tür.

Von drinnen drangen die Geräusche eines engagierten Gesprächs zu mir durchs Holz. Eine lebhafte Unterhaltung. Das Problem daran war nur, dass lediglich *eine* Stimme sich unterhielt. Bestimmt war es der alte Hausverwalter, kam es mir in den Sinn, und bestimmt telefonierte er, und bestimmt hörte er schlecht, weshalb er davon ausging, sein Gegenüber am anderen Ende der Leitung tue dies auch, und bestimmt plapperte er deshalb in einer derart unangemessenen Lautstärke.

Hoffte ich.

Mein Gefühl sagte mir etwas anderes.

Ich klopfte. Es plapperte weiter. Ich klopfte lauter. Das Plappern verstummte abrupt.

Schritte näherten sich. Ein Schrank wurde geöffnet und wieder geschlossen.

Ich klopfte noch mal. Es klackte metallisch.

Die Tür sprang auf.

Mein gewinnendes Lächeln, das ich für den hilfsbedürftigen Greis vorbereitet hatte, dessen Hobby augenscheinlich die liebevolle Pflege von Blumenrabatten war, denen er sich mit letzter Kraft und voller Hingabe von seinem klapprigen Rollator aus widmete, gefror schlagartig.

Ich starrte in zwei wütende Augen, die mich aus einem ungewöhnlich dicht behaarten Gesicht anfunkelten.

Und in die Mündung eines durchgeladenen Karabiners.

TRETTON

»*Vem är du? Vad gör du här på min gård?*«, kläffte mich
der gewaltbereite und anscheinend zu allem entschlosse-
ne Opa an. »Wer bist du? Was machst du hier auf meinem Hof?« Seine buschigen Brauen wippten dabei nach-
drücklich im Takt der Worte, wobei er mich jedoch nicht
aus Kimme und Korn entließ. Überhaupt schien er von
einem unkontrollierbaren Haarwuchs befallen zu sein,
der seinesgleichen suchte. Wie Moos auf einem verwitterten Stein hatte sich der ergraute Flaum über sein gesam-
tes Gesicht verteilt. Die Augenbrauen waren zu einem
daumendicken Balken über der knolligen Nase zusam-
mengewachsen, der Vollbart ging nahtlos in die Brust-
behaarung über, und selbst um den Hals herum spähten
einige Haare keck nach vorne, deren Ausläufer ebenfalls
im Schlafanzugoberteil verschwanden. Ich vertrieb das
Bild aus meinen Gedanken, das ihn in Badehose zeigte.

Der Typ sollte neunundachtzig sein? Er sah wenigstens
fünfzehn Jahre jünger aus, und er zitterte kein bisschen,
wie es sich für einen anständigen Neunundachtzigjäh-
rigen gehörte. Das tröstete mich, denn so war zumindest sichergestellt, dass er nicht wegen einer plötzlichen
Parkinsonattacke versehentlich den Abzug betätigte und
mich tötete.

Ich beschloss, ihm schonend beizubringen, dass er sich
getäuscht hatte. Es war nicht *sein* Hof, es war *meiner*.

Wusste er nichts von dem Testament? Hatte ihn die liebe Tante Lillemor schonen wollen? Oder war er es, der sie unter die Erde befördert hatte? Ich war mir nicht sicher.

»*Hej*, ich bin Torsten«, sagte ich und streckte ihm vorsichtig die Hand hin.

Er veränderte weder seine Haltung noch seinen Gesichtsausdruck.

»Ich habe von Lillemor diesen Hof geerbt. Ich war ihr Großneffe«, fügte ich hastig hinzu, als ich sah, dass die Information über meine Erbschaft nicht die geringste Wirkung auf mein Gegenüber hatte.

Schweigen.

Es dämmerte. Irgendwo kläffte ein Rehbock.

Ich stand da, die Hand verhalten und unsicher in die Richtung eines alten Mannes gestreckt, der mir den Lauf seines Gewehrs vor die Brust hielt.

»Ich bin Bjørn Hakansen. Ich bin zwar Norweger, aber wir können Deutsch reden«, sagte er plötzlich, und ich atmete erleichtert durch.

»Ah, Bjørn«, entgegnete ich und wollte ihm nun endgültig die Hand schütteln und vielleicht noch jovial auf die Schulter klopfen oder ihn gar in euphorischer Fraternität in die Arme schließen.

Ein dumpfer Schmerz auf meiner Brust holte mich in die Realität zurück. Bjørn hatte mir den Lauf seines Karabiners mit Wucht ins Fleisch gestoßen.

»Ich habe gesagt, wir können Deutsch reden, nicht, dass du hereinkommen kannst«, pfiff er mich an.

»Es ist *mein* Hof! *Ich* habe ihn geerbt!«, empörte ich mich.

Der Lauf bohrte sich unbarmherzig in meine Brust.

»Mag sein«, entgegnete Bjørn kalt lächelnd, »aber zum einen kann das jeder behaupten und zum anderen habe ich hier lebenslanges Wohnrecht. Das steht im Testament und im Erbvertrag. Wenn du wirklich der legitime Erbe wärst, wüsstest du das. Ich glaub dir kein Wort.«

Was für eine Ohrfeige! Stimmte das tatsächlich? Hatte ich durch meine Bereitschaft, das Erbe anzutreten, auch gleichzeitig diesen schießwütigen Alten an die Hacken bekommen? Bis an dessen Lebensende? Um Gottes willen! So, wie der aussah, würde er über hundert Jahre alt werden, und die Norweger waren meines Wissens das Volk mit der längsten Lebenserwartung überhaupt. Hätte ich mir doch von meinem Vater bei der Übersetzung des Testaments helfen lassen. Mein Vater. Wieder hatte er recht gehabt! Drecksnest!

»Lebenslanges Wohnrecht?«

»Steht im Testament«, fauchte Bjørn.

»Das … das … das steht im Testament?«, stammelte ich, und es fiel mir überhaupt nicht schwer, zu stammeln.

»Zeig es mir doch«, forderte Bjørn mich süffisant auf, als hätte er gewusst, dass das unmöglich war, »und dann auch deinen Ausweis.«

»Das würde ich gerne«, antwortete ich, »aber das Testament und mein Ausweis sind zurzeit in Årjäng.«

»In Årjäng?«, wunderte sich Bjørn. Das erste Mal entspannten sich seine Züge ein wenig, zumindest glaubte ich, das durch den Teppich seiner Gesichtsbehaarung hindurch zu bemerken. Als Indiz dafür wertete ich, dass sich der Karabinerlauf eine Handbreit senkte.

Ich nickte. »Ja, Årjäng.«

Der Gewehrlauf schlug mir unsanft ans Kinn.

»Was redest du da für einen Schwachsinn?«, fuhr Bjørn mich an. »Glaubt ihr denn alle, ich wäre bescheuert, nur weil ich alt bin? Wer schickt dich? Raus mit der Sprache! Bestimmt Ragnar Hedlund, nicht wahr?«

»Ragnar Hedlund?«, entfuhr es mir entrüstet. »Mit diesem Typen habe ich nichts zu schaffen! Und warum in Gottes Namen sollte *er* mich schicken? Wofür und warum?«

Verwundert blickte Bjørn mich an. Plötzlich verschwand die Waffe von meiner Brust.

»Ich glaube dir«, sagte er in besänftigtem Ton. »Du kannst bleiben.«

»Fein!«, freute ich mich zu früh, denn als ich ihm wieder die Hand hinstreckte und mich anschickte, ins Haus zu gehen, schnellte die Waffe erneut nach oben.

»Ich habe gesagt, ich glaube dir, und zwar, dass dich Hedlund nicht schickt. Aber ins Haus lasse ich dich erst, wenn du beweisen kannst, dass du bist, wer du vorgibst zu sein.«

»Du hörst doch, dass ich Deutscher bin! Wer soll ich denn sonst sein als der Erbe. Wo soll ich denn jetzt hin?«

»Deutscher?«, lachte Bjørn. »Und das soll genügen? Ich habe die Wehrmacht hinreichend kennengelernt, damals im norwegischen Widerstand während der Okkupation.«

Aha, das war es also. Ein ehemaliger Widerstandskämpfer. Na, klasse! Der musste mich ja lieben.

»Äh, der Zweite Weltkrieg ist schon ein paar Tage vorbei …«, wagte ich anzumerken. Dann kam mir Rainer in den Sinn. Wie hätte er dieses zwischenmenschliche Problem gelöst? Was hätte er argumentativ vorgebracht, um die Lage zu entspannen? Darum sagte ich: »Ist nicht Versöhnung der Acker, auf dem man die Zukunft sät?«

Bjørn starrte mich mitleidig und vollkommen perplex an.

Lange.

Dann griff er in seine Tasche. Ich hielt den Atem an. Wollte er mich nun mit einer Handfeuerwaffe niederstrecken, weil ihm die Gewehrpatrone für den germanischen Erbfeind als zu kostbar erschien?

Weit gefehlt! Er hielt mir einen Schlüssel hin und nickte zum Gästehaus hinüber. »Schlaf da drüben. Wir sehen morgen weiter.«

Mit diesen Worten drehte Bjørn sich um, knallte die Haustür zu und verriegelte sie von innen.

Rainer hatte mir den Rucksack genommen und das Leben gegeben. Ein guter Tausch, fand ich in diesem Moment.

In dem ich da alleine stand.

Auf meinem Hof, der gar nicht mein Hof war.

Was ging hier vor sich? Hatten die alle einen Knall, waren über die Jahre wahnsinnig geworden? Die Menschen hier in Gödseltorp mussten allesamt aus anderen Städten und Gemeinden vertrieben worden sein. Das war die einzige vernünftige Erklärung für dieses Kabinett der Grotesken, dieses Sammelsurium übler Launen der Natur. Wenn ich mir vorstellte, ich würde allein diejenigen unter Vertrag nehmen, denen ich heute begegnet war – unsere Truppe wäre die Attraktion jedes Zirkus! Ich würde sie auf einem vergitterten Pferdewagen durch die Lande fahren, den Stephen-King-Tankstellenwärter, Hedlund mit seinem Monstertruck, dessen lispelnden Möchtegernrockersohn. Der Ex-Widerstandskämpfer

97

Bjørn – quasi als dramatischer Opener meiner Show – käme auf der einäugigen Kuh in die Manege geritten, während er mit seinem Karabiner einhändig ein paar Tontauben aus dem Dach des Zirkuszeltes schoss.

Ich würde bestimmt ein Vermögen verdienen. »Menschen, Tiere, Sensationen!«, hörte ich mich im Geiste rufen und sah eine begeisterte Menge, die mir zujubelte.

Doch hier in der Realität gab es nicht viel zu jubeln.

Mir war kalt. Ich war müde.

Gesenkten Hauptes schlich ich vom Haus weg hinüber zu Lasse, holte mein Gepäck und ging weiter, quer durch den Garten, der eigentlich mir gehörte, zu der mir zugewiesenen Unterkunft und steckte den Schlüssel ins Schloss.

Alle Schweden sind groß und blond. Falsch! Hedlund und dessen Sohn waren dunkelhaarig, und ich schlug mir in der *gäststuga* am Türrahmen fürchterlich die Birne an. Diese Hütte, die die Bezeichnung Haus kaum verdiente, musste aus einem weit zurückliegenden Jahrhundert stammen. Zumindest damals waren die Schweden anscheinend nicht größer als Trolle gewesen, anders konnte ich mir die niedrigen, bedrückenden Räume und die noch niedrigeren Türdurchgänge nicht erklären. Die Einrichtung war wie vom Sperrmüll und äußerst karg. Außer zwei alten Truhen mit aufklappbaren Deckeln und schmiedeeisernen Beschlägen erblickte ich nichts, was irgendwie nett oder gemütlich aussah. Strom gab es hier nicht. Eine Heizung auch nicht. Von einer anständigen Isolierung ganz zu schweigen; die Kühle der heraufgezogenen Halbnacht war bereits mit Macht ins Haus gekrochen und empfing mich mit frostigen Armen.

Aber es gab einen Kamin, an dem ich mich versuchte.

Vergeblich.

Das Holz war feucht.

Die Zeitung auch.

Es qualmte nur.

Ich hustete und zog mir meinen Norwegerpulli über. Mir wurde wärmer, aber ich fühlte mich unwohl. Der Pulli kratzte. Scheiß Norweger!

Endlich kuschelte ich mich in ein kleines durchgelegenes Bett mit nach altem Schimmel stinkender Decke und schloss die Augen. Ich lauschte noch eine Weile dem Knispern, Tippeln und Knuspern unsichtbarer und vermutlich unzähliger Kleintiere, die sich mit Heißhunger an der Gebäudesubstanz oder meinen Klamotten zu schaffen machten. Irgendwann hatte ich einen Traum: Mäuse fuhren auf Motorrädern in meiner Kemenate umher. Hatte ich tatsächlich Motorräder gehört oder war das nur die Ausgeburt meines ermatteten Geistes? Ich fiel zurück in einen komatösen Schlaf.

FJORTON

Der nächste Tag begann gut. Gemessen am modrigen Gestank meines Nachtlagers hatte ich erstaunlich erholsam geschlafen, und zudem traute ich meinen Augen kaum, als ich vom aushäusig gelegenen Abort – einer Art Donnerbalken in einem kleinen Anbau seitlich der *gäststuga* – zurückkam: Neben meinem Bett stand doch tatsächlich ein Paar Gummistiefel. Endlich! Mich hatte nämlich mittlerweile der Verdacht beschlichen, dass die Behauptung, Schweden sei *das* Gummistiefelland schlechthin, einfach nur ein Hirngespinst romantisierender Marketingstrategen der schwedischen Tourismusindustrie war. Die Schuhe waren alt, gebraucht, dreckig und rochen nicht sonderlich einladend, aber sie hatten Größe vierundvierzig. Meine Größe. Warum ich ums Verrecken Gummistiefel haben wollte, wusste ich selbst nicht so genau, aber wahrscheinlich lag es zum einen daran, dass mir mein Vater dazu geraten hatte, und zum anderen, dass ich beschlossen hatte, sie würden zu Schweden und meinem neuen Leben einfach dazugehören. Außerdem empfand ich es fast schon als eine gottgegebene Verpflichtung, sich als Autor – der ich in Kürze ja sein würde – einige Macken zuzulegen. Irgendetwas, auf das noch kein Schriftstellerkollege vor mir gekommen war; Gummistiefel waren vermutlich genau so etwas. Torsten Brettschneider, der Autor mit den Gummistiefeln. Selbst bei öffentlichen Veranstaltungen wie Fernsehinterviews oder Lesungen würde ich sie tragen. Man würde mich nicht vergessen. Eine Marke war geboren.

Ich stieg in den linken Stiefel.

Ich stieg in den rechten Stiefel.

Irgendetwas bewegte sich zwischen meinen Zehen.

Ich schrie auf und sprang wieder aus dem Gummischuh und nur eine Millisekunde später auch eine Maus. Nachdem das graue Kleintier durch den Raum gezischt und hinter einer Fußbodenleiste verschwunden war, besah ich mir meinen Stiefel. Mist! Das blöde Vieh hatte natürlich ein Loch hineingefressen. Nicht groß, etwa so wie ein Einschuss eines Wehrmachtskarabiners oder als hätte jemand eine Zigarette auf dem Stiefel ausgedrückt, aber eben ein Loch. Ich hatte mich gestern Abend beim Einschlafen folglich nicht verhört. Es war genagt worden.

Egal.

Torsten Brettschneider. Der Autor mit den löchrigen Gummistiefeln. Diese Vorstellung gefiel mir sogar noch besser.

Ich drehte den Schuh ein weiteres Mal um, schüttelte vorsichtshalber heftig, um mögliche Verwandte der Maus zu vertreiben, dann stieg ich hinein und ging vor die Hütte. Ich beschloss, zu Ragnar Hedlund zu fahren, denn ich brauchte unbedingt einen Kaffee und hatte Hunger. Außerdem musste ich meinem Vater Bescheid geben, was alles passiert war und wie er mich erreichen konnte. Mein Handy war ja bei Rainer im Rucksack. Vielleicht, so dachte ich bei mir, während ich zu Lasse hinüberschlurfte, vielleicht sollte ich mir auch gleich einen dicken Schreibblock und ein paar Stifte kaufen, denn ich war ja nicht nur zum Spaß hier. Und mein Laptop war ebenfalls bei Rainer im Rucksack. Mein Buch musste weitergeschrieben werden, und dieser Gedanke fand sogleich meine Sympathie, weil die althergebrachte Art zu schreiben meinem Bestsellerautorenimage nur guttun würde.

»Torsten Brettschneider. Sie sind unglaublich erfolgreich«, sagte der Journalist im Theater meines Tagtraums.

»Stimmt«, pflichtete ich ihm ein wenig überheblich bei. Aber ich konnte es mir auch erlauben.

»Sie tragen immer löchrige Gummistiefel. Was hat das zu bedeuten? Macht das Ihren unerhörten Erfolg erst möglich? Inspiriert Sie das?« Der Journalist lächelte freundlich.

»Das hat einen tieferen Sinn, den ich hier aber nicht erklären möchte«, gab ich geheimnisvoll zurück und lächelte ebenfalls. Ich konnte mir das ja erlauben.

Verstört von meinem Selbstbewusstsein, versuchte er es mit einem Themenwechsel: »Man sagt weiter, Sie würden Ihre fantastischen und kritikergelobten Midlife-Crisis-Männerbildungsroman-Bestseller ausschließlich mithilfe von Papier und Tinte verfassen und nur handgeschriebene Manuskripte beim Verlag abgeben. Stimmt das und, wenn ja, weshalb dieser Anachronismus?«

»Wissen Sie, lieber Kollege des Wortes«, konterte ich und sah ihm dabei tief in die Augen, »Neider bezeichnen Tradition oft als Anachronismus.« Das wäre der Idealfall der Kultivierung von Marotten. Aber ich konnte mir das ja erlauben.

Mit diesen Worten ließ ich den Reporter verdutzt stehen und ging in meinen alten, löchrigen Gummistiefeln davon.

Ein Aufschrei des Entsetzens entfuhr meiner Kehle. Der Vorhang meines Traumtheaters senkte sich abrupt. Ich stand mit weit aufgerissenen Augen vor Lasse.

Jemand hatte ihn geschändet.

Mit signalroter Sprühfarbe war in riesigen Buchstaben das Wort »*Försvinn!*« – »Verschwinde!« – auf seiner linken Seite verewigt worden, und, was noch demütigender war: Auf der Heckscheibe prangte ein riesiger und vor allem schlecht gemalter Pimmel. Trotzdem hätte selbst der Blindfisch Rainer sofort erkannt, was diese Zeichnung darstellen sollte. Die Applikation hatten sie auch verunstaltet; sie hatten dem schwarzen Elch einen ebenfalls aufgesprühten Galgenstrick umgelegt. Eine Mischung aus Wut und Hilflosigkeit ballte sich in meinem Hals zu einem Kloß zusammen.

Neben Lasse lag noch die halb volle Spraydose, die ich wütend ins Auto warf, um diesen Beweis für was und wen auch immer zu sichern. Völlig außer mir rannte ich zum Gutshaus hinüber und hämmerte gegen die verschlossene Tür. Ich war mir sicher, dass Bjørn mit alldem nichts zu tun hatte (er war mehr so der Typ gleich niedermachen und an die Hühner verfüttern, schätzte ich), aber vielleicht hatte er eine Ahnung oder sogar etwas mitbekommen. Ich trommelte weiter mit den Fäusten gegen die Tür.

Endlich sprang sie auf, und von Neuem blickte ich in die mir bereits vertraute Mündung des Karabiners aus dem Zweiten Weltkrieg.

»Was willst du schon wieder?«, blaffte Bjørn mich an, doch zu seiner sichtlichen Überraschung schlug ich den Lauf seiner Waffe in todesmutigem Affekt einfach zur Seite und rief: »Hör auf, mit deiner Knarre vor mir rumzufuchteln, und komm lieber mit und schau dir an, was sie mit Lasse gemacht haben!«

»Mit wem?«

Ich gab keine Antwort und bedeutete ihm nur, mir zu folgen.

Kurz darauf stand Bjørn vor Lasse und besah sich das Schlamassel.

»Das ist echt nicht lustig«, fuhr ich auf. »Glaubst du mir jetzt, dass ich bin, wer ich bin? Wer war das?«

Bjørn sah mich ungerührt von der Seite an. »Doch, das ist lustig«, widersprach er ausdruckslos und fuhr fort: »Aber das beweist gar nichts. Das könntest du auch selbst gemacht haben, um mich zu täuschen.«

Mein wutverzerrtes Gesicht musste ihn beeindrucken, denn er beeilte sich, hinzuzufügen: »Aber wenn du es nicht warst, dann kann es nur Ragnar Hedlund oder sein missratener Sohn gewesen sein. Doch das muss erst bewiesen werden. Ihr Deutschen seid doch so führend im Beweisen. Das wart ihr damals schon.«

Ich nahm mir vor, den nächsten Skinhead, der mir vor Lasses Stoßstange laufen würde, mit hoch erhobener Faust und dem markerschütternden Schrei »Für ein freies Norwegen!« vor mir herzutreiben.

»Ich fahr da jetzt hin!«, rief ich Bjørn nach, der bereits den Karabiner geschultert hatte und im Stechschritt zum Haus zurückging. Er beachtete mich nicht weiter und ließ mich mit meiner traurigen Wut einfach allein. Ich sandte ihm in Gedanken einige Flüche hinterher, dann quälte ich mich durch Lasses Beifahrertür ins Wageninnere und brauste los.

Nur zehn Minuten später kachelte ich auf Ragnar Hedlunds Tankstelle und brachte Lasse mit quietschenden Reifen zum Stehen. Gerne wäre ich elegant aus dem Wagen gesprungen, doch ich musste ja wieder zur anderen Seite raus, sehr zur Unterhaltung von vier Typen, die neben ihren Motorrädern herumlungerten und Dosenbier tranken. Unter ihnen war auch Ragnars Sohn Ole-Einar. Er war mit Abstand der Älteste der Gang, die anderen eher um die zwanzig. Wahrscheinlich war Ole-Einar so eine Art Jugendidol hier im Tal.

»Na, dasz szieht aber niszt szön ausz!«, rief er mir hämisch zu und rülpste lauthals, was seine Jünger mit Beifall und Lachen belohnten.

»Sztimmt«, sagte ich und ließ ihn stehen. Kurz hatte ich überlegt, ob ich ihn direkt fragen sollte, ob er etwas mit den Schmierereien auf Lasse zu tun hatte. Doch das wäre natürlich eine rein rhetorische Frage gewesen. Ich wusste ja, dass er und seine Jungs es gewesen sein mussten. Mein Traum mit den Motorrad fahrenden Mäusen war also zum Teil auch Realität gewesen. Nein, ich wollte zum Urheber dieser feindseligen Aktion, zum Initiator selbst, zum Kopf der Krake, und das konnte nur Ragnar Hedlund sein.

Die elektronische Türglocke machte »Muh«. Intuitiv sah ich mich nach der einäugigen Kuh um. Sie war aber nicht da. Ragnar hingegen schon. Er stand hinter der Theke und war damit befasst, Quittungen zu sortieren.

Jetzt sah er auf.

Er grinste.

Er wusste Bescheid.

»*Hej*«, grüßte er scheinheilig. »Alles in Ordnung? Haben Sie sich schon ein wenig eingelebt?«

»Ja, ganz super eingelebt«, schoss ich zurück und versuchte, meine Wut zu unterdrücken.

»Schön. Das freut mich. Was kann ich für Sie tun?«

Ich beschloss, sein Spiel mitzuspielen, bis ich meine Einkäufe hatte.

»Ich brauche ein paar Kugelschreiber, einen Block und etwas zu essen.«

Wortlos eilte Ragnar um die Theke herum, ging in die Büroabteilung, die aus einem Regalabschnitt von etwa zwanzig Zentimeter Länge bestand, und zog die gewünschten Artikel hervor.

»Drei Kugelschreiber genügen?«

»Ja.«

»Noch mehr?«

»Ja. Brot und Wurst oder Fisch oder so was.«

Ragnar deutete auf die Kühltheke am anderen Ende des überschaubaren Gödseltorper Einkaufszentrums und die entsprechenden Regale, die über und über mit diversen Brotsorten vollgestopft waren. Ich griff mir eines der grünen Plastikeinkaufskörbchen und schlenderte zu den Produkten. Allerdings ergab sich, dass die schwedischen Brotbackwaren eine Gemeinsamkeit hatten, obwohl sie in Farbe und Form nicht unterschiedlicher hätten sein können: Sie waren allesamt wabbelig und weich. Ich hatte auf ein knuspriges Bauernbrot gehofft und wurde enttäuscht. Schließlich entschied ich mich für ein *lingonbröd*, ein exotisch anmutendes Brot mit Preiselbeeren, davon hatte ich noch nie gehört, und darüber hinaus für einen recht dunkel gebackenen Vollkornlaib, von dem ich mir zumindest einen kräftigen Geschmack versprach, wenn es schon nicht knusperte. Mein Weg führte mich danach zu den Fischen.

Ich stellte eine Dose mit Sardinen in Tomatensoße sowie ein Glas mit in Senfsoße eingelegten Heringen

in mein Körbchen, als mein Blick auf eine etwa handtellergroße Konserve fiel, deren Ober- und Unterseite
ausgebeult waren, als stünde sie unter immensem Druck.
»*Surströmming*« stand in antik anmutenden Lettern darauf geschrieben. Das war er also. Der Hering, an dessen Geschmack sich die Geister schieden und vor dem
mich mein Vater gewarnt hatte. Ich fand, dass es an der
Zeit war, dem Schicksal zu widersprechen und meinem
Vater zu beweisen, dass er unmöglich immer recht haben konnte. Es war reiner Trotz, der mich dazu brachte,
ein Döschen dieser traditionellen Leckerei neben seinen
Fischkollegen zu platzieren.

Ich ließ noch einen *blodpudding* – bestimmt so eine
Art schwedische Blutwurst, dachte ich bei mir – und eine
Packung *lönnebergsskinka* in den Korb gleiten, dann
ging ich in Richtung Kasse.

Ragnar stand wieder hinter dem Verkaufstisch und
reichte mir die Schreibutensilien in einer braunen Pa-
piertüte herüber, die ich zu den Speisen in den Korb
legte.

»Einen Kaffee, eine *kanelbulle* noch, bitte, und telefonieren würde ich auch gerne.«

Das mit braunem Zucker bebröselte Zimtgebäck in
Form einer Schnecke, die Ragnar aus ihrem verschmierten Vitrinengefängnis befreite und in eine Serviette legte,
hatte seine besten Tage hinter sich, und der Kaffee sah
auch nicht besser aus. Beides stellte er vor mich hin. Der
Kaffee schwappte leicht über und hinterließ einen dunk-
len Fleck auf dem abgewetzten Holz des Tresens.

»Zum Telefonieren nehmen Sie am besten eine Telefonkarte. Die gibt es für hundert, zweihundertfünfzig
und fünfhundert Kronen.«

Scheiße! Kronen! Mann, ich war vielleicht vergesslich. Rainer hatte mein Geld im Rucksack.

»Kann ich anschreiben lassen?«, erkundigte ich mich vorsichtig.

Ragnar sah mich unterkühlt an. Er schien zu überlegen – ich hätte zu gerne gewusst, worüber er nachdachte –, dann jedoch entspannten sich seine Züge, und er sagte: »Aber natürlich, Herr Nachbar. Welche Karte soll es denn sein?«

»Die Fünfhunderter«, beschloss ich. »Danke.«

»Nichts zu danken. Man hilft ja, wo man kann, nicht wahr?«

Er kramte in einer Schublade und diente mir einen verschlossenen Umschlag an. Er lächelte. Dann nahm er Einkauf für Einkauf aus dem Korb und tippte die Beträge in seine uralte Kasse. Bing! »So, dann haben wir 127 für das Essen, dreimal fünfunddreißig Kronen für die Kugelschreiber, fünfzig Kronen für den Block, Kaffee fünfundzwanzig, *kanelbulle* zwanzig und fünfhundert für die Karte, sind zusammen … genau 827 Kronen. Das Telefon steht da drüben.« Damit zeigte er um die Ecke.

Ich nickte und folgte seinem Daumen.

Das Telefon war eine halb offene Kabine aus verkratztem Plexiglas im Chic der frühen Achtziger. Ich musste leise sprechen, galt es doch zu verhindern, dass Ragnar etwas mitbekam. Die Karte im Schlitz, wählte ich zuerst die Nummer meines Vaters. Natürlich war er nicht zu Hause. Also versuchte ich es auf seiner Mobilnummer. Ich hatte ihm auf Drängen von Tanja vor zwei Jahren zu Weihnachten ein Handy geschenkt.

Ich war von Anfang an dagegen gewesen, doch meine Argumente trafen auf Tanjas taube Ohren. Wie immer.

Ich hatte gewusst, dass mein Vater Handys hasste und dass er sein Mobiltelefon so gut wie nie einschalten, geschweige denn mitnehmen würde. So kam es dann auch. Es lag noch sechs Monate nach Weihnachten originalverpackt in der Schublade im Garderobenschrank. Ich glaube, er hatte bis dahin noch nicht einmal den Akku aufgeladen. Ein tolles Geschenk! Ich hielt es Tanja vor, worauf sie entgegnete: »Das wundert mich nicht. Du kümmerst dich auch nicht um deinen Vater!« Bums. Thema erledigt.

Hoffentlich saß Tanja zusammen mit Ferdinand bereits in französischer Untersuchungshaft bei altem Baguette und ranziger Knoblauchmayo.

Es tutete.

Das überraschte mich.

Noch mehr, dass mein Vater tatsächlich abnahm.

»Brettschneider?«

»Papa?«

»Wer denn sonst?«

»Na ja, du gehst doch sonst nie ans Handy.«

»Renate hat ihres zu Hause vergessen. Zum Glück habe ich wenigstens meins mitgenommen. Übrigens gar nicht so übel das Ding. Aber rufst du an, um mir Vorhaltungen zu machen?«

Die Leitung knackte. Ich hörte Fahrgeräusche.

»Sei nicht so empfindlich«, versuchte ich, ihn zu beschwichtigen.

»Na das sagt der Richtige. Was ist los?«

»Ich habe alles verloren. Mein Geld, meinen Rechner, mein Handy, meinen Ausweis und die Erbschaftsdokumente.«

»Verloren? Wie verliert man denn das alles?«

»Eine Gepäckverwechslung«, erklärte ich ausweichend.

»Eine was? Du hast doch einen Knall! Und jetzt?«

»Keine Ahnung«, gab ich ehrlich zurück. »Irgendetwas wird mir schon einfallen. Aber ich brauche dringend die Nummer von Åsa Norrland. Alle Telefonnummern waren in meinem Handy, verstehst du?«

»Ja, ich bin ja nicht bescheuert. Åsa wer?«

»Norrland. Sie arbeitet in einer Anwaltskanzlei Svensson in Borlänge und betreut meinen Fall.«

»Da hat die Ärmste aber viel zu tun.«

»Sehr lustig.«

Es knackte und rauschte wie verrückt. Kurz brach die Verbindung ab.

»KNACK-nd wie stellst du dir das vor? Soll ich mir die Nummer aus dem Hut zaubern?«

»Nein«, sagte ich entnervt, »aber wenn du in meiner Wohnung bist, dann sieh doch mal in meinem Büro nach, unter der …«

»Das kann ich KNACK-icht. Ich bin zus-KNACK-men mit Renate im Auto KNACK unter-KNACK-gs. Urlaub, verst-KNACK-st du? Wir sind KNACK auf de-KNACK KNACK-eg nach KNACK.« Ende.

Ich hörte nur noch Rauschen. Dann ein Tuten. Die Verbindung war endgültig abgerissen. Ich versuchte es noch ein paar Mal, bekam meinen Vater jedoch nicht mehr ans Handy. Ratlos stand ich in der halb offenen Kabine. Da fiel mein Blick auf das Telefonbuch der hiesigen Kommune. Natürlich! Wie einfach. So wie früher. Ich schlug die Kladde unter »Borlänge« auf und suchte nach der Anwaltskanzlei Svensson. Da hatte ich sie schon. Mein Finger versuchte, die Zeile festzuhalten, während ich mit der anderen Hand bereits die Nummer wählte. Eine freundliche Sekretärin verband mich ohne lange Diskussion mit Åsa Norrland.

Was war denn jetzt plötzlich los? Ich hatte ja richtig Glück.

Es klingelte dreimal.

Dann wurden mir die Knie weich.

Da war sie wieder. Diese Stimme.

»Norrland«, flötete es zuckersüß.

»Hallo, Åsa, ich bin es, Torsten aus Deutschland.«

»Ah, Torsten! Wie schön. Du bist in Schweden! Ich habe schon zig Mal versucht, dich auf deinem Mobiltelefon zu erreichen. Ich habe mir schon Sorgen gemacht, denn einmal ging ein Mann dran, der sehr komisch geredet und sich ständig wiederholt hat. Im Hintergrund war düstere Musik zu hören. Der Mann wirkte auch ein wenig ...«

»... geistesabwesend?« Mir fiel ad hoc kein besserer Begriff für »total auf Drogen« ein. Ich wusste natürlich, wer das gewesen war. Wenigstens lebte Rainer noch. Und mit ihm mein Handy.

»Ja, genau. Kennst du ihn?«

»Das ist eine lange Geschichte, die jetzt nichts zur Sache tut. Ich rufe vom Festnetz aus dem Café in Gödseltorp an.«

»Gut, dass du dich meldest. Und, gefällt dir dein Hof?«

»Ja, er ist eigentlich wunderschön, allerdings ist das hier alles nicht ganz so einfach. Ich glaube, die Leute in Gödseltorp mögen mich nicht.«

»Wie kommst du denn darauf?«

Ich blickte mich um und entdeckte Ragnar, der – rein zufällig, versteht sich – in der Nähe des Telefons Regale mit Schuhputzzeug abstaubte. Als er meinen Blick sah, lächelte er und bog in den nächsten Gang zur Tiernahrung und den Hygieneartikeln ab.

»Ich kann nicht so richtig reden ...«, flüsterte ich. »Jedenfalls haben die mich bedroht und dann letzte Nacht Lasse mit Obszönitäten verunstaltet.«

»Lasse?«

»Mein Auto.«

»Aha. Wer hat das gemacht?«

»Keine Ahnung. Ist mir auch wurst, aber irgendjemand aus Gödseltorp war es. Es gibt einen Kerl namens Ragnar Hedlund. Dem scheint alles hier zu gehören, auch das Telefon, von dem aus ich gerade anrufe. Vielleicht war der es oder sein Sohn. Der ist gewaltbereit.«

»Ragnar?«, fragte Åsa ein wenig ungläubig. »Das glaube ich nicht. Zugegeben, er ist ein wenig eigentümlich, aber so etwas würde ich ihm nicht zutrauen. Ole-Einar schon eher, aber der hat ziemlichen Respekt vor seinem Vater.«

»Du kennst diese Leute?«

»Ich bin in Gödseltorp geboren.«

Ich ließ das einen Augenblick auf mich wirken.

»Das heißt, du kanntest auch meine Tante Lillemor?«

»Natürlich.«

»Und ihren norwegischen Freund ebenfalls?«

Kicherte Åsa gerade?

»Gewiss. Bjørn, nicht wahr?«

»Ja«, sagte ich, »Bjørn. Der ist übrigens auch gewaltbereit. Hier sind alle gewaltbereit. Ich auch bald, wenn das so weitergeht.«

»Nur die Ruhe, Torsten«, beschwichtigte sie mich mit ihrer verdammten sexy Stimme.

»Bjørn dieser Sturkopf, lässt mich nicht einmal ins Haus. Er will Beweise für meine Identität, und auch den Erbschein will er sehen.«

»Dann gib ihm doch die Dokumente. Wenn das alles ist, was er möchte«, schlug Åsa vor.

»Das hätte ich bestimmt schon gemacht. Er hat mir eine Flinte vor die Brust gehalten. In einer solchen Situation zeigt man alles, was man hat, glaub mir. Aber meine ganzen Unterlagen sind verschwunden. Sie wurden mir … entwendet, von einem Anhalter.«

Ich verzichtete auf die Details und entschuldigte mich in Gedanken bei Rainer, der ja nur blind und bekifft, keineswegs aber böse und arglistig war.

»Das ist schlecht«, fasste Åsa meine Situation messerscharf zusammen.

»Stimmt. Und dazu kommt noch, dass dieser Norweger behauptet hat, er habe lebenslanges Wohnrecht in *meinem* Haus. Er hat auch behauptet, das stehe im Erbvertrag.«

»Ja, sicher hat er das. Das habe ich dir doch gesagt. Und es steht wirklich im Vertrag.«

Mich traf der Schlag.

»Du hast gesagt, der Hausverwalter würde darin wohnen, aber dass er bleiben kann, bis ihn der Sensenmann holt, hast du nicht erwähnt.«

»Nein, das lag aber daran, dass du mich unterbrochen hast, damals, als wir telefoniert haben. Erinnerst du dich? Du wolltest später mit mir darüber sprechen, hast du aber nicht.«

Mist! Sie hatte wohl recht.

»Ja, aber, was mach ich denn jetzt? Kann ich diesen Typen nicht loswerden? Irgendwie?«

Ich war verzweifelt.

»Aber Torsten, wie klingt das denn …?«

»Du weißt doch, wie ich das meine.«

Åsa überlegte eine Weile, dann erklärte sie mir: »Wenn er stirbt, ist das Problem erledigt, aber das wollen wir natürlich nicht herbeiwünschen.«

»Nein, das wollen wir nicht. Außerdem stirbt der nicht, so zäh, wie der ist«, führte ich aus. »Eher überlebt der mich noch.«

»Es gibt zwei Möglichkeiten, die ich sehe. Nummer eins: Du überredest ihn dazu, den Hof freiwillig zu verlassen. Er könnte zum Beispiel in ein staatlich finanziertes Altenstift gehen. Das ist gar nicht so schlecht, so ein Pensionärsheim.«

Ich lachte auf. »Dieser Typ springt mit geladener Knarre auf dem Hof herum und hat vor nichts Angst. Kannst du dir vorstellen, wie er sich mit Leuten an den Tisch setzt, die statt mit Handfeuerwaffen mit ihren Urinbeuteln spielen? Das macht der nie und nimmer!«

»Ach, Torsten. Man soll nichts unversucht lassen. Ich kenne eine nette Frau aus Borlänge, die für die zuständige Verwaltung arbeitet. Sie ist vertraut mit älteren Menschen, die sich nicht eingestehen wollen, dass es Zeit ist, den Herbst des Lebens in betreuter Umgebung zu begehen. Soll ich sie nicht einfach mal vorbeischicken?«

Die wickelte mich um den Finger.

Wieso war sie mir so unglaublich vertraut? Wieso hatte ich das Gefühl, mit ihr zusammen wäre alles gut, und selbst diese aggressive Gödseltorper Mischpoke könnte mir nichts anhaben, solange ich Åsa auf meiner Seite wüsste? Mein Vater hatte wieder recht gehabt: Ich hatte wirklich einen Knall!

»In Ordnung«, hörte ich mich sagen. »Schick sie ruhig vorbei. Schaden kann es sicher nicht, und es geschehen manchmal ja noch Zeichen und Wunder.«

»Gut, Torsten. So gefällst du mir. Unabhängig davon solltest du ernsthaft darüber nachdenken, den Hof zu verkaufen, ob mit oder ohne Bjørn. Das wäre Möglichkeit Nummer zwei.«

»Verkaufen?«

»Ja. Ich denke, du könntest einen anständigen Preis dafür erzielen, der ohne Bjørn Hakansen natürlich noch höher wäre. Es gab übrigens schon viele Anfragen für deinen Hof, über die Jahre hinweg. Das hat mir ein Bekannter gesagt, der hier auf dem Katasteramt arbeitet. Wer die Gebote abgegeben hat und wie hoch sie waren, das weiß ich nicht, aber ich würde es mir an deiner Stelle überlegen.«

»Aber ich will meinen Hof nicht verkaufen. Ich will dort wohnen und Bücher schreiben.«

»Ja, sicher«, sagte Åsa freundlich. »Es ist ja nur eine Option«, fügte sie hinzu.

»Wir können das alles ja am Montag bereden, wenn du herkommst«, schlug ich vor und freute mich. Endlich würde ich die Frau zu der bezaubernden Stimme kennenlernen.

»Das wäre der letzte Punkt gewesen, den ich dir bereits auf die Mailbox gesprochen habe. Ich werde am Montag nicht kommen können. Ich muss schon wieder absagen. Es tut mir wirklich leid. Mein Auto ist in der Werkstatt und man konnte mir nicht sagen, wann es fertig sein wird.«

»Hast du einen VW-Bus?«

»Wie kommst du denn darauf? Nein, einen Volvo.«

»Ach, nur so. Schade, dass es wieder nicht klappt. Du kannst mir ja eine Nachricht hier im Café hinterlassen, wenn du Zeit hast, vorbeizuschauen. Ich fahre wahrscheinlich öfter hierher in meinen Arbeitspausen. Sonst gibt es in Gödseltorp ja nicht viel zu tun.«

»Erkunde die Gegend. Sie ist schön. Das inspiriert dich bestimmt.«

»Werde ich machen. Also, bis dann.«

»Bis bald.«

Ich hängte den Hörer ein, zog die Telefonkarte aus dem Schlitz und drehte mich um.

»Sie haben Probleme mit dem alten Hakansen?«

Ich machte vor Schreck einen Satz nach hinten und krachte an den Fernsprecher. Ragnar Hedlund stand dicht vor mir und hatte den Kopf schief gelegt. Was hatte er noch alles gehört?

»Das geht Sie nichts an. Außerdem habe ich mit niemandem Probleme«, gab ich zurück.

»Die eigenwillige Lackierung Ihres Autos spricht eine andere Sprache.«

Ragnar Hedlund grinste dreist.

Ich kochte vor Wut.

»Stecken Sie dahinter? Glauben Sie nicht, Sie können sich alles erlauben. Wir leben im einundzwanzigsten Jahrhundert und sind mitten in Europa«, tönte ich weltmännisch.

Ragnar legte den Kopf noch schiefer. »Wir leben in Gödseltorp, und ich kenne die Leute hier. Ich habe Ihr Auto nicht verschönert, aber Sie sollten sich vorsehen. Manche, die hier wohnen, sind nicht mehr ganz dicht und zu allem fähig.« Dabei vollführte sein Zeigefinger eine kreisende Bewegung an der Schläfe. »Insbesonre sollten Sie sich vor Bengt Larsson und Sten Olsson in Acht nehmen. Denen kann man nicht trauen.«

»Danke für die Warnung«, sagte ich, schob mich an ihm vorbei und griff mir die weiße Plastiktüte mit meinen Einkäufen, die an der Theke bereitstand.

Ich hatte den Ausgang mit der elektronischen Kuh schon fast erreicht, da rief er mir nach: »Zwei Millionen mit Hakansen und drei Millionen ohne!«

Ich hielt abrupt inne und fuhr herum.

»Wie bitte?«

»Sie haben mich schon verstanden.«

»Was meinen Sie mit *ohne Hakansen*?«

Ragnar kam mir nach und senkte die Stimme. »Ich meine damit, dass Ihr Hof mehr wert ist, wenn Hakansen dort zum Zeitpunkt der Übergabe nicht mehr … wohnt.«

»Aber Sie würden den Hof auch mit Bjørn Hakansen kaufen?«, hakte ich nach. Das wurde langsam interessant.

»Natürlich. Aber dann eben eine Million billiger.«

»Und was würden Sie mit Hakansen machen? Ich meine, wenn ich den Hof überhaupt verkaufen würde, was ich übrigens nicht vorhabe.«

»Ich würde mich schon um ihn *kümmern*.«

»Gut zu wissen. Aber wie ich bereits sagte: Ich werde nicht verkaufen. Ich habe den Hof ja gerade erst geerbt.«

Ragnar lächelte. »Wie Sie meinen.«

Es muhte. Eine Frau kam herein. Sie war ungefähr Mitte fünfzig und wohlproportioniert. Ihre großen stahlblauen Augen hefteten sich auf Ragnar. Und dann sah ich es. Ohne, dass ich die Frau kannte, die da soeben den Laden betreten hatte, war vollkommen klar, dass zwischen den beiden etwas lief. Stein und Bein hätte ich schwören können, und verheiratet waren die nie und nimmer. Dazu lag viel zu viel Begehrlichkeit in ihren Gesichtern. Wenn ich da an Tanjas Augen zurückdachte; es hatte nicht lange gedauert, bis ich erkennen durfte, dass das, was ich ursprünglich für einen Schlafzimmerblick gehalten hatte, ein Ausdruck von Fantasie- und Lustlosigkeit war. Jetzt hatte Ferdinand sie an den Hacken.

Nun bemerkte ich, wie Ragnar den leidenschaftlichen Blick der Frau kurz, aber intensiv erwiderte. Meine These war bestätigt. Doch Ragnar schien nicht gesehen zu haben, dass ich das mitbekommen hatte, denn mit einem überheblichen Lächeln auf den Lippen nickte er mir zum Abschied zu, um im Vorratsraum hinter dem Verkaufstresen zu verschwinden.

Ich hatte doch gewusst, dass wir Freunde werden würden.

Ich verließ den Laden und fuhr mit Lasse hinauf zu meinem Hof.

FEMTON

Auf dem Nachhauseweg, der mich nach der Weggabelung in Gödseltorp durch einen kurzen bewaldeten Abschnitt führte, sah ich schon von Weitem einen ockergelben, uralten Volvo-Kombi. Er hatte an der einzigen Kreuzung zwischen meinem Hof und Gödseltorp angehalten. Ich drosselte Lasses Tempo und wollte schon einfach an dem PWK vorbeifahren, da sprang mit einem Mal ein Mann aus dem Gebüsch und gestikulierte wild mit den Armen.

Ich hielt an.

Er machte den Reißverschluss zu und kam an die Fahrertür.

Ich betrachtete ihn durchs Seitenfenster. Er war sehr groß und hatte einen mächtigen Unterbiss. Eine Hornbrille, die in Stil und Ausführung der Rainers in nichts nachstand, saß auf einer geröteten Knollennase. Seine Haut war rosig, zumindest dort, wo sie nicht von Bartstoppeln überwuchert war. Er steckte in bäuerlicher Kleidung – wenigstens dachte ich sofort, dass so und nicht anders ein schwedischer Bauer aussehen musste. Dagegen sprach, dass er diesen Volvo fuhr, dafür, dass er Gummistiefel trug, die bis zu den Knöcheln mit Kuhmist bedeckt waren.

Er mühte sich zu lächeln, bleckte braune Zähne und klopfte ans Fenster. Gleichzeitig versuchte er, die Fahrertür zu öffnen, wahrscheinlich, um mich in ein Gespräch zu verwickeln. Lasse ließ das nicht zu, also betätigte ich den Fensterheber.

»*Hej*«, sagte er in den größer werdenden Spalt und schob die Hand ins Auto, »Sten Olsson. Dein Nachbar.«

»Ach wie schön«, entgegnete ich und drückte ihm die mächtige Pranke. »Ich bin Torsten.«

»Schönes Wetter heute.«

»Ja, schön«, sagte ich.

»Soll aber bald ein Sturm kommen.«

»Ach was?«

»Ja, ja. Nächstes Wochenende. An *Midsommar*.«

»Nein!«

»Doch, doch. Sturm und Regen. Nicht zu fassen. An *Midsommar*.« Sten ließ nicht locker.

»Is' nicht wahr«, sagte ich in gespielter Bestürzung.

Sein Blick fiel auf Lasses Sonderlackierung. »Wer war das?«

»Keine Ahnung.«

»Nicht schön.«

»Nein, absolut nicht.«

»Schönes Auto«, sagte Sten.

»Ja. Lasse.«

Sten sah mich kurz etwas verwirrt an, doch dann kam er zum Wesentlichen. »Komm mit zu uns auf einen Kaffee. Wir müssen reden.«

»Müssen wir?«

»Ja.«

Damit lief er um Lasse herum zu seinem Volvo, startete ihn und bog in einen nur wenige Meter entfernten Seitenweg ein. Ich folgte ihm, zunehmend gespannt darauf, was es zu bereden gab. Mir fiel nämlich partout nichts ein.

Stens Hof – er war tatsächlich Bauer – lag etwa einen

Steinwurf vom Waldrand und ungefähr zwei Kilometer von meinem Storegården entfernt. Ich parkte Lasse vor der Scheune und krabbelte zur Beifahrerseite hinaus, was Sten erneut zu einem verwirrten Blick Anlass gab. Doch er schwieg. Anders als der heisere Hofhund, der, alt und abgemagert, unentwegt kläffte und an seiner Kette zerrte, bis wir im Haus verschwunden waren.

Wir zogen unsere Schuhe aus, und Sten bat mich ins Wohnzimmer.

»Sophie?«, rief er in die angrenzende Küche hinein. »Mach uns Kaffee und bring *kanelbullar*, wir haben Besuch. Unser Nachbar vom Storegården ist hier.«

Urplötzlich erschien eine Frau von Mitte fünfzig in der Tür. Sie hatte eine Schürze umgebunden und knetete ein Geschirrhandtuch.

»Ah, Storegården, ah, verstehe«, sagte sie mit aufleuchtenden Augen, lächelte unbeholfen und verschwand wieder in der Küche.

»Sophie«, erklärte Sten.

»Scheint so«, bemerkte ich.

»Bin gespannt, wie heftig der Sturm wird.«

»Ja, das ist spannend«, pflichtete ich ihm bei.

»Und, wie ist es so auf dem Storegården?«

»Och«, antwortete ich unverbindlich, »schön.«

»Schöner Hof.«

»Oh ja!«

Aus der Küche drang Geschirrklappern, und kurz darauf erschien Sophie mit einem Tablett im Wohnzimmer, auf das sie Tassen, Teller, eine dampfende Kaffeekanne und eine Platte mit Zimtschnecken geladen hatte.

»Ich habe sie selbst gebacken. Heute Morgen. Ganz frisch.«

Mit diesen Worten verteilte sie die Gedecke auf dem Tisch, stellte das Gebäck in die Mitte und goss in jede Tasse Kaffee. Dann eilte sie nochmals in die Küche. Sten sah mich dabei die ganze Zeit ausdruckslos an.

»Sie bäckt viel«, erklärte er schließlich.

»Schön«, sagte ich.

Sophie kam mit einem Zuckerdöschen und einem Milchkännchen zum Tisch und setzte sich dazu.

»Milch und Zucker?«

»Nur Milch, danke.«

Ich hielt ihr die Tasse hin, und sie goss Milch mit rahmigen Bröckchen hinein.

»Und, wie ist es so auf dem Storegården?«, fragte sie.

»Och«, antwortete ich unverbindlich, »schön.«

»Schöner Hof.«

»Oh ja!«

»Wollen Sie für immer dort bleiben?«

Während Sophie das fragte, legte sie den Kopf so schief wie Ragnar Hedlund und sah mich mit einem liebreizenden Augenaufschlag an.

»Ich weiß noch nicht. Eine ganze Zeit lang erst mal. Ich will Bücher schreiben, wissen Sie?«

»Bücher?«

Sten und Sophie tauschten Blicke aus, als hätte ich gesagt, ich sei in der Lage, Steine zum Leben zu erwecken.

»Ja, Bücher. Und das dauert immer ein wenig« – ich musste an mein Manuskript denken, das erst aus drei Sätzen bestand – »und daher werde ich die nächsten Jahre bestimmt hier verbringen.«

»Die nächsten Jahre?«, fragten beide erschüttert und wie aus einem Mund, und Sophie raunte Sten zu: »Und du hast gesagt, er will bestimmt verkaufen.«

Aha! Daher wehte der Wind. Was war denn bloß los mit diesen Leuten hier? Warum waren alle so scharf auf einen zugegebenermaßen sehr hübschen, aber doch durchschnittlichen Bauernhof, auf dem zudem ein alter Kämpfer sein Unwesen trieb?

Unter Stens bösen Blicken hielt sich dessen Frau erschrocken die Hand vor den Mund, doch ich tat so, als würde ich nichts bemerken. Seelenruhig nippte ich am Kaffee und erkundigte mich scheinheilig: »Hätten Sie denn Interesse?«

Wieder sahen sie sich an. Aufgeregt rieb sich Sophie die Hände; diesmal ohne Geschirrhandtuch.

»Ja, natürlich. Sehr. Großes. Interesse«, stammelte sie, während ich von meiner Linken sanftes Gläserklirren vernahm. Nur einen Augenblick später stellte Sten drei Schnapsgläser und eine Flasche ohne Etikett auf den Tisch und goss die Stamperl randvoll.

»Auf gute Nachbarschaft. *Skål!*«

Das Zeug brannte wie die Hölle. Sten schenkte nach. Mir blieb fast die Luft weg von dem Fusel, und ich biss hastig in eine Zimtschnecke.

»Auf den Storegården, *Skål!*«, prostete Sten mir völlig unbeeindruckt zu.

»*Skål!*«, sagte ich und schüttete mir das Höllenzeug in den Schlund.

Über mein Sichtfeld legte sich ein trüber Schleier, mein gesamter Rachenraum war taub, und ich hatte das Gefühl, die Zunge würde mir in blutigen Fransen aus dem Mund hängen. Sten und Sophie hingegen schien dieser als Schnaps getarnte Benzinersatz nicht das Geringste auszumachen.

Sten schenkte nach.

Ich beschloss aus Notwehr, dem Spuk ein Ende zu bereiten.

»Ragnar Hedlund hat auch Interesse.«

Sten goss den Hochprozentigen über die Tischdecke. »Dieser Schweinehund!« Dann ergriff er meine Hand. »Trau dem bloß nicht. Er ist ein Betrüger und noch schlimmer als Bengt Larsson und Nils Nilsson.«

»Dasselbe hat er von euch, Bengt und Nils auch gesagt«, goss ich Öl ins Feuer.

Stens Knollennase glühte. Seine Nasenflügel bebten.

»Wie viel hat er geboten?«

»Drei Millionen.«

Stens Faust donnerte auf den Tisch.

»Ich geb dir dreieinhalb!«

Ich stand auf.

»Das ist echt nett, aber eigentlich will ich gar nicht verkaufen. Vielen Dank für Speis und Trank!«

Die Gesichter der beiden verloren an Kontur. Schweigsam begleiteten sie mich zur Tür, kein Wort wurde mehr gesprochen. Wieder hatte ich mir Freunde fürs Leben gemacht, aber mittlerweile war mir das egal. Sollten diese Wahnsinnigen hier sich doch gegenseitig umbringen. Solange sie mir nicht ans Leder gingen, konnte mir das nur recht sein.

Stens Hund kläffte mir heiser nach, bis ich vom Hof gefahren war. Auf dem Weg zurück begegnete ich einem der jungen Typen auf seinem Motorrad, die ich an Ragnar Hedlunds Tankstelle zusammen mit Ole-Einar gesehen hatte. Ich musste davon ausgehen, dass dieser Rocker von *Satans Oväsen*, der mir ohne Helm und viel zu schnell auf seiner Honda entgegengeschossen kam und mir im Vorbeirauschen noch grinsend den

Stinkefinger zeigte, einer von Stens und Sophies Söhnen war.

Was für ein Tag! Aber eines wollte ich Bjørn nun wirklich fragen und würde auf einer Antwort bestehen, und wenn ich dafür selbst zur Waffe greifen musste: Was zur Hölle wollten alle mit meinem Hof? Vermuteten die eine Ölquelle dort?

Wenigstens das stand felsenfest: Die Gödseltorper liebten mich abgöttisch!

Ich erreichte den Weg, der den Storegården mit dem Ort verband, hielt mich links und war noch keine dreihundert Meter weit gekommen, da schaukelte mir schon wieder ein Volvo entgegen. Diesmal war er grün und bedeutend neueren Baujahrs als Stens.

Ich musste Lasse ziemlich eng an den abschüssigen Rand des Weges lenken, damit der andere Wagen passieren konnte, doch das tat dieser nicht. Er schob sich im Schritttempo an Lasse vorbei, bis er auf Höhe meiner Fahrertür angekommen war, dann stoppte er. Hatte ich bisher gedacht, Ragnar Hedlund, Ole-Einar oder meine neue Bekanntschaft, Sten Olsson, würden alkoholgezeichnete Antlitze ihr Eigen nennen, so sah ich mich nun einem neuen Exemplar von ungeahnter Güte gegenüber. Das Gesicht, das mir von unten nach oben in die Scheibe glotzte, gehörte einem Mann, dessen Alter schwer zu bestimmen war. Er mochte zwischen Mitte vierzig und Anfang sechzig sein. Wie rote und blaue Bäche auf einer schweinsfarbenen Landkarte durchzogen unzählige Äderchen seine großporige Haut. Seine Hakennase hing wie eine Klippe über die wulstigen Lippen, warf einen spitzen Schatten gegen das Licht der tief stehenden Sonne. Seine Augen waren klein, funkelten listig, aber trotz seines Äußeren hatte er (und ich konnte mir absolut nicht erklären, welcher optische Umstand dies begünstigte, denn ich bemerkte keinen) keine unsympathische Ausstrahlung.

Er kurbelte sein Fenster herunter.

Ich betätigte den Fensterheber.

»*Hej*«, grüßte er. »Ich bin Bengt Larsson, dein Nachbar.«

»*Hej*«, grüßte ich zurück, und sofort war mir klar, wer das war.

Der Bengt Larsson, vor dem mich zuerst Ragnar und dann auch Sten Olsson nebst Frau eindringlich gewarnt hatten. Allerdings hatte mich Ragnar auch vor Sten gewarnt und Sten wiederum vor Ragnar und Nils, den ich als Einzigen der vier noch nicht persönlich kannte. Um das Diagramm in meinem Kopf langsam zu einem symmetrischen Muster heranwachsen zu lassen, bedurfte es nun konsequenterweise einer Warnung von Bengt vor Ragnar und Sten und eventuell auch Nils. Ich war mir sicher, dass Nils mich wiederum ebenfalls vor den anderen warnen würde.

»Ich bin Torsten«, nahm ich den Dialog wieder auf und war gespannt.

»Zeit für einen Gödseltorper Willkommens-Whisky?«

Bengt übersprang Zimtschnecken und Kaffee und kam gleich zur Sache. Das gefiel mir.

»Warum nicht«, gab ich zurück. Ich wollte jeden hier kennenlernen, insbesondere alle, vor denen ich, von wem auch immer, gewarnt worden war. Außerdem fühlte ich mich bereits leicht beschwingt. Meine Hemmschwelle war deutlich gesunken. Sten Olssons Teufelszeug verfehlte seine Wirkung nicht.

Bengt bedeutete mir mit einem Wink, seinem Volvo nachzufahren, doch der Weg war zu eng zum Wenden. Also steuerte ich unter Mühen rückwärts bis zur Kreuzung, dort angekommen, stieß ich mit Lasses Heck in den Weg, der zu Sten Olssons Hof führte, um dann Bengt über die Kreuzung in die entgegengesetzte Richtung zu folgen.

Bengt war kein Bauer, so viel stand fest. Er hatte zwar ein ansehnliches Haus mit zwei Nebengebäuden, zirka einen Kilometer vom Hauptweg am Waldrand gelegen, aber Koppeln und Ställe oder andere Indizien für landwirtschaftliche Tätigkeiten fehlten. Ein Blick auf das Messingschild neben der Einfahrt bestätigte meine Mutmaßung. »Bengt Larsson – *Försäkringar och Fastigheter*« stand dort zu lesen. Bengt war also Versicherungsvertreter und zugleich Immobilienmakler. Sollte mir das zu denken geben? Ach Quatsch! Auch er sah mich mit großen Augen an, als ich mich aus Lasses Beifahrerseite herausquälte, und auch er schwieg.

Kurz darauf fand ich mich in seinem Wohnzimmer wieder. Er holte zwei große Gläser aus seiner Hausbar hervor, füllte sie mit Single-Malt und hob seinen Whisky an.

»*Skål*, auf gute Nachbarschaft.«

»*Skål*, Bengt«, sagte ich, stieß mit ihm an und trank.

Der gute Schotte rann mir warm und wohltuend die Kehle hinab und schmeichelte meinen Sinnen. Bengt leerte das Glas in einem Zug und schenkte sich nach. Mir auch, obwohl mein Glas noch halb voll war.

»*Skål!*«

»*Skål!*«

Wieder ex. Noch zwei.

»*Skål!*«

»Genau«, sagte ich und merkte, wie meine Zunge schwerer wurde. Ich fasste Vertrauen zu ihm. Mein Gott, dachte ich benommen, dieser Versicherungs-und-Immobilien-Fritze mit seiner Hakennase kann doch nicht so sein wie die anderen. Vielleicht konnte er etwas Licht ins Dunkel bringen?

»Bengt, kannst du mir, als guter Nachbar, der du ja nun einmal bist, kannst du mir vielleicht verraten, warum alle meinen Hof kaufen wollen?«

Bengt sah auf und mich an. Ob sein Blick fest war oder nicht, konnte ich zu diesem Zeitpunkt bereits nicht mehr sagen. Vermutlich ja.

»Wer will deinen Hof kaufen?«

»Na, Ragnar und Sten«, antwortete ich.

»Interessant«, bemerkte er nachdenklich, jedoch mit plötzlich hellwachen Augen.

»Willst du auch meinen Hof kaufen?« Ich trank meinen Whisky leer. Bengt schenkte nach.

»Willst du ihn denn *ver*kaufen?«, kam die Gegenfrage. Er trank aus und schenkte sich nach.

»Nönönö, absolut nich. Der is doch von Tanti Lillimor.«

»Schade.«

Bengt wankte ebenfalls bereits ein wenig mit dem Kopf vor und zurück. Er musste schon vorgeglüht haben, denn einem Schweden aus Gödseltorp konnten die paar Gläser Whisky nach meinem Dafürhalten nichts anhaben.

»Also willst du ihn auch kaufen?«, wollte ich wissen.

»Was wollen denn die anderen zahlen?«, kam die Gegenfrage.

»Ha!«, rief ich aus und kam mir extrem listig dabei vor. »Das sage ich dir, wenn ich noch einen Whisky bekomme und du mir verrätst, was ihr alten Schweden alle mit meinem Hof anfangen wollt.«

Bengt zögerte zuerst, doch dann füllte er unsere beiden Gläser noch einmal.

»Kannst du ein Geheimnis für dich behalten?«

Besser als du, dachte ich und sagte: »Klar!«

Bengt rückte näher, senkte die Stimme und duckte sich an den Tisch.

»Es scheinen ja sowieso alle hier zu wissen, obwohl es eigentlich mein Geheimnis war. Es geht um viel Geld, Torsten, sehr viel Geld.«

»Viel Geld? Was heißt denn viel Geld?«

Bengt zuckte die Schultern. »Genau kann ich das auch nicht sagen, nur dass es viel ist.«

»Ja, verflucht, wie viel denn? So ungefähr wenigstens.«

»Vielleicht fünfzig Millionen oder vielleicht sogar mehr. Sehr viel.«

Mein Herz schlug heftig.

»Das ist wirklich viel Geld.«

Ich exte meinen Whisky ab.

»Sage ich doch«, bemerkte Bengt, tat es mir gleich und schenkte uns nach.

»Und wo sur Hölle soll das Geld herkommen? Wasissesdenn, was so viel Geld wert iss?«, lallte ich aufgeregt.

»Bjørn weiß es«, zischte Bengt. »Der alte norwegische Baschtard weiß es und sagt es nischt. Er will das Geheimnis mit ins Grab nehmen.«

»Wenn er es weiß und nischts sagt, woher weischt du es dann?«, bohrte ich nach und fuchtelte mit meiner Hand wild gestikulierend vor seinem Gesicht herum. Irgendwie hörte ich mich dabei an wie Bengt. Mein Schwedisch bekam offenbar langsam den richtigen Schliff durch schottischen Whisky.

»Bjørn führt Selbschttgeschpräche.«

»Ischt mir nischt entgangen«, bemerkte ich altklug und hob den Zeigefinger.

»Einmal hab isch ihn belauscht«, fuhr Bengt mit wippendem Kopf fort, »einmal im letschten Sommer. Da wollte isch zu Lillemor, und die war weg, und da hat er gesagt, als er so allein in der Küsche saß, dasses verschteckt ist.«

»Wasch denn zur Hölle noch mal?«, rief ich.

»Er hat gesagt, es ischt ein …«

»Bengt!«

Der Angerufene und ich fuhren fahrig herum. Die Tür war aufgesprungen und zwei Frauen standen im Raum. Die jüngere der beiden, sie mochte so Ende zwanzig sein, hatte eine rattenscharfe Figur und blonde Zöpfe, die ihr bis zum Hintern herabhingen. Sie war eine Idee zu stark geschminkt und wirkte insgesamt etwas billig. Aber das war mir egal. Sie war rattenscharf. Ich dachte daran, wie lange ich nicht mehr mit einer Frau im Bett gewesen war. Einige Monate war das jetzt her. Danke, Tanja! Und Åsa? Ich bekam ein schlechtes Gewissen, aber mein Alkoholpegel scheuchte es mir aus dem Kopf. Die ältere der beiden war so um die fünfzig und augenscheinlich Bengts Frau. Sie hatte die Arme in die Hüften gestemmt und blitzte ihren Mann zornig an.

»Schon wieder Whisky?«

Bengt nahm eine Art Schutzhaltung ein, was mich amüsierte. Warum sollte es den Schweden auch besser gehen als den Deutschen? Jedenfalls klang seine Stimme nun nicht mehr geheimnisvoll, sondern eher wie ertappt.

»Das ist eine Auschnahme, mein Butterschtreusel«, hob er an. »Isch habe nur unseren neuen Nachbarn willkommen geheißen. Torschten. Er wohnt auf dem Schtoregården.« Bengt machte in übertriebener Theatralik eine Präsentationsgeste mit den Händen, die mich an eine Live-Performance des späten Joe Cocker erinnerte, und zeigte dabei auf mich.

Seine Frau trat näher, und jetzt erst erkannte ich sie. Es war dieselbe Frau, die vorhin mit Ragnar die verführerischen Blicke ausgetauscht hatte.

Sie sah zu mir herüber und erkannte mich jetzt auch.

Sie zuckte kurz zusammen.

Sie wusste, dass ich es wusste.

Das war ja interessant hier in Gödseltorp! Trotzdem wollte ich dem sich anbahnenden Familiendrama nicht beiwohnen und stand mühsam auf. Mehr würde ich aus Bengt zu diesem Zeitpunkt ohnehin nicht herausbekommen.

»Vielen Dank für den Umdrunk«, sagte ich und musste mich am Tisch abstützen.

»Mein Name ist übrigens Mona Larsson«, sagte Bengts Frau und gab mir die Hand, »und das ist unsere Tochter Lina.« Mit diesen Worten deutete sie auf die blonde Rakete, die mich allerdings nur von oben herab musterte.

»Schehr angenehm«, sagte ich und meinte es genau so. »Trotzdem muss isch jetzd fahren. *Hej-di då!*«

Ich hob grüßend die Hand und schwankte aus dem Haus zu Lasse hinüber. Noch von der Einfahrt hörte ich Gezeter und eine lautstarke Diskussion, dann fiel Lasses Beifahrertür ins Schloss. Ich brauchte länger als gewöhnlich, um ans Steuer meines Wagens zu robben, und noch länger, um das Zündschloss zu finden. Schließlich traf ich den verflucht engen Schlitz, startete und eierte heimwärts. Verflucht enger Schlitz? Ich dachte unterschwellig an Bengts blonde Raketentochter und prustete laut los über meinen eigenen billigen Witz. Ich war mächtig besoffen.

Es war bereits halb drei, als ich in Schlangenlinien auf dem Storegården ankam, Lasse irgendwo stehen ließ und mit meinen Einkäufen, die seit heute Morgen in seinem Inneren ausgeharrt hatten, in die *gäststuga* stolperte. Ich fiel ins Bett und schlief.

Etwa gegen halb sieben wachte ich auf, als es an meine Tür klopfte. Ich fuhr aus dem Schlaf und brauchte einige Sekunden, bis ich wusste, wo ich war. Mein Kopf tat mir weh, und ein Blick in den halb blinden antiken Spiegel, der über der Kommode neben meinem Bett hing, zeigte ein gezeichnetes Gesicht. Benommen schlurfte ich zur Tür und öffnete.

Ein Mann und eine Frau standen davor. In der Hand trugen sie ein Geschenk.

»Guten Tag, Herr Brettschneider«, grüßte der Mann. »Wir möchten Sie im Namen der christlichen Gemeinde Gödseltorp ganz herzlich willkommen heißen. Ich bin Pfarrer Jan-Peer Pettersson und das ist meine Frau Elsa.«

Die Frau nickte mir lächelnd zu, auch wenn ich bemerkte, dass sie mich eher verstohlen musterte. Ich sah zwar trotz meines Zustandes bestimmt noch besser aus als Ragnar, Bengt und Sten zusammen, aber ein wenig derangiert fühlte ich mich schon. Barfuß, das Hemd hing mir halb aus der Hose und meine Kurzhaarfrisur klebte mir vom Nachmittagsschläfchen zerknautscht am Kopf.

Pfarrer Jan-Peer Pettersson reichte mir das liebevoll verschnürte Präsent, auf dem eine Papierlupine klebte. »Selbst gebackenes Brot und Salz als Zeichen guter Nachbarschaft und auf dass es Ihnen allzeit gut ergehe hier in Gödseltorp.«

Ich sagte, was man immer sagt: »Oh, das ist aber nett, das wäre doch nicht nötig gewesen.«

Doch, war es. Und wie! Ich wünschte mir, dass es mir nur einen verfluchten Tag gut ergehen würde hier in Gödseltorp. Jan-Peer und Elsa Pettersson blickten mich erwartungsvoll an. Langsam quälten sich die Gedanken durch mein Gehirngulasch, bis ich verstand.

»Ich würde Sie ja gerne hereinbitten«, hob ich etwas verschämt an und knetete aus Verlegenheit das weiche Brot, »aber hier, in dieser *stuga* würden Sie sich nicht wohlfühlen. Und ins Haus«, fuhr ich fort, als ich Elsas verständnislosen Gesichtsausdruck sah, »ins Haus kann ich Sie leider auch nicht bitten, weil ich nämlich selbst nicht ins Haus darf.«

Der Pfarrer und seine Frau tauschten einen kurzen Blick aus.

»Bjørn?«, fragte er knapp.

Ich nickte.

»Tja, so ist er eben. Aber Sie haben das Haus doch geerbt. Es gehört Ihnen, wenn ich richtig informiert bin«, wandte Pettersson ein.

»Ja, das ist wohl wahr, aber Bjørn will das nicht glauben«, erklärte ich. »Er kennt mich nicht und glaubt nicht, dass ich ich bin.«

»Haben Sie denn keinen Erbvertrag?«

»Der ist in Årjäng.«

»In Årjäng?«

Ich hatte keine Lust, die Verwirrung aus den Gesichtern der beiden Eheleute zu vertreiben, also sagte ich: »Also, er ist nicht da. Ich habe ihn nicht mehr.«

Pettersson schien zu verstehen, dass ich das nicht weiter ausführen wollte, seine Frau hingegen nicht.

»Und was ist mit Ihrem Auto passiert?«, fragte sie unverblümt und erntete dafür einen Seitenblick von Jan-Peer.

»Das sehen Sie ja selbst. Anscheinend kann mich irgendjemand in Gödseltorp nicht leiden.«

»Das ist bestimmt nur ein kleines Missverständnis, das sich klären lässt«, versuchte mich Pfarrer Pettersson in pastoralem Tonfall zu beschwichtigen. Das war ja sein Job.

»Da bin ich aber froh, dass es nur ein kleines Missverständnis und kein großes ist, sonst würde mein Auto jetzt wahrscheinlich auf dem Grund des Sees ruhen oder in Flammen stehen«, bemerkte ich.

»Kommen Sie doch morgen einfach zur Sonntagsmesse in die Kirche«, schlug Pettersson vor. »So eigenbrötlerisch meine Gödseltorper Schäfchen auch sein mögen, so zahm sind sie, wenn sie das Gotteshaus betreten. Dort werden Sie sie von einer ganz anderen Seite kennenlernen, und gewiss wird sich Ihre Meinung über sie ändern. Sogar Bjørn Hakansen kommt regelmäßig. Was meinen Sie?«

»Bjørn geht sonntags in die Kirche?«, fragte ich verwundert und sah ihn im Geiste, wie er mit seinem geschulterten Karabiner vorm Altar ein Kreuz schlug, bevor er eine Abendmahlsoblate in seinem Gesichtsteppich empfing.

»Ja«, erörterte Pettersson, »er kommt, sagt kein Wort, sitzt auf der letzten Bank, links vom Gang, nach der Messe spendet er hundert Kronen, steht auf, geht zum Grab von Lillemor und dann wieder nach Hause.«

»Das hätte ich nicht gedacht.«

»Sehen Sie«, ergriff Pettersson die Chance, »wenn selbst Bjørn kommt, dann dürfen Sie nicht fehlen!«

»Ich weiß nicht«, sagte ich zögerlich. »Ich gehe normalerweise nicht oft in die Kirche.« Das war maßlos untertrieben. Ich ging nie in die Kirche. Schon seit ewigen Zeiten nicht. Das letzte Mal, glaubte ich mich zu entsinnen, war ich mit Tanja an unserem ersten gemeinsamen Heiligabend zur Christmette im Frankfurter Dom gewesen und danach auf dem Weihnachtsmarkt. Das lag sieben Jahre und einen Ferdinand zurück.

Doch Pettersson verstand sein Handwerk.

»Unsinn«, widersprach er und legte mir in souveräner Güte die Hand auf die Schulter. »Kommen Sie morgen zur Messe, und hinterher laden wir Sie zum Mittagessen zu uns nach Hause ein. Es gibt hausgemachte *köttbullar*, und meine Elsa bereitet die allerbesten zu, das können Sie mir glauben. Außerdem kommt unsere Tochter Linda aus Leksand zu Besuch.«

»Sie ist sehr nett. Und geschieden«, rief Elsa von hinten.

Hatte ich mich verhört? Wollte die Pfarrersfrau die Pfarrerstochter verkuppeln? Meine Motivation, tatsächlich am morgigen Sonntag in die Gödseltorper Kirche zu gehen, strebte gegen null. Alle Wahnsinnigen des Ortes würden sich dort in verlogener und zeitweise stiller Eintracht versammeln, um hinterher wieder mein Auto mit Genital-Graffitis zu verschönern. Und Bjørn Hakansen würde diese knisternde Atmosphäre mit seiner militanten Anwesenheit bereichern. Und danach würde ich mit dem Ehepaar Pettersson und ihrer Pfarrerstochter am Tisch sitzen und mich über meine Hochzeit mit ihr unterhalten. Die hatte bestimmt aus gutem Grund nicht wieder einen abbekommen, nachdem ihr Exmann geflohen war. Zum Beispiel, weil sie fett und verpickelt oder weil sie nur einen Meter zwanzig groß war und einen Vollbart trug. Oder alles zusammen.

»Geben Sie sich einen Ruck«, bohrte Pettersson weiter. Mein Kopf pochte wie verrückt.

Ich sagte: »Ja, meinetwegen«, um die beiden loszuwerden. Wenn der Allmächtige einen Stab von Vertriebsmitarbeitern hatte, dann war Pettersson mit Sicherheit einer seiner Besten, das stand für mich außer Frage, und ich wusste, wovon ich sprach; ich kam ja selbst aus diesem Berufszweig. Geistlicher *of the month*.

»Schön!«, freute sich der Gödseltorper Pfarrer, »dann wollen wir Sie nicht länger aufhalten und empfehlen uns. Bis morgen!«

»Ja, bis morgen«, sagte ich zum Abschied und hob die Hand. »Und nochmals vielen Dank für das Brot.«

»Nichts zu danken«, sagte Jan-Peer Pettersson.

»Guten Appetit«, sagte Elsa Pettersson.

Ich sah ihnen nach, wie sie auf das halb geöffnete Hoftor des Storegårdens zusteuerten, noch einmal kurz vor Lasse stehen blieben, um kopfschüttelnd und tuschelnd die obszöne Schmiererei auf der Heckklappe zu betrachten, und schließlich das Tor hinter sich zuzogen, in ihren roten Volvo stiegen und davonfuhren.

Guten Appetit? Genau! Ich hatte einen Bärenhunger, wie ich bemerkte. Mein Magen gab plötzlich Laute von sich, als hätte ich eine lebendige Katze verschluckt, die sich nun wohlig in meinen Gedärmen räkelte. Ich setzte mich aufs Bett und verteilte alle Esswaren aus Ragnars Einkaufsparadies sowie das eben erhaltene Willkommensbrot in der feierlichen Anmutung eines Buffets um mich herum. Einen adäquaten Esstisch mit Sitzgelegenheit ließ meine Unterkunft – wie so vieles andere auch – leider vermissen. Ich nahm eine der Fischdosen in die Hand, doch dann fiel mir ein, dass ich hier im Zimmer nichts hatte, womit ich sie öffnen, und auch nichts, womit ich das Brot schneiden konnte. Zum Glück hatte ich mein Taschenmesser nicht in meinen Rucksack getan; es lag im Seitenfach in Lasses Fahrertür.

Ich ging hinaus.

Mein Blick fiel aufs Haus.

In der Küche brannte Licht, und ich sah Bjørns Umriss gegen die tief hängende Küchenlampe. Er lief auf und ab und gestikulierte, als würde er sich mit jemandem unterhalten.

Was er wohl erzählte?

Ich schlich hinüber und duckte mich vor dem Fenster, das einen Spalt breit geöffnet war, weit genug, um Bjørns Selbstgespräch durch das Fliegengitter nach draußen zu lassen.

»Sie wollen alle nur dasselbe. Sie wollen mich vertreiben. Aber das schaffen sie nicht, Lillemor, das schwöre ich dir!«

Ich musste schlucken. Das rührte mich an. Der alte Norweger sprach zu meiner toten Tante. Er musste sie wirklich sehr geliebt haben.

»Lillemor, mein Hühnchen«, fuhr Bjørn fort, »warum wollen alle nur diese verdammten Platten?«

Platten? Was für Platten? Das wurde ja immer selt-
samer. Gehörte Bjørn eine Sammlung aller Erstausga-
ben der Beatles oder was sollte das? Die waren doch
tatsächlich alle verrückt hier! Aus Unachtsamkeit verlor ich das Gleichgewicht und knickte nach hinten um.
Der Kies knirschte. Hoffentlich hatte Bjørn das nicht …
doch, hatte er! Es kam, wie es kommen musste: Schritte
(schneller als sonst), Schrank auf, Schrank zu, metallisches Klicken, Tür auf.

»Ist da wer? Komm raus, damit ich deine Eingeweide
im Garten verteilen kann!«, rief Bjørn und lud durch.
Dann sah er sich nach allen Seiten um. Ich erkannte das
am Karabinerlauf, der in unregelmäßigen Abständen wie
ein Todespendel über mir am Geländer der Treppe auftauchte, an deren steinernen Sockel ich mich nun angst-
erfüllt presste.

»Bist du das wieder, Bengt, du hässliche Missgeburt?«,
schrie Bjørn.

In der Ferne kläffte es. Ein Hund.

Ein Adler schrie hoch oben am Himmel.

Der Wind hatte zugenommen und schob schwarz-
graue Wolken von Osten heran. Es nieselte bereits.

Bjørn wartete noch einige Augenblicke ab, dann sagte er verächtlich: »Verdammte Feiglinge!«, zog die Nase
hoch, spuckte über die Treppe, traf mich ins Auge und
verschwand im Haus.

Ich atmete aus.

Glück gehabt. Na ja, fast. Ich wischte mir den Spei-
chelsee mit dem Ärmel aus dem Gesicht und schlich vorsichtig zur *gäststuga* hinüber. Erst als ich mit meinem
Taschenmesser bewaffnet wieder in meiner ärmlichen
Behausung war, fühlte ich mich einigermaßen sicher, zu-

mindest konnte mich nun kein Projektil in den Rücken treffen und meinem Leben ein jähes Ende bereiten.

Platten. Das war es also. Aber was für Platten? Es mussten unerhört teure Platten sein, die hier auf meinem Grund und Boden von Bjørn versteckt und bewacht wurden. Was war dran an dieser Geschichte, um wie viel ging es tatsächlich und: Wer wusste noch davon? Bengt? Sten, Ragnar, Nils? Der Pfarrer? Die Monster-Pfarrerstochter? Wem konnte ich überhaupt noch trauen? Mir fiel nur Bjørn Hakansen ein. Der hatte zwar definitiv nicht mehr alle Hufe am Elch, aber bei ihm wusste ich zumindest, woran ich war. Er hasste mich, ließ mich nicht ins Haus und würde mich erschießen, sobald ich ihm einen Vorwand dafür lieferte. Er war eine konstante Größe in dem ansonsten vollkommen unberechenbaren Gödseltorper Wahnsinn.

Draußen zogen sich die Wolken immer dichter zusammen, und es wurde dunkel. Die ersten dickeren Tropfen schlugen an die Scheiben meiner armseligen Hütte. Ich zündete zwei Teelichter an und widmete mich endlich meinem Essen.

Mit dem Taschenmesser schnitt ich eine krumme und zu dicke Scheibe vom Laib der Pfarrersfrau ab und zog die ausgebeulte Dose mit dem *surströmming* zu mir heran. Ich klappte die Klinge wieder ein und den Dosenöffner auf.

Mein Vater konnte unmöglich immer recht haben.

Mutig und trotzig stach ich hinein.

SEXTON

Ein Hahnenschrei weckte mich. Ob es der erste war, wusste ich nicht, und ich sah mich verwundert um. Die Sonne war nicht zu sehen. Eine graue, trübe Suppe umgab mich, und feine Regentropfen prasselten auf Blech. Auf Blech? Was für Blech? Wo war ich? Und warum stank es so erbärmlich nach verwesten Tierkadavern? Der Rücken tat mir weh. Erstaunt musste ich feststellen, dass ich die Nacht in Lasse verbracht hatte.

Dann erinnerte ich mich.

Mein Vater hatte wieder einmal recht gehabt. Wenigstens zum Teil. Er hatte jedoch nur die geschmackliche Komponente dieses Lebensmittelattentates namens *surströmming* beschrieben: Der letzte Dreck! So weit war ich indes gestern Abend gar nicht gekommen. Denn nach dem *O'zapft is!* der Fischkonserve und noch während mir ein fingerdicker Strahl ekelerregenden Fischsuds mit kleinen Fischkadaverbröckchen ins Gesicht gespritzt war, überkam mich die schreckliche Wahrheit. Die Dose dieser Schwedenleckerei war deshalb ausgebeult, weil in ihrem Inneren ein gigantischer Gärprozess abgelaufen war. Der Hering, einst ein lebensfroher Meeresbewohner mit aussichtsreicher kulinarischer Zukunft etwa als Rollmops oder Fischbrötchen, musste sich nach seinem Fang zusammen mit Abertausenden seiner bemitleidenswerten Kollegen in Fässern mit Salzlake wiedergefunden haben.

Danach sperrte man ihn mit einigen seiner Kumpels in die enge Dose und überließ sie ihrem organischen Schicksal. Die Heringe machten daraufhin das Einzige, wozu sie in ihrer misslichen Lage noch imstande waren: Sie vergammelten. Das machten sie aber anständig. Respekt! Dieser Verwesungsprozess entließ natürlich ordentlich Gase – man kennt das von Wasserleichen, die zweifelsohne auch nicht besser aussehen oder besser riechen. Und genau diese Gase hatte ich durch meinen beherzten Stich in die Freiheit unserer Erdatmosphäre entlassen.

Mir war der Appetit vergangen, denn auch nach mehrmaligen und intensiven Ganzkörperwaschgängen im wenig komfortablen Anbau des Gästehauses ohne fließend Warmwasser wurde ich diesen Fischgestank nicht los. Die ganze Bude stank danach. Mein Bett war besudelt, es hing in den Vorhängen. *Surströmming*, überall *surströmming*! Bevor ich mich übergeben musste, hatte ich mir nach meiner Wäsche die restlichen Esswaren gegriffen und mich in meinen Bus verzogen, um dort zu essen und zu schlafen.

Verdammt! Heute war ja Sonntag. Kirchtag. Ich hatte noch immer absolut keine Lust, mich mit den Gödseltorpern zusammen in eine Messe zu setzen, aber ich hatte es dem Top-Vertriebler Gottes, Jan-Peer Pettersson, ja nun einmal versprochen.

Also ging ich ins Aborthäuschen zur Waschschüssel, pumpte sie voll und vollzog das Ritual einer ur-mannhaften Morgentoilette mit etwa fünf Grad kaltem Brunnenwasser und einem Stück Seife. Danach war ich wach und hatte zudem das Gefühl, dass ich den Fischgeruch nun endlich wieder aus den Haaren bekommen hatte.

In der Hütte stank es jedoch noch immer bestialisch. Ich riss die Fenster auf und zog mir eines meiner Hemden über, die ich im Koffer mitgenommen hatte. Für einen Kirchgang sollte man sich angemessen kleiden, beschloss ich. Das Hemd mit Buttondown-Knöpfen war zwar durch die lange Reise etwas in Mitleidenschaft gezogen worden, aber ich fühlte mich dennoch ein wenig besser als gestern, als ich von Bengts Whisky-Besäufnis nach Hause gekommen und dem Pfarrer unter die Augen getreten war.

Meine Armbanduhr zeigte halb zehn. Es war höchste Zeit. Ich wollte nicht erst in die Kirche kommen, wenn die Gemeinde bereits ein Lied angestimmt hatte und sich alle nach mir umdrehten, sobald ich die Kirchentür öffnete. Nicht in Gödseltorp!

Sogar meine lieb gewonnenen Gummistiefel, die ich seither nur im Bett ausgezogen hatte, tauschte ich gegen meine Treckingschuhe. Es wirkte doch ein wenig befremdlich, wenn man damit in die Kirche ging, dachte ich bei mir. Dazu kam, dass die Gummistiefel zwar aussahen, als taugten sie etwas, aber durch das Mausloch in Wahrheit nicht mehr zweckmäßig zu gebrauchen waren. Was ihrer Symbolkraft, wohlgemerkt, keinerlei Abbruch tat.

Ich ging aus der Hütte zu Lasse und überlegte kurz, ob ich Bjørn eine Mitfahrgelegenheit anbieten sollte, schlug mir diesen Gedanken aber aus dem Kopf. Er hockte auf unermesslichem Reichtum, war aggressiv, hasste mich und ließ mich in einer schäbigen Unterkunft wohnen, während er in *meinem* Haus lebte. Sollte er doch ruhig im Regen zur Kirche laufen. Das würde ihm guttun.

Die Kirche war leicht zu finden. Sie lag an der Straße, also an *der* Straße, es gab nämlich nur eine in Gödseltorp: die am Gödselsjö. Nur etwa einen halben Kilometer nach Ragnar Hedlunds Tankstelle, vorbei an einem guten Dutzend Häuser, tauchte sie vor dem Pfarrhaus auf einem kleinen Hügel auf. Dahinter der Friedhof. Ich konnte nur wenige Kreuze ausmachen. Man starb nicht gern hier oder wollte selbst nach dem Tod noch fort.

Ich parkte Lasse demonstrativ rückwärts auf einem der freien Parkplätze vor dem Gotteshaus, sodass alle den signalroten Pimmel sehen konnten, und krabbelte zur Beifahrerseite hinaus. Darin hatte ich mittlerweile eine gewisse Übung entwickelt. Es konnte also nicht an meiner Krabbelei liegen, dass alle die Köpfe zusammensteckten und sich offensichtlich über mich unterhielten, als ich näher kam.

Pfarrer Pettersson hatte nicht gelogen. Alle, die ich kannte, waren da und noch mindestens weitere zwanzig Menschen. Es mussten sämtliche Bewohner Gödseltorps zugegen sein, wenigstens aber drei aus jedem Haus, denn allzu viele Häuser gab es hier nicht.

Die Blicke allerdings, die mir zugeworfen wurden, waren alles andere als freundlich oder einladend. Ragnar grinste, sein Sohn auch, nur etwas dümmlicher, Bengt nickte, die Raketentochter übersah mich, Bengts Frau Mona nickte auch mit zusammengekniffenen Lippen, und Sten und Sophie Olsson starrten mich einfach nur wortlos an. Die anderen schauten auch nicht besser drein. Und die Pfarrersfrau zählte nicht: Sie lächelte ein unverbindliches Sonntagslächeln – für jeden oder niemanden, je nachdem. Eine junge Frau, die Petterssons Tochter hätte sein können, suchte ich jedoch vergeblich; wahrscheinlich verbargen sie sie aufgrund ihres grauenhaften Äußeren in einem Zwinger am Pfarrhaus wie einst den Elefanten-Menschen in seiner Kammer.

Ich sah Bjørn, der sich abseits gestellt hatte. Ich bildete mir ein, dass es ihn amüsierte, wie mich die Gödseltorper musterten und behandelten. War da nicht sogar ein kaum sichtbares Lächeln hinter dem weißen Bart auszumachen?

Mit einem Mal läuteten die Glocken, und die Kirchentür wurde geöffnet. Auf der obersten Stufe erschien Pfarrer Pettersson und machte eine einladende Geste. Er hatte etwas Heiliges an sich. Langsam setzte sich die Gemeinde murmelnd in Bewegung. Jan-Peer Pettersson begrüßte jeden Einzelnen mit Handschlag. Nach und nach löste sich das Gedränge auf der Kirchentreppe und ich war an der Reihe.

Pettersson drückte mir warm die Hand. »Ich freue mich, dass Sie gekommen sind, und auch über dich, Bjørn.«

Ich drehte mich um. Hakansen in feinstem Zwirn, sogar seinen Bart und das restliche Gesichtshaar hatte er sich auf eine einheitliche Länge getrimmt. Er sagte nichts, nickte nur und ging erhobenen Hauptes an uns vorbei.

»Setzen Sie sich neben ihn in die hinterste Reihe, wenn Sie wollen«, schlug Pettersson vor, dann reckte er die Nase in die Höhe und sog mehrmals die Luft ein, als würde er etwas wittern. »Komisch«, sagte er, »irgendwie riecht es hier nach altem Fisch, finden Sie nicht auch?«

Dann zog er die Kirchentür zu und schritt durch die anwesende Gemeinde nach vorne, um mit der Messe zu beginnen.

Die Messe war so aufregend wie jede andere, aber immerhin hatte ich Gelegenheit, die Bewohner des schrägen Örtchens zu studieren, wenigstens ihre Hinterköpfe, denn ich saß ja auf Anraten des Pfarrers auf der letzten Bank, links hinten und neben Bjørn. Der allerdings hockte einfach nur da, hielt das Gesangbuch fest, sang aber gar nicht und schien in sich zu gehen. Richtig sanftmütig wirkte er, so wie ein Opa, den sich jeder gewünscht hätte. Aber ich wollte mich von seinem gütigen Äußeren nicht täuschen lassen, und ich fühlte, dass dieser Mann noch zu wesentlich mehr imstande war als bisher angenommen. Selbst für den ganzen Ort wäre Bjørn ein mehr als würdiger Gegner gewesen, sagte mir mein über die Jahre im vertrieblichen Innendienst kultiviertes Gespür.

Die Messe verlief ohne Zwischenfälle, und als sie schließlich zu Ende war, erhoben sich die Gödseltorper, und einer nach dem anderen ging an mir vorbei nach draußen, wo Jan-Peer Pettersson bereits auf sie wartete, um sie zu verabschieden, wie er sie begrüßt hatte. Auf diese Weise konnte ich nun auch die Vorderseite der Menschen sehen und erntete erneut teils neugierige, teils hämische und auch grimmige Blicke. Nur die Pfarrersfrau lächelte noch immer unverändert. Freundlich und unverbindlich. Fast wirkte es, als hätte die gute Frau Pettersson in all den Jahren die Kontrolle über ihr Lächeln verloren und als hätte es sich in ihr Gesicht eingegraben. Aber eines musste man ihr lassen: Es sah absolut echt aus.

Ein Ehepaar stach mir besonders ins Auge. Er war hager, hatte das Aussehen eines ausgehungerten Kondors und überragte die anderen Besucher um gut eine Kopflänge. Im Schlepptau folgte sie. Eine etwa halb so große, dafür aber umso beleibtere Frau, welcher der dunkle Wollmantel fast bis auf den Boden hing, und so sah sie aus, als würde sie schweben. Diese beiden glotzten mich ganz besonders aufdringlich an, raunten sich noch etwas zu, bevor sie an mir vorüberschritten. Doch ich ließ mich davon nicht beeindrucken, oder versuchte es wenigstens, erhob mich, nachdem auch der letzte Gödseltorper vorbeigegangen war, und ging hinaus ins Sauwetter.

Es hatte sich eingeregnet, und so stand niemand mehr auf dem Kirchplatz, als ich zum Pfarrer trat.

»Na, wie hat es Ihnen gefallen?«

»Super Messe«, sagte ich. »Vielen Dank für die Einladung.«

»Gern geschehen. Gottes Haus steht für jeden offen.«

… sogar für dich!, führte ich Herrn Petterssons Satz in Gedanken fort und lächelte unverbindlich, denn mir stand ja noch das Essen im Kreise seiner Frau und seiner bärtigen Tochter bevor.

»Warten Sie hier«, sagte Pettersson. »Ich werde nur die Kerzen verlöschen, dann können wir hinübergehen zu uns. Ich komme dann aus dem Nebeneingang und hole Sie ab.«

Damit verschloss er die zweiflügelige Kirchentür von innen.

Ich stand auf der Treppe und schaute dem Regen zu. Doch dann packte mich die Neugier, denn Bjørn war, während ich mit Herrn Pettersson die wenigen Worte gewechselt hatte, an uns vorbei um die Kirche verschwunden. Wohin war er gegangen? Nach Hause wohl kaum, denn dazu hätte er die Straße hinauflaufen müssen, und das hätte ich gesehen. Ich stieg die Stufen hinunter und folgte dem vermeintlichen Weg des grimmen Norwegers seitlich am Kirchenschiff entlang. An der hinteren Ecke der kleinen Holzkirche angekommen, hielt ich inne. Vor mir öffnete sich der angebaute Friedhof. Und tatsächlich. Dort sah ich Bjørn. Er stand vor einem Urnengrab, die Hände gefaltet, den Kopf nach vorne geneigt. Seine Lippen bewegten sich, als spräche er zu dem schmucklosen, grauen Grabstein zwei Schritte vor ihm. Regen troff ihm von der Hutkrempe hinunter auf Jacke und Hemd. Ein Krähenpärchen schoss heiser krächzend im Tiefflug zwischen den Bäumen hervor und verschwand nur zwei Flugsekunden später aus meinem Sichtfeld. Wind fuhr böig zwischen die Gräber, wirbelte abgerissene Zweige und Blätter zu kleinen Türmen empor. Bjørns Worte konnte ich nicht verstehen, dafür stand er zu weit entfernt, und er hatte die Lautstärke seines Selbstgesprächs der andächtigen Umgebung angepasst; ganz anders als noch gestern Abend in der Küche des Storegårdens. Aber auf dem Stein konnte ich den Namen lesen: »Lillemor Eriksson«. Es war die letzte Ruhestätte meiner Großtante. Und wieder überkam mich das schlechte Gewissen und verdrängte das bedrohlich militante Bild, das ich bisher von dem alten Mann gehabt hatte, aus meinem Herzen. Der arme Bjørn! Er war doch allein und einsam, und die Frau, die er geliebt hatte, lag zu seinen Füßen und würde ihm nie wieder duftenden Erdbeerkuchen backen und zusammen mit frisch gebrühtem Kaffee auf die Veranda bringen. Vielleicht waren sie auf ihre alten Tage Hand in Hand in weißen Sommerklamotten in Zeitlupe durch die maigrünen Felder gehüpft, hatten sich Kosenamen gegeben wie »Fjordhase« und »Zimtschneckchen«. Ach nein, er hatte sie ja »Hühnchen« genannt in seinem Selbstgespräch. Wie rührend!

Ich schluckte und wischte mir über die feuchten Augen. Es waren verdammt wirkungsvolle Bilder, die ich mir da selbst verordnete, und ich beschloss, meine Großtante auch demnächst einmal zu besuchen.

Eine Hand legte sich auf meine Schulter und riss mich grob herum.

»Allmächtiger!«, rief ich zu Tode erschrocken und passend zum Schauplatz aus.

»Da sztaunszt du, wasz?« Ole-Einar Hedlunds dämliches Grinsen sprang mich an. Er musste sich anlässlich der Sonntagsmesse seinen alten Konfirmandenanzug vom Dachboden geholt haben. Das Sakko war aus dunklem, fadenscheinigem Cord und stand ihm weit von den Hüften ab. An ein Zuknöpfen war nicht mehr zu denken. Er musste ein schlanker Konfirmand gewesen sein.

»Ja, da staune ich in der Tat. Was willst du?«, schnauzte ich ihn an.

»Isz wollte disz nur fragen, ob du esz dir überlegt haszt?«

»Was soll ich mir überlegt haben?«

»Ob du den Hof an Papa verkaufszt?«

Er hatte Papa gesagt. In der dritten Person. Er war in meinem Alter. Das gab mir zu denken.

»Ja, ich habe es mir überlegt.«

»Und?«

»Nein, ich werde ihn nicht verkaufen. Das habe ich *Papa* auch schon gesagt.«

»Du, wenn du frech wirszt …« Damit packte er mich am Kragen. Eine leichte Bierbrise wehte mir ins Gesicht. Plötzlich hielt er inne und blähte die Nüstern.

»Wasz riecht denn hier szo? Esz riecht wie … wie … alter Fisch …«

Gottes bester Mann kam mir zu Hilfe.

»Ole-Einar! Bist du verrückt geworden? Was fällt dir ein? Lass sofort Herrn Brettschneider los oder du bekommst es mit mir zu tun!«

Ole-Einar erschrak und ließ von mir ab. Doch bevor er sich grußlos entfernte, zischte er mir noch zu: »Passz blosz auf! Du szollteszt lieber noch mal darüber nachdenken, nicht dassz noch etwasz Szlimmes passziert, du Szaftszack!«

Ich sah ihm nach, und zu meiner großen Überraschung konnte ich eine junge Sozia mit rattenscharfer Figur erkennen, als er mit seinem Motorrad an der Kirche vorbeirauschte.

»Das ist doch Bengts Tochter Lina«, wunderte ich mich.

»Ein offenes Geheimnis in Gödseltorp«, bestätigte Jan-Peer Pettersson meinen Verdacht. »Eigentlich weiß es jeder, aber da Bengt und Ragnar sich nicht riechen können, versuchen die beiden, es geheim zu halten.«

»Etwas geheim halten? In Gödseltorp?«, lachte ich.

»Ich sehe schon«, schmunzelte Pfarrer Pettersson, »Sie haben verstanden, wie das hier läuft. Doch apropos riechen, irgendwie müffelt es hier so … verfault und fischig. Ich hatte es vorhin schon wahrgenommen. Riechen Sie das auch?«

»Nö«, sagte ich und wünschte im selben Moment die Heringe auf die schwarze Liste der ausgestorbenen Tierarten.

Pettersson zuckte die Achseln. »Na, vielleicht ist nur wieder ein Elch im See verendet und verwest da im Wasser. Das stinkt dann manchmal vom Ufer bis hierher. Widerlich!«

Danke für das Kompliment, dachte ich bei mir. Schließlich war dieser verdammte *surströmming* eine schwedische Erfindung, wahrscheinlich von den Wikingern. Zumindest roch es so. Und wenn man in Betracht zog, dass die Schweden ansonsten auf jeden Quatsch einen Warnhinweis klebten, fand ich im Nachhinein den freien Verkauf dieses Lebensmittels, sofern man es überhaupt als ein solches titulieren konnte, nahezu unverantwortlich.

»Gehen wir!«, forderte Pettersson mich auf. »Die *köttbullar* sind bestimmt schon auf dem Herd, und meine Frau und Linda warten auf uns. Linda ist schon ganz gespannt darauf, Sie kennen zu lernen.« Pettersson grinste unverblümt.

Linda … Um Himmels willen. Linda! Das kam jetzt ja auch noch auf mich zu.

SJUTTON

Das Pfarrhaus war idyllisch. Wahrscheinlich die einzige menschliche Behausung in Gödseltorp, die diese Bezeichnung verdiente, denn alles andere, was ich bis jetzt gesehen hatte, war eher heruntergekommen.

Wie gewohnt schlüpften wir aus unseren Schuhen, so, wie man es in Schweden nun einmal macht, wenn man ein Haus betritt (außer man wohnt in einer abgehalfterten *gäststuga*), und Pettersson bot mir ein paar Filzschlappen an, auf denen das Wort »*gäster*« aufgeprägt war. Gästefilzschlappen. Rechts vom Eingang musste sich die Küche befinden, denn Topfklappern und das Gespräch zweier Frauenstimmen drangen daraus hervor. Petterssons Frau Elsa. Ich erkannte ihre Stimme. Die andere musste Linda gehören, und ich sah mich auf schrecklichste Weise in meinem Verdacht bestätigt. Die Stimme war nicht identifizierbaren Alters und vor allem eines: verraucht und versoffen. Es klang wie das Reiben von Sand zwischen zwei Stahlblechen. Wenn Lindas Körper der Stimme entsprach, na dann gute Nacht! Ich hoffte, dass ich nicht allzu viele Barthaare in den *köttbullar* finden würde.

»Gehen wir ins Esszimmer«, forderte Pfarrer Pettersson mich auf, schob mich mit sanftem Druck voran und wies mir einen Platz am fein gedeckten Tisch zu.

Häkeldeckchen, Bleikristall, Stoffservietten, ein bren-

nender Lüster, all das sah schwer nach Verlobungs-
gespräch aus. Ich betete, ja tatsächlich, ich betete um
Gnade, denn wie sollte man das den verzagten Eltern
beibringen, die schon seit zehn Jahren hofften, irgendein
verirrter Haarfetischist käme zufällig hereingestolpert
und hielte um die Hand ihres kleinen Yeti-Lieblings an?

»Oh, Sie haben aber eine hübsche Tochter, doch leider
bin ich weder der Barbier von Gödseltorp noch habe ich
eine Kissenfabrik, ich kann also mit Ihrer Tochter nichts
anfangen«, probte ich in meinem Kopf die Antwort. Fürs
Erste nicht schlecht, dachte ich, aber ich war noch nicht
ganz zufrieden. Das bekam ich besser hin. Vielleicht:
»In der Tat ein ausnehmend hübscher und intelligenter
Hund. Wie heißt er denn, und wer hat ihm beigebracht,
mit Messer und Gabel zu essen?«

Pfarrer Pettersson konnte meine Gedanken zum Glück
nicht lesen, sonst hätte er mir bestimmt nicht wohlwol-
lend zugelächelt. Oder gerade deshalb, kannte er doch
die Ausweglosigkeit meiner Lage. Immerhin verfügte er
über einen ziemlich guten Draht nach oben.

»Bringst du bitte die Kartoffeln und die Preiselbeermarmelade mit, Liebes?«, rief Elsa Pettersson in die
Küche und kam auch schon mit einer Schüssel voller
Fleischbällchen und einer dampfenden Sauciere ins Esszimmer.

»Ja, Mama, mache ich«, kam es aus der Küche heiser
zurück, gefolgt von einem würgenden Hustenanfall.

Ich dachte an Åsa Norrlands süße Stimme und ihren
sexy Hintern (den sie mit Sicherheit hatte) und dann an
die behaarte Frau, die nur wenige Meter von mir entfernt mit ihren Klauen in die Marmelade patschte. Mir
hob sich der Magen.

Elsa Pettersson stellte die beiden Behältnisse auf zwei von ihrem Gatten hastig entzündeten Rechauds ab und begrüßte mich überschwänglich: »Herzlich willkommen in unserem Haus, Herr Brettschneider. Ich freue mich sehr, dass Sie kommen konnten.«

Ich erhob mich und ergriff ihre ausgestreckte Hand. »Und ich mich erst.«

Sich nähernde Schritte. Yeti kam. Ich hielt den Atem an.

»Darf ich vorstellen«, sagte Elsa Pettersson, »das ist unsere Tochter Linda.«

»*Hej*«, sagte Linda.

Ich sagte nichts. Es hatte mir vorübergehend schlicht die Sprache verschlagen, denn vor mir im Raum stand eine wunderschöne Frau von etwa Ende zwanzig. Kastanienbraunes Haar wallte auf ihre Schultern herab, und ihr fein geschnittenes Gesicht konnte nur noch von ihrem bezaubernden Lächeln überstrahlt werden. Sie war schlank, ihre moosgrünen Augen leuchteten lebendig und offen, und das Beste war: Außer auf dem Kopf schien sie keinerlei Behaarung zu haben.

»*Hej*«, stammelte ich endlich, »sehr angenehm.«

»Ebenso«, sagte Linda heiser, stellte die mitgebrachte Preiselbeermarmelade auf den Tisch und die Erdäpfel auf den freien Rechaud. »Es tut mir leid, dass ich Ihnen nicht die Hand geben kann, aber ich habe eine ziemlich schlimme Erkältung, und ich möchte Sie nicht anstecken. Deswegen konnte ich auch nicht in die Kirche kommen.«

Ich hätte mich sofort von Linda anstecken lassen. Mir wäre jeder Husten recht gewesen.

»Daher auch meine Stimme«, entschuldigte sie sich und lächelte wieder hinreißend.

»Kein Problem«, gab ich zurück und war froh, mich wieder setzen zu können.

Linda nahm genau mir gegenüber Platz. Verflucht! War das Teil der Familienstrategie, um an die geheimnisvollen und unschätzbar wertvollen Beatles-Platten zu kommen, die Bjørn irgendwo auf meinem Hof hortete?

Diese wundervolle Schwedin sah mich immer wieder mit ihren verteufelt grünen Augen an, schlug den Blick verschämt nieder und lächelte. Mist, und diese pfirsichgroßen Brüste, deren Pracht der reizvoll verdeckte Ansatz vermuten ließ, und es waren diese süßen, roséfleischigen Pfirsiche aus Südfrankreich, die mir in den Sinn kamen, und – stopp! Wollte ich das überhaupt? Außerdem wusste ich gar nicht mehr, wie das mit Frauen funktionierte. Sieben Jahre Tanja hatten es mich vergessen lassen. Und was war mit Åsa? Ihre wunderbare Stimme hallte in meinem Ohr nach und warnte: »Torsten, oh ja, dieses Weibsbild ist von erlesener Schönheit, und sie ist verführerisch sexy, aber sie ist die Buhle des Satans! Tochter des falschen Priesters, Tochter des Antichristen!« Okay, jetzt übertrieb Åsa ein wenig, aber dann fuhr sie fort: »Alle in Gödseltorp wollen nur die Platten. Alle! Auch sie! Lass dich nicht täuschen, um deinet- und des Andenkens deiner lieben Großtante willen!«

Ja. Åsa hatte recht. Ich schüttelte unbemerkt den Kopf, als wollte ich die Magie der Verführung Linda Petterssons von mir wegschleudern, und fragte sie: »Soße?«

Während des Essens, bei dem ich Lindas offensichtlichem Interesse an mir mit souveräner Distanziertheit begegnete, aber niemals den Grat hin zur persönlichen Abneigung überschritt, erfuhr ich, dass sie Lehrerin in einer Grundschule in Leksand war, einem Ort etwa dreißig Kilometer nordöstlich von Gödseltorp, nicht weit entfernt vom berühmten Siljansee. Insgeheim wunderte ich mich darüber, dass eine derart hübsche Endzwanzigerin mit geregeltem Einkommen und der Fähigkeit, fließend ganze und intelligente Sätze zu bilden, noch keinen abbekommen hatte. Irgendetwas stimmte da nicht. Meine Alarmglocken schrillten, und Åsa warnte unentwegt. Aber das Essen war echt lecker.

Die *köttbullar* in Sahnesoße mit Preiselbeeren schmeckten hervorragend. Als mir die warme Speise langsam den Magen füllte, bemerkte ich, wie viel Hunger ich gehabt hatte. Es war meine erste anständige Mahlzeit seit meiner Ankunft in Gödseltorp und meine erste nennenswerte Nahrung seit der Attacke der verrotteten Dosenfische des vorherigen Abends. Zum Essen wurde Bier gereicht, *lättöl*, also Gebräu mit 3,5 Prozent Alkohol, was mir entgegenkam, denn nach dem gestrigen Besäufnis mit Bengt war mir heute so gar nicht nach Trinken zumute.

Als wir alle Fleischklopse verputzt hatten, räumten die beiden Damen des Hauses den Tisch ab und waren in der Küche zugange. Jan-Peer Pettersson kam auf Bjørn zu sprechen.

»Kommen Sie klar mit ihm?«

Ich tupfte mir den Mund mit meiner Serviette sauber und gestand: »Nicht wirklich. Er ist ein harter Knochen.«

Herr Pettersson nickte. »Bei Gott, das ist er. Wussten Sie, dass er Schweden hasst wie die Pest?«

Das kam mir bekannt vor, überraschte mich aber trotzdem.

»Warum wohnt er dann noch hier?«

Pfarrer Pettersson machte ein Gesicht, als wisse er etwas, wolle es aber nicht sagen. Ausweichend erklärte er: »Ich denke, es ist wegen des Andenkens an Lillemor. Er hat sie wirklich gern gehabt, wissen Sie. Und außerdem, wo soll er sonst hin? Er hat kein Geld, oder?«

Dieses *oder*! Da waren sie wieder, meine Alarmglocken.

»Woher soll der denn Geld haben?«, fragte ich scheinheilig und blickte den Geistlichen provokant an.

Der zuckte die Achseln und pflichtete mir bei: »Ja stimmt, woher soll er schon Geld haben.«

Eins fiel mir aber noch ein, was ich unbedingt verstehen wollte. »Sagen Sie, Herr Pfarrer, warum gibt es in Gödseltorp keine Kinder? Zumindest keine, die ich gesehen habe.«

Pettersson verzog den Mund. »Tja, junge Familien sind schwer dazu zu bewegen, hierzubleiben ...«

Das überraschte mich ganz und gar nicht.

»... und diejenigen, die hier wohnen, haben ihre Kinder entweder zurzeit ins Sommerlager geschickt oder sind selbst in die Ferien gefahren. In Gödseltorp wohnen sechzehn Familien, insgesamt zweiundvierzig Menschen, und nur vier von ihnen haben kleinere Kinder. So ist das eben.«

Ja, so ist das eben, dachte ich bei mir und war so froh, dass mein Vater mit meiner Mutter damals auch von hier weggegangen war. Wer weiß, was sonst aus mir geworden wäre. Vielleicht wäre jetzt ich der Präsi von *MC Satans Oväsen* und nicht der lispelnde, unterbelichtete Ole-Einar Hedlund. Ja, vielleicht wäre ich ja auch unterbelichtet.

»Mein lieber Pfarrer Pettersson«, sagte ich etwas überschwänglich und stand auf. »Ich danke Ihnen sehr für
die Auskunft und die freundliche Einladung. *Tack för
maten.* Aber ich muss jetzt leider gehen. Ich möchte heute noch anfangen zu arbeiten. Ich bin etwas in Verzug.«

»Arbeiten? Am Sonntag, am Tag des Herrn? Was machen Sie denn beruflich?«

»Ich schreibe ein Buch.«

»Schriftsteller also? Aha.«

»Ja, so ist es, zumindest habe ich das vor. Ich hoffe, der
Allmächtige sieht es mir nach, wenn ich heute arbeite,
immerhin hat er ja auch ein ziemlich dickes Buch in zwei
Bänden herausgebracht.«

Der Witz kam nicht an.

»Na, dann wünsche ich Ihnen gutes Gelingen und hoffe, dass Sie inspiriert worden sind.«

Herr Pettersson begleitete mich zur Tür, doch auf dem
Weg dorthin ging ich noch in die Küche, um mich bei
Elsa und ihrer wunderschönen, verführerischen Tochter
zu verabschieden. Ich schüttelte der Dame des Hauses
die Hand, dann griff ich nach Lindas. Hatte ich die hin-
terhältigen Pläne ihrer Eltern, für die sie sich hatte ein-
spannen lassen, auch durchschaut, so wollte ich wenigstens eine Berührung von ihr mitnehmen, und wenn es
mich eine Erkältung kostete.

»Es war schön, Sie kennenzulernen, und ich hoffe, wir
sehen uns bald wieder«, sagte sie mit furchtbar heiserer,
aber sanfter Stimme.

»So Gott will«, bemerkte ich ausweichend und lächelte zurück. Wie leicht mir diese Worte doch über die Lippen kamen. Mal sehen, was ich heute noch zu Papier
bringen würde.

Plötzlich rümpfte Linda die Nase. »Mama, hast du alten Fisch im Kühlschrank? Es riecht so komisch.«

Gedankenverloren fuhr ich zum Storegården hinauf. Es war viel passiert heute und in den letzten Tagen. Mich überkam die Befürchtung, ich würde hier in diesem Nest über kurz oder lang den Verstand verlieren. Das würde einem niemand glauben: Ein ganzer Ort – der ohnehin schon von sehr individuellen Kreaturen bevölkert wurde – war versessen auf ein paar alte Platten, die von einem bewaffneten norwegischen Ex-Widerstandskämpfer verteidigt wurden, der obendrein lautstark Selbstgespräche führte.

Schon wieder schüttelte ich den Kopf.

Und stieg voll auf die Bremse.

In meine Überlegungen versunken, war ich den Weg zum Storegården entlanggedonnert, ohne wirklich nach vorne zu schauen, und plötzlich stand Bjørn vor mir. Zum ersten Mal war ich froh, keinen Volvo zu haben, denn hätte Lasse eine reguläre Motorhaube besessen, Bjørn hätte auf ihr gelegen, so knapp war es. Ich wollte aus dem Auto springen, wie man es in so einer Situation normalerweise machte, und brach mir fast die Schulter, als ich instinktiv gegen die Fahrertür wuchtete. Mist! Die ging ja nicht auf. Der Lage und meiner Würde unangemessen, krabbelte ich also zur Beifahrerseite hinaus und hielt auf Bjørn zu, der noch immer wie angewurzelt mitten auf der Straße stand und mich anstarrte.

»Alles in Ordnung?«

»Siehst du doch«, entgegnete er unfreundlich.

»Was machst du denn hier?«

»Ich war spazieren. Das ist ein freies Land. Wenn ihr

Deutschen den Krieg gewonnen hättet, wäre das bestimmt anders.«

Ich schnaubte. »Kann sein, aber wie du dir denken kannst, habe ich geburtsbedingt nicht in der Wehrmacht gedient.«

»Hättest du aber, wenn du älter wärst.«

Der Typ raubte mir den letzten Nerv.

»Willst du mitfahren? Es ist noch ein gutes Stück bis zum Hof.«

»Nein, danke.«

Er war stolz, verbohrt und starrsinnig. Das reizte mich.

»Das ist die Gelegenheit, sich in ein deutsches Auto zu setzen, das von schwedischen Idioten verunstaltet wurde. Damit kannst du zwei Fliegen mit einer Klappe schlagen. So eine Gelegenheit kommt nie wieder. Überleg es dir.«

Bjørn dachte kurz nach. Und dann geschah etwas, das ich nicht erwartet hätte: Er schmunzelte. Natürlich nur so kurz, wie es dem Image eines anständigen Widerstandskämpfers angemessen war, also etwa eine Zehntelsekunde. Er sagte nur »So gesehen« und kam auf die Beifahrertür zu. Noch immer verdutzt, krabbelte ich wieder in den Bus und fuhr mit Bjørn Richtung Hof. Unterwegs rümpfte er mehrfach die Nase und sah mich skeptisch von der Seite an, sagte aber nichts.

Am Storegården angekommen, ließ ich ihn aussteigen, parkte Lasse neben der Scheune und ging zur *gäststuga* hinüber. Dann traf mich fast der Schlag.

Meine Gummistiefel!

Jemand hatte auch sie mit Farbe vollgesprüht. Neonrot wie Lasse. Auf dem rechten stand wieder *»Försvinn!«* und auf dem linken *»Idiot!«*, wahrscheinlich weil ein

Pimmel nicht draufgepasst hatte. Aber das war nicht das Schlimmste. Die größte Demütigung der unbekannten Attentäter war, dass beide Schuhe randvoll mit Tierkot waren. Ich rief nach Bjørn, der das Haus noch nicht erreicht hatte.

Mit starrem Gesichtsausdruck kam er zu mir und besah sich die Sauerei.

»*Älgskit!*«, erklärte er nach einer kurzen, aber geübten Sichtprobe der walnussgroßen Köttel.

Elchscheiße.

»Diese Schweine.«

»Nein, das ist Elch«, widersprach Bjørn. »Schmeiß die Stiefel weg. Die bekommst du nie mehr sauber. Ach und noch etwas.«

Ich sah ihn erwartungsfroh an. Hatte ich gar das Herz dieses Mannes berührt, und er würde mir nun anbieten, ins Haus zu ziehen? Waren dieser kurze, aber intensive Augenblick, als ich ihn fast überfahren hatte, und die Elchscheiße in meinen Gummistiefeln der fruchtbare Boden einer wunderbaren neuen Freundschaft, welche die Generationen überwand? Immerhin hatten wir gemeinsame Feinde, wie im Krieg, und das schweißte ein Leben lang zusammen.

»Ja?«, fragte ich also sanftmütig, bereit, sein gewiss in Kürze folgendes Angebot ohne Umschweife anzunehmen, das zugleich Eingeständnis und Entschuldigung war. Worauf ich aber nicht herumreiten würde, um den alten Mann nicht in Verlegenheit zu bringen.

Tough war der moderne Ur-Mann, aber auch empathisch und großzügig.

»Wenn du noch einmal unbedingt *surströmming*, diesen widerlichen Schwedenfraß, essen musst, dann öffne die Dose im Freien und in einem Eimer, und zwar *unter Wasser*, du Anfänger. Du stinkst erbärmlich.«

Damit wandte er sich ab und ging in Richtung Haus davon.

Es war das Netteste, was er bisher zu mir gesagt hatte. Immerhin.

ARTON

Ich hatte die ersten (und bisher einzigen) drei Sätze meines Midlife-Crisis-Männerromans zum Glück noch im Kopf. Sie lauteten: »Das Leben ist gar nicht so schwer. Aber eigenartig. Es kommt darauf an, was man daraus macht.«

Es waren die Gedanken meines Protagonisten Bernd. Und ab sofort: Bernd Meier. Wenigstens zu etwas taugte die Frankfurter Kripo: Sie hatte mir den vollständigen Namen meines Helden gratis und franko geliefert.

Der Schreibblock aus Ragnar Hedlunds Laden lag vor mir auf dem Nachttisch, den ich von der IKEA-Lampe und dem obligatorischen Häkeldeckchen befreit hatte. Daneben die drei Kugelschreiber, ebenfalls aus Ragnars Laden, und ich hockte davor auf dem einzigen Stuhl in meinem Zimmer im Gästehäuschen des Storegårdens, bereit, meine Geschichte weiterzuspinnen und aufs Papier zu bannen.

Und ich schaffte es tatsächlich, drei Tage nahezu durchzuarbeiten. Einmal begab ich mich noch zu Ragnars Lebensmittelimperium, um einzuholen, was ich für den täglichen Bedarf brauchte. Bjørn ließ mich noch immer nicht ins Haus, und so blieb meine Küche kalt und auch meine tägliche Ur-Mann-Körperhygiene, die ich mithilfe von Kernseife und der stets mit eiskaltem Wasser gefüllten Waschschüssel im Toilettenanbau meiner erbärmlichen Hütte durchführte. Aber man gewöhnt sich an alles; ich akzeptierte mein Schicksal. Mehr noch: Ich fühlte mich langsam sogar wohl darin.

Wahrscheinlich führten Schriftsteller nur für diejenigen ein einfaches Leben, die davon keine Ahnung hatten, sich aber vorstellten, alle Autoren säßen in ihrem Haus am See und schrieben so vor sich hin. Na gut, irgendwie stimmte das in meinem Fall sogar, denn ich besaß ein Haus und es stand in der Nähe eines Sees. Schade nur, dass ich nichts davon hatte, weil ein militanter Norweger mir den Zutritt zu meiner Immobilie verwehrte. Und der See? Davon hatte ich auch nichts, denn der Besuch dort bedeutete: Gödseltorp.

Außerdem war das Wetter so mies, wie man es von einem schlechten schwedischen Sommer erwarten konnte. Es erfüllte jedes Klischee. Regen ohne Unterlass, es war kalt, und für *Midsommar* war sogar ein Sturm mit Unwetterwarnung vorhergesagt worden. Warum hatte Lillemor nicht auf den Balearen gelebt? Aber wahrscheinlich hätte Bjørn dann nicht Bjørn geheißen, sondern Sancho, und wahrscheinlich wäre er dann nicht im norwegischen bewaffneten Widerstand gegen die deutschen Besatzer, sondern im spanischen bewaffneten Widerstand gegen Franco gewesen und hätte die Deutschen genauso gehasst und mich lediglich mit einer anderen Waffe in Schach gehalten. Und wahrscheinlich wäre Ragnar dann ein Pedro gewesen, mit Tankstelle und spanischem Einkaufsladen irgendwo im Nirgendwo an einem kargen Bergsee im Dörfchen Locomuerto, und die einäugige Kuh hätte trotzdem nur ein bedrohliches Auge gehabt, auch wenn sie in Anbetracht der klimatischen Unterschiede etwas magerer ausgefallen wäre.

Aber: Auge bleibt Auge und Schicksal bleibt Schicksal. Man kann ihm nicht entrinnen. Man kann nur das Beste daraus machen. Und das tat ich.

Ich schrieb.

Und ich kam sogar vorwärts. Einige Seiten pro Tag. Das klingt wenig, aber so lange brauchte ich für den Text. Ich hätte auch gedacht, dass es schneller gehe.

Am Mittwoch bereits sollten aber Dinge passieren, die meinen Schreibfluss wieder zum Erliegen brachten.

Es war gegen Mittag. Ich machte gerade eine Pause und aß in unnatürlich süßer Lake eingelegte Heringe aus einem überteuerten Glas und biss in ein wabbeliges Schwedenbrot, da hörte ich das Knattern und Dröhnen von Motorrädern. Ich konnte mir schon vorstellen, wer das war, und ging zum Hoftor, weil ich mich ja nicht verstecken und dadurch als Feigling dastehen wollte. Als ich vom Gästehäuschen hinüber zu meinen Feinden schritt, sah ich aus den Augenwinkeln am Küchenfenster des Haupthauses den Umriss eines Mannes mit Gewehrlauf. Zum ersten Mal fühlte es sich gut an, dass Bjørn mich beobachtete und eine geladene Waffe in der Hand hielt. Würde einer von MC Höllenlärm es auch nur wagen, den Hof ungebeten zu betreten, so war ihm ein Bleiregen sicher, davon war ich überzeugt. Ich trug den Kopf etwas höher, als ich die Arme verschränkte, Ole-Einar ins Gesicht blickte und fragte: »Was gibt's?«

»Wasz iszt denn dasz für eine unfreundliche Begrüszung? Wir szind doch faszt Nachbarn und wohnen szuszammen in Gödszeltorp.«

Er grinste wieder dämlich und dreist.

»Tolle Nachbarn«, sagte ich und deutete zu Lasse hinüber.

Der Regen fiel wie ein nasser Vorhang auf uns herab.

»Tja«, sagte Ole-Einar, »dasz kommt davon.«

»Wovon?«, fragte ich zornig und hoffte, Bjørn hätte bereits das Zielfernrohr auf seinem Karabiner montiert, und Ole-Einars dummes Gesicht würde deutlich im Fadenkreuz erscheinen.

Ole-Einar überging meine Frage.

»Haszt du esz dir überlegt?«

»Was?«

»Willszt du den Hof verkaufen?«

»Nein, will ich nicht.«

Eine Böe peitschte zwischen der Scheune und den drei großen Linden, die den Hof begrenzten, hindurch und trug einen Schwall kalten Regens mit sich.

»Dasz iszt nicht gut.«

»Das ist mir egal.«

»Wie du willszt. Wir haben esz im Guten verszucht.«

Ole-Einar setzte sich den Helm auf den Kopf, den er während unseres sympathischen Dialogs lässig unter den Arm geklemmt gehabt hatte, und stieg auf sein Bike.

»Ach, noch etwasz. Mein Vater lässzt dir auszrichten, er hat noch immer keine Gummisztiefel bekommen. Du brauchszt doch neue, oder?«

Er lachte dreckig und drückte auf den Starter seiner 1000er Kawasaki. Dann gab er drei-, viermal sinnlos Gas, bevor er krachend den Gang einlegte und mit seinen Kumpanen unter lautem Motorengeheul davonbrauste, dass der Matsch nur so aufspritzte.

Er hatte mir relativ eindeutig gedroht. Zumindest verstand ich das so. Aber er gab auch zu, dass er meine Gummistiefel eingesaut hatte. Ich war hin und her gerissen. Noch eine Seite Text mit Bernd Meier oder ein echter Ur-Mann sein? Auf Tanja hatte diese charakterliche Änderung keinen Eindruck gemacht, vielleicht klappte es bei Ragnar und Konsorten. Wollte ich nur Schriftsteller oder selbst ein Held werden? Ich beschloss, es mit dem Schreiben erst einmal gut sein zu lassen. Meine Kreativität war im Moment sowieso dahin. Wut hielt meine Feder in Schach. Ich spurtete in meine Hütte zurück, holte Jacke und Lasses Zündschlüssel, und nur kurz darauf preschte ich den schlammigen Weg nach Gödseltorp entlang.

Auch wenn es kaum vorstellbar war: Das Wetter wurde noch schlechter. Wenn das hier den schwedischen Sommer darstellen sollte, dann wollte ich den Herbst erst gar nicht kennenlernen. Denn so hatte ich ihn mir bisher ausgemalt: Windgebeugte Birken neigten sich im Sturm. Zweige, Blätter und Plastikfolien sausten durch die Luft, der Regen prasselte seitlich gegen Lasse, die Wischer auf höchster Stufe schaufelten mit jeder Bewegung ganze Bäche von Wasser von der Scheibe, dass es nur so schwappte. Ich konnte keine hundert Meter weit sehen.

Plötzlich donnerte ein Baum vor mir auf die Straße. Ich bremste, kam ins Schleudern und rutschte mit der Vorderachse in den Graben. So ein Mist! Und jetzt?

Ich sah mich um.

Wasser.

Es lief an allen Scheiben von Lasse herab und ließ die eintönige Umgebung vor meinen Augen verschwimmen wie ein Weichzeichner.

Ich schlug wütend aufs Lenkrad. Ich war so ziemlich genau in der Mitte zwischen dem Storegården und der

Abzweigung nach Gödseltorp stecken geblieben, ungefähr einen halben Kilometer vor der Bengt-Sten-Kreu-
zung. Was auch immer ich nun tat, ich wäre binnen kür-
zester Zeit bis auf die Knochen durchnässt und würde
mich zum Gespött machen. Und wie zur Hölle würde
ich nun Lasse aus der für uns beide gleichermaßen misslichen Lage befreien? Bjørn hatte keinen Traktor, Bengt
auch nicht, also blieb nur Sten Olsson. Super! Der würde
mir bestimmt total gerne helfen, nachdem ich ihm klar-
gemacht hatte, dass er meinen Hof nie und nimmer würde käuflich erwerben können. Wen sollte ich sonst fragen? Im strömenden Regen nach Gödseltorp rennen und
Ragnar um Hilfe bitten? Niemals! Und Pfarrer Pettersson? Wie wollte der mir helfen? Mit Gebeten und Gottes Segen? Zugegeben, Moses hatte das mit dem Meer
und dem Auszug aus Ägypten ganz überzeugend hinbekommen, aber ich sprach Jan-Peer Pettersson eine ver-
gleichbare Gabe ab. Dieser ganze Schwedenmist stank
mir mittlerweile gewaltig. Das erste Mal dachte ich an
Aufgeben. Vielleicht sollte ich Lasse einfach stehen lassen, von irgendwem in diesem Drecksnest den höchsten
Preis für meinen bescheuerten Bauernhof herauspressen,
Bjørn Bjørn sein lassen und zusehen, dass ich Land ge-
wann. Scheiß auf die geheimnis- und wertvollen Platten, scheiß auf den Bestseller. Ich raufte mir die Haare,
nur um im selben Augenblick erschrocken zusammenzu-
zucken. Hinter mir waren unvermittelt zwei riesige Lichter aufgetaucht. Durch den Regenvorhang konnte ich
den Schemen eines großen Traktors wahrnehmen, und
sollte da nun Pfarrer Pettersson am Steuer sitzen, dann,
so schwor ich mir, würde ich von nun an nie wieder die
Nase über die Kirche rümpfen, sondern mich gleich mor-

gen als Messdiener verpflichten und mein Leben fortan dem Schöpfer weihen. Auch das Zölibat schien mir ein geeignetes Zeichen der Dankbarkeit zu sein.

Ich krabbelte zur Beifahrerseite aus Lasse hinaus, kämpfte mich durch Wind und Regen zum Traktor durch, dessen Tür sich nun öffnete. In Anbetracht meines Schwures und des drohenden Verzichts auf Sex war ich doch froh, dass es nicht der Gödseltorper Pfarrer war, der mich aus dem Führerhäuschen des John-Deere-Boliden anschaute. Aber ich kannte den Mann. Wo hatte ich ihn bloß schon einmal gesehen? Natürlich! Das war der große, hagere Kondor aus der Kirche, der tuschelnd mit seiner kleinen dicken Frau an mir vorbeigeschlichen war.

»*Hej*«, grüßte ich und hob die Hand.

Er sagte nichts und stieg aus.

»*Hej*. Ich bin Nils Nilsson.«

Aha, *der* Nils Nilsson, über den die anderen hergezogen waren, dachte ich bei mir und lächelte. Wir schüttelten uns die Hände.

Wortlos kramte Nilsson eine dicke Kette aus einem Stahlfach seines Traktors hervor, hängte das eine Ende bei seinem Zugfahrzeug ein und das andere mittels eines Karabinerhakens an Lasses Abschleppöse. Mit spielender Leichtigkeit bugsierte er meinen Bus wieder auf die Fahrbahn. Dann löste er die Kette, donnerte mit seinen mannshohen, grobstolligen Reifen neben dem Weg auf die andere Seite hinter den umgestürzten Baum und wiederholte das Prozedere. Kurze Zeit später lag die Birke im Graben neben dem Weg, wo eben noch Lasses Achse in der Luft gehangen hatte.

Nils kam zu mir.

168

Bevor er etwas sagen konnte, bedankte ich mich überschwänglich bei ihm: »Vielen Dank. Das war wirklich sehr freundlich von Ihnen. Ich hätte nicht gewusst, wie ich da wieder rausgekommen wäre.«

»Ja, ja«, schnarrte er. »Schon gut. Ich habe gehört, du willst deinen Hof verkaufen? Ich hätte Interesse.«

Seine Kondoraugen fixierten mich. Ein Tropfen löste sich von seinem Schnabel und fiel zu Boden.

»Das ist sehr schön«, sagte ich vorsichtig, »aber da haben Sie etwas Falsches gehört. Ich will meinen Hof nicht verkaufen. Sollte ich das jedoch einmal vorhaben, dann werde ich an Sie denken, versprochen.«

Seine Brauen zogen sich zusammen. Wahrscheinlich hätte er mir nun gerne mit seiner Hakennase einen Hieb verpasst oder mit seinen Schwingen angegriffen, doch er beherrschte sich.

»Willst ihn lieber Ragnar oder Bengt oder Sten verkaufen, was?«, krähte er durch den brausenden Wind.

»Nein«, beteuerte ich nochmals. »Ich will ihn niemandem verkaufen.«

»Was für Lügen haben diese Betrüger über mich verbreitet?«

Ich hielt ein Schweigen für die diplomatischste Antwort.

»Aha, habe ich es mir doch gedacht!«, fuhr Nils auf, der das als Bestätigung seines Verdachts wertete. »Ich sag dir nur, dass du denen nicht trauen kannst. Ich bin der Einzige hier, der den Hof verdient hat.«

»Wie gesagt, wenn ich meinen Hof jemals …«, hob ich wieder an.

»Du musst ja wissen, was gut für dich ist«, schnitt mir Nils das Wort ab, drehte sich um und bestieg ungehalten seinen Traktor, mit dem er schon einen Augenblick später davontuckerte, bis er sich im Vorhang des Regens auflöste.

Ich schüttelte den Kopf. Die waren wirklich alle komplett verrückt. Es waren die Platten. Bjørns geheimnisvolle Platten. Trotzig krabbelte ich in Lasse hinein und startete den Motor. Kurz überlegte ich noch, dann wendete ich und fuhr zum Storegården zurück.

Ich hatte die Lust verloren, Ragnar heute noch zu sehen, und wollte nun doch lieber an meinem Roman weiterarbeiten. Kampflos würden diese Deppen meinen Hof nicht bekommen.

Ich schrieb den ganzen Nachmittag und den ganzen Abend, ja ich schrieb sogar bis spät in die Nacht hinein, bis mir vor Müdigkeit fast die Augen zufielen und mir der Rücken vor meinem Behelfsschreibtisch so wehtat, dass ich nicht mehr sitzen konnte. Ich streckte und reckte mich, massierte mir ein paar Minuten lang den Nacken, schlug mir im Aborthäuschen einen Schwall eiskaltes Wasser ins Gesicht, dann begab ich mich zur Nachtruhe.

Ich schlief wieder unruhig, träumte davon, wie ein Kondor versuchte, mir eine unermesslich wertvolle Beatles-Plattensammlung aus den Händen zu reißen. Es war ein harter Kampf, und ich trug Verletzungen davon. Der große Vogel mit fiesen gelben Krallen hatte einen Menschenkopf. Es war der von Nils Nilsson. Er hackte im strömenden Regen unentwegt auf mich ein, traf mich mal hier, mal da, und im Hintergrund bewarf mich ein feister *kanelbullar* mit dem Gesicht von Nilssons dicker Frau mit riesigen Zimtstangen, die hart waren wie Stahl. Das alles, während die ganze Gödseltorper Bande an mir zerrte und jedes Mal applaudierte, wenn der Zimtkringel oder der Kondor mich getroffen hatten. Nur Ole-Einar klatschte nicht in die Hände, denn er versuchte mir mit einer riesigen Spraydose einen Pimmel auf die Rückseite meines Ostfriesenpelzes zu sprühen. Die Lage wurde erst etwas besser, als Bjørn plötzlich auftauchte. Er hatte einen freien Oberkörper, trug eine Armeehose und ebensolche Stiefel. Über seiner schweißglänzenden Haut hingen ihm über Kreuz zwei Munitionsgurte von den Schultern herunter. In den Händen hielt er ein monströses Maschinengewehr, mit dem er das Feuer auf die Menge eröffnete, die daraufhin schreiend auseinanderstob. Schreie und Schüsse, Schreie und Schüsse.

Schweißgebadet fuhr ich hoch.

Schreie und Schüsse.

Ich war erwacht. Aber jemand schrie und jemand schoss immer noch. Mein Herz raste. Was war denn da los? Ich sprang in meine Jeans, zog mir hastig ein T-Shirt über, schlüpfte in meine noch immer klatschnassen Trekkingschuhe. Als ich die Tür öffnete, konnte ich es deutlich hören.

Es waren zwei Stimmen. Die eine gehörte Bjørn und brüllte: »Du Hund! Wer bist du und was willst du hier? Du Dieb, du dreckiger!«

Die andere war unnatürlich hoch, wie von einer hysterischen Frau. Es waren Laute, ein angsterfülltes Kreischen und Fiepen, keine erkennbaren Worte. Im Lichtkegel der großen Lampe an der Scheune sah ich Bjørns Umriss, wie er breitbeinig, den Karabiner und eine Taschenlampe in den Händen, vor einem am Boden kauernden Etwas stand, das sich panisch an die Scheunenwand drückte und versuchte, dem Tod nicht ins Auge zu blicken.

Ich zuckte zusammen. Wieder war ein Schuss gefallen. In die Luft zwar, aber trotzdem beschloss ich, schleunigst hinüberzulaufen, und zu sehen, wie ich die Situation entspannen konnte.

Das Kreischen und hysterische Schreien ging in ein flehendes Heulen über. Der Schatten am Boden schlug schützend beide Hände über dem Kopf zusammen.

»Bjørn!«, rief ich. »Was ist da los? Hör auf! Warte, ich komme.«

Mit diesen Worten nahm ich die Beine in die Hand und lief durch den noch immer strömenden Regen zu den beiden hin.

»Ein verfluchter, dreckiger Einbrecher«, fauchte Bjørn. »Und ein Dieb. Und ein Deutscher ist er außerdem. So wie du.«

»Ein Deutscher?«, fragte ich völlig verwundert.

»He«, sagte ich in Richtung der am Boden zitternden Person. »Wer bist du?«

Es wimmerte weiter.

»Jammerlappen«, sagte Bjørn verächtlich und zog die Nase hoch.

»Hallo?«, versuchte ich es noch einmal.

»Torsten?«, fragte es zart und unsicher. Verflucht, ich kannte diese Stimme! Dann sah der Mann am Boden auf, und mich traf der Schlag.

»Torsten! Mann, was für 'ne krasse Story! Das ist ja oberstkrass, ne. Der Alte ist total aggro, echt, ne. Wer is'n der? Krass, echt, ne.«

Vor mir im Matsch des aufgeweichten Hofes saß Rainer neben meinem Rucksack.

»Mann, Rainer, was machst du denn hier? Wie bist du hierhergekommen? Wie hast du mich gefunden? Und vor allem: *Warum* bist du hierhergekommen?«

Ich war total aus dem Häuschen. Klar, ich war verwundert, ja, mehr als das. Ich hätte mit allem und jedem gerechnet, aber niemals mit Rainer. Und dann – ja, ich musste es gestehen – freute ich mich regelrecht darüber, dass er hergekommen war. Er war nämlich, natürlich mit Ausnahme von meinem griesgrämigen Vater und Renate, der Einzige in den letzten zwei Wochen, der mich weder betrogen noch bedroht hatte. Ich beeilte mich auch mit meiner Freude, denn ich wusste nicht, wie lange sie noch anhalten würde. Ich hatte die Verfolgungsjagd mit der Autobahnpolizei noch nicht vergessen. Außerdem hatte ich wegen Rainer ziemlich Ärger gehabt. Schließlich hatte der Blindfisch meinen Rucksack mitgenommen, mit allem, was mir heilig war. Mein Deckel bei Ragnar betrug aufgrund meiner Zahlungsunfähigkeit mittlerweile bereits über tausendfünfhundert Kronen, und bei dem wollte ich eigentlich lieber keine Schulden haben.

Trotzdem. Ich freute mich.

Bjørn entging das nicht.

»Du kennst diesen Einbrecher?«, fragte er mit einem Höchstmaß an Verachtung.

»Ja, ich kenne ihn. Ich habe ihn als Anhalter mitgenommen. Was hat er dir denn getan? Und nimm bitte die Waffe runter, das macht mich nervös«, bat ich. Wie üblich unterhielten Bjørn und ich uns auf Deutsch.

»Genau«, sagte Rainer, für den es anscheinend völlig normal war, dass ein Mann in Mittelschweden seine

Sprache verstand, und rückte sich umständlich die Brille zurecht. »Das ist hier echt voll die Aggro-Atmo mit der Waffe, ne.«

»Was redet der denn da für einen Unsinn?«, wollte Bjørn unwirsch wissen.

»Er fühlt sich nicht wohl, wenn der Karabiner auf ihn gerichtet ist«, übersetzte ich und drückte den kalten Lauf der Waffe zeitgleich sanft zu Boden.

»Dieser Jammerlappen hier ist unberechtigt und mitten in der Nacht auf meinen Hof gekommen«, zischte Bjørn. »Der kann froh sein, dass er nicht voll Blei steckt.«

»Wie bist'n du unterwegs? Oberstkrass! Ich wollt dem Torsten doch bloß seine Sachen wiederbringen, ne.«

Rainer rappelte sich hoch und hob den Rucksack auf, um ihn mir hinzuhalten.

Da sprang Bjørn vor und stieß Rainer den Gewehrlauf unsanft in die Magengrube.

»Wer bist du?«, brüllte er dabei. »Oberst Krass? Ein deutscher Offizier auf diesem Hof?«

Rainers Augen waren vor Schreck weit geöffnet, und ich bemühte mich um Aufklärung. Aber wie erklärt man das?

»Nein, nein, Bjørn, er ist so ziemlich das Gegenteil von einem Offizier …«

»Genau, ne!«, warf Rainer dazwischen.

»Halt die Klappe!«, fuhr ich ihn an. »Also, Bjørn, er ist natürlich kein Soldat und schon gar kein Offizier, in Ordnung. *Oberstkrass* ist mehr so eine Art … Redensart.«

»Sogar eine Lebensart«, freute sich Rainer und bekicherte sein eigenes Wortspiel. Ich warf ihm einen bösen Blick zu. Er verstummte.

Bjørn wandte, noch immer erregt, ein: »Und was soll dann dieser Mantel? Das ist doch eindeutig ein Militärmantel!«

Ich seufzte. Wie erklärt man einem norwegischen Ex-Widerstandskämpfer, dass ein deutscher Sozialpädagogenpazifist, seiner Gesinnung zum Trotz, einen Bundeswehrparka trägt?

»Das fällt dann wohl auch in die Kategorie Lebensart«, fiel mir ein. »Außerdem fehlen das Landeswappen und alle Abzeichen!«

»Lebensart?« Jetzt musterte Bjørn den lieben Rainer zum ersten Mal eingehend. Dabei wandelte sich sein Blick von Grimm zu einem ungläubigen Staunen, als würde er einen Außerirdischen betrachten. So langsam, wie ihm zu dämmern schien, dass von diesem Menschen keine Gefahr ausging und dass Rainer nie und nimmer ein Offizier irgendeiner Armee außer der Heilsarmee sein konnte, so langsam sank auch der Lauf des Karabiners zu Boden. Schließlich trat Bjørn einen Schritt zurück, und Rainer hielt mir wieder den Rucksack hin.

»Das ist wirklich sehr nett von dir«, bedankte ich mich und nahm das triefend nasse Gepäckstück entgegen. »Wie hast du mich denn gefunden?«, wiederholte ich meine Frage von vorhin.

»Na, das war voll easy. Im Rucksack waren ja so krasse Formulare und so, ne, und da stand dein Name drauf und auch eine Adresse, ne. Die hier nämlich. Da bin ich dann in den Bus gestiegen und von Årjäng aus hierhergefahren.«

»Super«, sagte ich anerkennend. »Die Sachen sind auch wirklich wichtig für mich. Ist noch alles da?«

»Na ja, ne«, druckste Rainer herum, »so fast, ne …«

175

»Was heißt *fast*?«

»Na ja, eben fast. Also die Kohle haben sie mir geklaut, ne. Voll scheiße. Ich dachte echt, wir wären so 'ne Community da, ne, so familienmäßig und so und dass die Schweden anders drauf wären und so, ne, aber dann war die Kohle weg. Na ja, und das Telefon musste ich verkaufen, ne, sonst hätte ich keine Busfahrkarte gekriegt, ich hatte ja keine Kohle mehr. Es geht immer nur um Kohle in dieser krassen Kapitalgesellschaft, ne. Voll scheiße. Aber sonst ist alles da.«

»Das ist ja ganz klasse«, sagte ich, während ich meinen Laptop hervorzog, von dessen Tastatur das Wasser tropfte. Am Boden des Rucksacks ertastete ich einen Klumpen feuchtes Papier. Ich nahm an, dass es sich dabei um die so dringend benötigten Dokumente handelte.

Bjørn starrte Rainer immer noch entgeistert an, dann mich, dann wieder Rainer. Schließlich schüttelte er ratlos den Kopf, schulterte den Karabiner und ging in Richtung des Hauses davon.

»Der ist krass drauf, ne?«

»Ja, oberstkrass«, sagte ich tonlos und wäre am liebsten auch einfach ins Haus gegangen. Das ging aber nicht, denn nun hatte ich wieder Rainers Betreuung an den Hacken. Und ins Haus konnte ich ja sowieso nicht. Ohne wasserdichte Formulare kein Haus, ne.

»Irgendwie krass hier«, bemerkte Rainer und sah sich um. »Krass groß. So 'ne Art Großgrundbesitzer bist du jetzt, ne?« Er kicherte wieder. Dann fiel sein Blick auf Lasse, dessen Fahrerseite durch die Scheunenlampe beleuchtet wurde. »Oberstkrass! Cooles Graffiti. Irgendwie protestmäßig. Was heißt'n das? Ist Schwedisch, ne? Hast du das gemacht?«

»Komm, wir gehen schlafen«, forderte ich ihn auf und tat, als hätte ich die Frage nicht gehört.

»Okay. Auch cool. Ist eh krass kalt und irgendwie nass.«

»Ja, stimmt. Irgendwie ist es nass. Oberstkrass nass.«

NITTON

Durch Rainers Ankunft hatten sich meine Schriftstellerpläne gravierend geändert. Nachdem ich gestern Nils Nilsson begegnet und im strömenden Regen unverrichteter Dinge zum Storegården zurückgefahren war, beschloss ich, meinen ursprünglich geplanten Besuch bei Ragnar Hedlund heute zusammen mit Rainer nachzuholen.

Das hatte mehrere Gründe.

Zum einen würde ich, solange Rainer da war, ohnehin nur schwer vorwärtskommen; meine Konzentration ließ zu wünschen übrig. Zum anderen war bereits kurz nach dem Aufwachen meine Wut wieder hochgekocht, denn ich hatte keine Gummistiefel mehr, und das dummdreiste Grinsen von Ole-Einar ging mir auch nicht aus dem Kopf. Außerdem freute ich mich auch ein wenig darauf, dass sich Rainer und Ragnar begegneten. Das hatten beide verdient. Von meinem ersten Kontakt mit Ragnar, damals auf der Anhöhe vor Gödseltorp, als er mich so wüst beschimpft hatte, wusste ich, dass er zumindest Grundkenntnisse in Deutsch besaß. Eine Konversation zwischen Rainer und ihm war also rein theoretisch möglich, und ich wollte wissen, wie die verlaufen würde.

Ich weckte Rainer um kurz nach zehn. Er hatte die Nacht auf der total durchgelegenen und mottenzerfressenen Couch im Wohnzimmer des Gästehauses verbracht und sah entsprechend attraktiv aus.

»Komm, wir fahren in den Ort zum Frühstücken. Wenn du dich waschen willst, dann musst du raus um die Ecke und ins *utedass*, ins Toilettenhäuschen«, sagte ich zu ihm, in der Hoffnung, er würde meinem durch die Blume unterbreiteten Vorschlag zustimmen.

Leider tat er das nicht und entgegnete: »Supernett von dir, Torsten, echt, ne, aber es geht schon. Boah, Frühstück! Krass! Hab echt 'n Riesenkohldampf, ne.«

Hunger und Lust auf einen Kaffee hatte ich zwar auch, aber ansonsten war ich anderer Meinung. Er müffelte. Sein Haar war fettig. Er war hochgradig ungepflegt.

Doch ihn schien das nicht zu kümmern oder er merkte es einfach nicht. Jedenfalls bestand die Bekämpfung von Körpergeruch und optischer Frisurschwäche nicht in der Verwendung von Wasser und Seife, sondern darin, dass er in seinen Bundeswehrparka schlüpfte und sich eine oversized Rastafarimütze auf den Kopf setzte, die in den Farben des Regenbogens und grob gestrickt war. Vorne, quasi als Markenzeichen, prangte eine handtellergroße Cannabisblattapplikation. Dann schob er sich noch seine Flaschenbodengläser ins Gesicht und lächelte entwaffnend.

»So, ne, ich wär dann so weit, ne.«

»Super, Rainer. Prima, dann können wir ja los.«

»Genau. Ich freu mich schon voll. Der Aggro-Opa von gestern war ja krass, aber die anderen Schweden sind bestimmt total okay, ne. Irgendwie so frei, ne.«

»Ja, alle so was von total okay hier«, sagte ich zynisch, »und auch total frei.«

Die waren sogar so frei, mir meinen Wagen und meine Gummistiefel zu verschandeln, dachte ich bei mir und ging zur Tür.

»Ach Torsten, du, hier ist noch das Restgeld von deinem Handy, ne. Der Bus hat ja nur sechshundert Kronen gekostet.«

Ich drehte mich um. Rainer streckte mir ein Bündel Scheine entgegen. Ein Nachzählen ergab die Summe von rund tausendneunhundert Kronen. Wenigstens etwas. Das war ein Superpreis. Zumindest für den, der mein niegelnagelneues iPhone 5 gekauft hatte. Aber so würde ich wenigstens meine Schulden bei Ragnar und das Frühstück bezahlen können.

Zwanzig Minuten später tranken wir abgestandenen Kaffee in Hedlunds Laden und aßen dazu zwei altbackene *kanelbullar*. Draußen tobte mittlerweile ein ausgewachsener Sommersturm, der den Regen rücksichtslos in Schwaden durch die Straßen und über den See trieb.

Ragnar stand hinter der Theke, tat so, als würde er in seinem Kassenbuch nach Einträgen suchen, aber ich sah genau, dass er Rainer und mich aus den Augenwinkeln betrachtete. Besonders Rainer.

Ich vermutete, er konnte ihn nicht richtig einordnen. Wahrscheinlich war Ragnar unschlüssig, ob dieser Typ mit seiner Kiffer-Reggaemütze und der irrsinnigen Brille eine Gefahr darstellte oder ob er einfach nur ein weiterer Idiot war, der sich auf dem Storegården ein Stelldichein gab. Er musste darüber nachgrübeln, ob sich seine Chancen auf den Bauernhof mit Rainers Eintreffen verbessert oder verschlechtert hatten.

Und dann geschah das, worauf ich gehofft hatte.

Ragnar kam mit freundlich neugierigem Blick zu uns herüber und sprach Rainer an.

»*Hej vännen, pratar du lika bra svenska som din kompis Torsten?*«

Rainer glotzte Ragnar fragend an. Dann mich. Bevor ich jedoch übersetzen konnte, holte Ragnar dies selbstständig nach: »Spreche du auch so wacker Swedisch wie deine Freund Torsten?« Ragnar lächelte.

Rainer sagte: »*Sprichst.*«

»Was?« Ragnar sah mich ratlos an.

»*Sprichst du auch* muss es heißen, ne.«

Ragnars Miene verfinsterte sich.

Rainer setzte nach: »In einem interkulturellen Kommunikationskolloquium an der Uni habe ich mal gelernt, dass man Ausländer gleich verbessern soll, ne. Das ist integrativer. Nichts für ungut, Kollege, ne.«

Ich lachte mich innerlich fast tot und musste mich schwer beherrschen.

»Ich bin nicht Ausländer. Ich bin eine Swede. Das ist meine Land!«, entrüstete sich Ragnar, als er Rainers Rede inhaltlich einordnen konnte.

Rainer hob beschwichtigend die halbe Zimtschnecke. »Ne, echt 'n Superland, ne. Keine Frage. Aber es muss heißen: *Kein* Ausländer, ne. Sorry. *Kein.* Und *ein* Schwede. Oder bist du eine Schwedin, ne?«

Das war der beste Witz, den Rainer jemals gemacht hatte. Er lachte herzlich unter grunzenden Lauten und zeigte dabei seine Zähne mit Gebäckresten. Dieser Gag blieb nicht ohne Wirkung. Ragnar bebte vor Zorn, wusste aber, dass er Rainer, der es offensichtlich gut meinte, nicht ans Leder gehen konnte, ohne das Gesicht zu verlieren.

»Was ist das für ein Trottel?«, wandte sich Ragnar nun ungehalten auf Schwedisch an mich.

»Ein guter Bekannter, kein Trottel«, verteidigte ich Rainer, der sich gerade kauend die Finger ableckte und

Kaffee hinterhergoss. »Aber wo wir gerade bei Trottel sind: Wer hat jetzt eigentlich meine Gummistiefel und mein Auto versaut? Das ist immerhin Sachbeschädigung!«

Ragnar zuckte teilnahmslos die Schultern. »Vielleicht Bengt Larsson oder Sten Olsson oder …«

»… Nils Nilsson?«, vervollständigte ich.

»Ja«, sagte Ragnar, »genau. Vielleicht auch der.«

»Aber Sie und Ihr Sohn, ihr habt damit nichts zu tun?«

»Wie kommen Sie denn darauf?«

»Ja, wie komme ich bloß darauf …?«, fragte ich zuerst scheinheilig, um dann in festem Ton fortzufahren: »Vielleicht liegt es daran, dass Ihr Sohn mir mit *MC Satans Oväsen* einen Besuch abgestattet und mich verspottet und mir gedroht hat?«

»Ist das wahr?« Ragnars Entrüstung war schlecht dargeboten. »Ich werde bei Gelegenheit ein ernstes Wörtchen mit ihm reden.«

Irgendwie fühlte ich mich veräppelt. Doch wenn man vom Teufel spricht, in diesem Fall von Satan: Ole-Einar kam in den Laden, sah uns und grinste, sah Rainer und fing lauthals an zu lachen.

Rainer schluckte und blickte mich ratlos an.

»Wie is'n der drauf, ne?«

»Der ist scheiße drauf«, erklärte ich.

»Isz dasz deine Versztärkung?«, lachte Ole-Einar und hielt sich den Bauch.

»Du Torsten, sag ihm mal, er muss versuchen, mehr mit der Zunge am Gaumen zu arbeiten, ganz bewusst, ne. Dann bekommt er den Sprachfehler echt wieder hin.«

»Nein, das sage ich ihm nicht, Rainer. Wir gehen. Das Frühstück ist vorbei.« Damit zog ich ihn mit der einen

Hand mit mir fort und mit der anderen holte ich noch schnell das Geld aus meiner Jackentasche.

»Du bist ja krass«, sagte Rainer.

Ich ging nicht darauf ein und hielt Ragnar das Geld hin. »Meine Schulden.« Ich legte die Scheine auf den Tresen und das Geld für Kaffee und Zimtkringel obendrauf. »Jetzt sind wir quitt.«

Ragnar zählte, nickte zufrieden, dann schaute er auf. »Nein, quitt sind wir noch nicht.«

Ich war gespannt.

»Ich habe ein schlechtes Gewissen wegen Ole-Einar und seinem Benehmen«, führte Ragnar weiter aus.

Wir sahen beide zu Ole-Einar hinüber, der aufgehört hatte zu lachen. Rainer hatte sich nämlich aus meiner Umklammerung gelöst und redete auf Deutsch auf den Pseudo-Rocker ein. Es schien immer noch um die Verbesserung von Ole-Einars Aussprache zu gehen, denn Rainer machte während seiner Ausführungen Verrenkungen mit der Zunge und deutete mit mehreren Fingern gleichzeitig engagiert in seinen unnatürlich weit aufgerissenen Rachenraum. Ragnars Sohn war damit sichtlich überfordert und wusste das Verhalten nicht zu deuten. Rainer war meine schärfste Waffe gegen die Gödseltorper, wurde mir klar; er hatte meine in ihn gesetzten Erwartungen noch weit übertroffen.

»So, ein schlechtes Gewissen?«, fragte ich.

Ragnar nickte.

»Deshalb«, schlug er vor, »würde ich dich – ich darf doch *du* sagen? – gerne zu unserem *Midsommar*-Fest am Samstag im Bygdegård einladen, unserem Gemeindehaus am See. Bring doch Bjørn und deinen ...« – er suchte nach einer passenden Bezeichnung und deutete auf Rainer, der sich gerade an der Oberlippe zog und dem völlig verwirrten Ole-Einar bedeutete, es ihm gleichzutun – »… deinen Freund auch mit. Sie sind beide ebenfalls herzlich eingeladen.«

Ich glaubte diesem Typen kein Wort.

»Nach alldem, was vorgefallen ist?«, fragte ich skeptisch.

»Ja, natürlich. Es waren doch alles nur Missverständnisse.«

»Missverständnisse? Wie soll ich denn einen Pimmel auf der Rückseite meines Autos anders verstehen als einen Pimmel auf der Rückseite meines Autos? Und Elchscheiße im Schuh stinkt trotzdem!«

Ich war sauer.

»Ja, aber das war doch nur ein Einzelner«, blieb Ragnar hartnäckig. »Außerdem kommt auch Pfarrer Pettersson zum Fest. Es wird friedvoll zugehen, und wenn du deinen Hof nicht verkaufen willst, wirst du ja noch länger hier wohnen, und wir müssen doch miteinander zurechtkommen, oder? Überleg es dir.«

Was war denn mit dem los? Hatte er Kreide gefressen? Was führte Ragnar im Schilde? Ich fand keine Antwort und fühlte mich ein wenig überrumpelt.

»Gut. Ich überlege es mir«, gab ich nach. Was hatte ich zu verlieren, wenn ich wachsam blieb?

Ragnar hielt mir die Hand hin. Ich zögerte kurz, dann schlug ich ein.

»Diese Frau von der Kanzlei Svensson hat übrigens angerufen und eine Nachricht für dich hinterlassen: Sie kann vor *Midsommar* nicht kommen. Sie wird es erst Mitte der kommenden Woche schaffen, soll ich ausrichten. Irgendetwas sei mit ihrem Auto, sagt sie.«

Åsa! Ach, mir fehlten ihre Stimme und ihre guten Ratschläge. Sie hätte bestimmt gewusst, ob ich zu dem Fest gehen sollte oder nicht. Was hätte ich darum gegeben, sie einmal in die Arme zu schließen, nur einmal. Und einmal nur wollte ich den Sommerblütenduft ihrer samtigen Haut riechen.

Ich seufzte, verabschiedete mich und nahm Rainer mit. Ole-Einars mittlerweile leerer Blick zeigte einen Anflug von Dankbarkeit.

»Der Typ ist ganz okay, ne«, sagte Rainer, während wir uns mit Lasse durch den Sturm in Richtung des Storegården bohrten. »Er hat zwar echt krasse Klamotten an, ne, aber wenn der an seinem Lingualtonus arbeitet, dann kriegt er das mit seiner Aussprache noch hin, ne.«

Als Rainer von krassen Klamotten sprach, schielte ich zu seiner Mütze und seinem Bundeswehrparka hinüber, schwieg aber. Er hatte sich ganz hervorragend geschlagen und den Gödseltorpern eine herbe verbale Niederlage zugefügt. Ich freute mich diebisch.

Allerdings versetzte mich Ragnar Hedlunds süßholzgeraspelte Einladung zum übermorgigen *Midsommar*-Fest ins Grübeln. Was führte er im Schilde? Führte er überhaupt etwas im Schilde, oder war er geläutert worden? Hatte Pfarrer Pettersson ihm ins Gewissen geredet? Konnte man dem Braten trauen? Und dem Pfarrer? Wem überhaupt?

TJUGO

Lasses Reifen hätten auf trockenem Asphalt bestimmt gequietscht und geraucht, so zackig stach ich um die Kurve in die Hofeinfahrt des Storegårdens. Mir blieb fast das Herz stehen. Mit beiden Füßen stieg ich auf die Bremse und stoppte nur einen Meter vor der hysterisch schreienden und mit den Armen rudernden Frau. Der Hut saß ihr schief auf dem Kopf, das Haar war zerzaust, die rechte Hand krallte sich in ihre Handtasche. Sie war etwa sechzig Jahre alt. Die Augen weit aufgerissen, sah sie erst auf mich, dann auf Rainer, der ihr kollegial zuwinkte, dann auf die Aufschrift und den Phallus auf Lasse. Panisch taumelte sie mehrere hilflose Schritte rückwärts, bevor sie sich umdrehte und wie von der Tarantel gestochen zu einem silbernen Volvo lief, die Tür aufriss, den Motor startete und mit durchdrehenden Reifen vom Hof rauschte.

»Krass. Wer war das denn? Wie war die denn drauf?«, erkundigte sich Rainer.

»Sie hat auf mich den Eindruck gemacht, als wäre sie ein wenig uncool drauf und als wollte sie nicht allzu lange noch hier verweilen«, antwortete ich. »Irgendetwas muss ihr einen Riesenschrecken ...« Die Worte blieben mir im Halse stecken.

Ich starrte nach vorne durch die verregnete Scheibe. Lasses Wischer mühten sich, die Wassermassen herunterzuschieben, und zwischen jedem Hin und Her der Wischarme war eine näher kommende Gestalt unscharf zu erkennen.

Auch Rainer starrte fassungslos nach draußen.

»Das ist ja oberstkrass ...«, stammelte er.

Vor uns stand Bjørn, der nun bis auf Gefechtsweite an Lasse herangetreten war. Er hatte den Karabiner im Anschlag und auf dem Kopf einen alten, verbeulten Stahlhelm. Er hatte sich ein Koppel umgeschnallt, an dem ein ledernes Munitionstäschchen befestigt war und ein langes Messer steckte. An seinen Füßen trug er schwarze Knobelbecher, alte Wehrmachtsstiefel, die er bestimmt einmal vor über sechzig Jahren dem Feind im erbitterten Nahkampf zusammen mit den Unterschenkeln abgetrennt hatte. Das alles war ungewöhnlich genug, doch was Rainer und mich in absolute Fassungslosigkeit trieb, war Bjørns Nacktheit; außer den aufgezählten Dingen trug er *nichts* am Körper. Und ich meine nichts. Er war splitterfasernackt, und sein altgedienter norwegischer Fahnenmast von beachtlicher Länge (ich konnte nicht umhin, das neidlos anzuerkennen) schwang dynamisch im Wind. Er ragte wie eine stolze Trophäe aus Bjørns dichter grauer Körperbehaarung heraus, die, wie ich bereits bei unserer ersten Begegnung vermutet hatte, nicht am Halsansatz endete.

Doch wir hatten keine Zeit, weiter diesen Auftritt zu bestaunen, denn Bjørn brüllte gegen den Sturm: »Raus aus dem Wagen, ihr Schweine!«

Wir zögerten. Bjørn legte an und feuerte zwischen Rainer und mich ein Loch in die Windschutzscheibe. Wir hörten schlagartig auf zu zögern. Mit erhobenen Händen stellten wir uns.

»Bist du verrückt geworden?«, schrie ich ihn an.

»Schnauze!«, kam es zurück. Zur Bekräftigung seines Befehls schoss Bjørn Lasses rechten Scheinwerfer kaputt.

Er meinte es ernst. Ich schwieg.

Rainer nicht.

»Das ist alles echt oberstkrass, ne. Du bist ja ultra-aggro. Wie bist'n du unterwegs? Schwerter zu Pflugscharen, ne. Lass uns mal über deine Probleme reden, ne.«

Bjørn legte an.

»Los zurück, Oberst Krass, oder ich mache dich nieder!«

Da tat Rainer etwas, das ich ihm nicht zugetraut hätte. Bjørn offensichtlich auch nicht. Statt der Aufforderung Folge zu leisten, ging Rainer noch einen Schritt auf Bjørn zu, stellte sich vor den Lauf des Karabiners und riss sich den Bundeswehrparka auf.

»Ich bin bereit, für den Frieden zu sterben, ne. Wenn du hier deine oberstkrasse Aggressivität über das Wohl der Gruppe stellst, dann musst du deinen Weg echt gehen, ne. Aber danach ist die Gruppe zerstört, und du musst die Konsequenzen tragen, ne.«

Bjørn war völlig verdattert, doch zu meiner Überraschung und Erleichterung ließ er den Karabiner sinken.

»Du siehst scheiße aus, aber du hast Mut, Junge«, sagte er anerkennend. »Meinen Respekt. Das gefällt mir!«

Ich atmete erleichtert aus, nahm meine Hände herunter und machte auch einen Schritt nach vorne.

Zu früh gefreut.

»Du nicht, Schweinehund!«, fauchte Bjørn mich an und hob die Waffe wieder empor. »Du hast mir dieses Weibsbild auf den Hals gehetzt, das mich deportieren wollte.«

»Was? Wen?« Ich verstand gar nichts mehr.

»Tu nicht so«, donnerte Bjørn weiter. »Diese Frau aus Borlänge, die mich ins Altenheim verschleppen wollte. Du hast sie hergeholt. Du willst mich abschieben und dir den Hof unter den Nagel reißen, um ihn an Hedlund oder einen der anderen Tagediebe hier zu verschachern. Ist es nicht so?«

»Eine Frau aus Borlänge …?«

Langsam dämmerte es mir. Natürlich! Darüber hatte ich doch mit Åsa gesprochen. Allerdings hatte ich nicht damit gerechnet, dass jemand vom Amt dermaßen schnell hier auftauchen würde, wo doch ansonsten alles eher einen gemächlichen Gang ging. Sie hatte das wohl aus Sympathie zu mir mit Nachdruck in die Wege geleitet.

»Deinem Gesicht sehe ich an, dass du genau weißt, wovon ich spreche«, setzte Bjørn nach.

»Ich habe niemanden hergeholt«, widersprach ich.

»Lügner!«

»Wer ist denn hier der Lügner!«, rief ich nun, weil mir langsam der Kamm schwoll. »Dir macht es doch Spaß, dabei zuzusehen, wie mich hier alle traktieren. Alle sind hinter dem Hof her, und du weißt als Einziger, warum, oder? Es sind die Platten, nicht wahr? Diese scheiß Platten aus was und von wem auch immer!«

Bjørns Gesichtshaut – zumindest das, was zwischen den Haarbüscheln davon zu sehen war – war inzwischen kalkweiß geworden. Er starrte mich an und nahm endlich das Gewehr herunter.

»Es ist gut, wenn man den Dialog sucht, ne«, kommentierte Rainer die Lage.

»Genau«, pflichtete ich ihm bei. »Also, Bjørn, was ist das für eine Plattensammlung?«

»Vielleicht Woodstock oder so«, kam es wieder von Rainers Seite. »Das wäre total produktiv für die Verbesserung der Atmo, ne.«

»Woher weißt du davon?«, wollte Bjørn wissen.

»Ich habe es von Bengt«, erklärte ich, »und außerdem durfte ich dir einmal bei einem deiner Selbstgespräche zuhören.«

»Autodialoge sind so 'ne Art Psycho-Katalysator«, erklärte Rainer fachmännisch und nicht ohne einen Anflug von Stolz.

»Larsson, dieser Schweinehund«, fauchte Bjørn.

»Ja, er hat dich belauscht und hat es dann wahrscheinlich besoffen weitergetratscht. Jedenfalls weiß es mittlerweile jeder im Ort, aber alle tun so, als wüssten sie nichts.«

»Diese Schweinehunde. Drecksnest«, wetterte Bjørn.

»Ja, lass es raus!«, empfahl Rainer.

»Was zur Hölle sind das für Platten? Wo sind sie? Was soll das alles?«, rief ich in den Regen hinein.

Bjørn sah mich an, dann Rainer. Schließlich schulterte er seinen Karabiner und sagte: »Wartet hier.«

Er verschwand in Richtung des Hauses. Rainer und ich stellten uns derweil unter den Dachvorsprung der Scheune, um wenigstens nicht noch mehr Wasser abzubekommen. Es half nicht viel. Durchnässt waren wir sowieso.

Nur kurz darauf kam Bjørn zurück, schloss das Hoftor und trat zu uns. Er hatte sich freundlicherweise Hemd und Hose angezogen und die Waffe und die übrigen Militaria wieder in den Schrank gepackt.

»Kommt mit, ich will euch etwas zeigen.«

Damit zog er einen der beiden Scheunenflügel einen

Spalt weit auf und ging voran. Wir folgten ihm und standen im Dunkeln. Bjørn war nicht mehr zu sehen.

»Schließt das Tor!«, kam es von irgendwoher.

»Krass, voll das Abenteuer, ne«, sagte Rainer und kam dem Befehl nach. Das Holz schlug zu; nun war es stockfinster.

Es raschelte im Stroh, dann folgte ein mechanisches Geräusch, und mit einem Mal flackerten ein gutes Dutzend Neonröhren auf, die nach und nach summend ansprangen und das Scheuneninnere erhellten.

Neugierig sah ich mich um. Bis auf ein sehr großes, mit mehreren wasserdichten PVC-Planen abgedecktes Ding, das mitten im Raum stand, war dies nicht mehr und nicht weniger als eine Scheune. Stroh und Heu auf dem Boden, Plastiktonnen mit Tierfutter, Pferdedecken, Gartengerät, Baumaterial und so weiter. Alles, was in einer Scheune typischerweise untergestellt wurde.

»Bevor ich euch die Geschichte dieser Platten erzähle, sollt ihr einen Teil meiner Vergangenheit kennenlernen.«

Mit diesen Worten zog Bjørn eine Plane nach der anderen herunter, und ich konnte nicht fassen, was zum Vorschein kam.

»Das glaube ich jetzt nicht!«, sagte ich.

»Das ist ja oberstoberstultrakrass«, stammelte Rainer.

»Darf ich vorstellen? Das ist mein Freund Sd.Kfz. 251/7. Ein mittlerer Schützenpanzerwagen der deutschen Wehrmacht in der Ausführung D mit Pionierpanzeraufsatz und MG 42. Sechszylinder-Maybach-Motor mit der Kraft von hundert Pferden. Eine seltene Spezialanfertigung mit geschlossenem Stahlplattendach und Luke. Von mir erbeutet im Winter 1944/1945 an der norwegisch-schwedischen Grenze. Mit ihm bin ich bis hierher geflohen, wo ich deine Tante Lillemor kennenlernte, die mir half, mich zu verstecken, bis der Krieg vorbei war.«

»Das ist echt oberstkrass. Voll das Anti-Peace-Monster. Ultrakrass, ne!« Rainer ging ehrfürchtig um das Halbkettenfahrzeug herum und betrachtete es von allen Seiten. Ich folgte ihm und war nicht weniger beeindruckt. Es war nicht so, dass ich ein Faible für Panzer und anderes Kriegsgerät gehabt hätte, aber dieses Fahrzeug befand sich in einem unglaublich guten und gepflegten Zustand. Es war etwa zwei Meter hoch, vorne mit grobstolligen LKW-Reifen bestückt und hinten auf jeder Seite mit einer Panzerkette, die ihrerseits auf acht Stahlrädern lief. Aus einem kleinen Aufbau ragte die Mündung eines großen Maschinengewehres, vorne befanden sich zwei und seitlich jeweils drei Stahlklappen, die geöffnet werden konnten.

»Es sieht aus, als könnte man damit direkt losfahren«, sagte ich.

»Kann man auch«, erklärte Bjørn, »oder was glaubst du, warum es so gut in Schuss ist?«

»Es fährt noch?«, vergewisserte ich mich ungläubig.

»Natürlich. Und nicht nur das. Alles funktioniert noch einwandfrei an diesem Wagen, sogar das MG. Ich habe es all die Jahre immer gepflegt und gewartet.«

»Einen Panzerwagen der Wehrmacht?«, fragte ich.

»Er hat mir das Leben gerettet«, rechtfertigte sich Bjørn.

»Ist ja auch deine Sache. Aber jetzt zurück zu den ominösen Platten. Was ist damit?«, wechselte ich das Thema, weil ich selbst ein Ablenkungsmanöver mit einem Panzer nicht durchgehen lassen wollte.

192

Bjørn druckste zuerst ein wenig herum, doch dann erzählte er Rainer und mir die Geschichte.

»Bei den Platten, von denen die Gödseltorper steif und fest behaupten, sie befänden sich in meinem Besitz, handelt es sich nicht um Schallplatten oder so etwas.«

»Sondern?«, bohrte ich nach.

»Gold.«

Mir fiel die Kinnlade herunter.

»Gold?«

Bjørn nickte.

»Krass. Echt immer nur Kapital und Kohle, ne«, kommentierte Rainer das Gehörte und fummelte interessiert an einem kugelbesetzten Gestänge des Halbkettenfahrzeugs herum, das auf dem rechten Kotflügel angebracht und in früheren Zeiten wahrscheinlich für flatternde Fähnchen vorgesehen gewesen war.

»Aber ich habe es nicht«, beteuerte Bjørn. »Als ich den Deutschen den Panzerwagen geklaut habe, war er voll mit Ausrüstung. Waffen, Munition, Werkzeug, Konserven und so weiter. Wie für eine Expedition. Ich fand darin sogar eine Stückliste, typisch für Deutsche«, schob er hämisch ein. »Auf dieser Liste gab es einen Posten, der lautete ›8 Goldplatten zu 10 kg‹, und alles andere auf dieser Liste befand sich auch im Wagen, nur eben nicht dieses Gold. Ich habe den ganzen Wagen auf den Kopf gestellt. Nichts. Meine Recherchen ergaben, dass es altes eingeschmolzenes Wikingergold aus einem Museum gewesen sein musste, und man munkelte, dass es irgendwelche deutschen Soldaten eigenmächtig an der Wehrmacht vorbei außer Landes hätten schmuggeln wollen. Aber es war nie da, ich habe es nie besessen.«

»Und das soll ich dir glauben?«, warf ich ein.

Bjørn kam näher. Er war erregt. »Glaubst du kleiner Klugscheißer vielleicht, ich würde noch so leben, wie ich es tue, wenn ich das Gold gefunden hätte? Es hätte heute einen Wert von fast zwanzig Millionen Schwedenkronen. Ich hasse Schweden wie die Pest und Gödseltorp noch mehr, dieses Drecksnest. Ich bin nur wegen Lillemor hiergeblieben. Sie hat mich gebraucht, und ich habe sie geliebt. Wenn ich könnte, würde ich sofort zurück nach Norwegen an meinen geliebten Fjord an die Lofoten gehen. Schweden? Pah!« Bjørn spuckte auf den Boden. »Diese Schweden können nicht kochen und vernünftig sprechen auch nicht. Ich will zurück, aber ich kann nicht, weil ich kein Geld habe, nur meine armselige Rente und das Wohnrecht hier, und in Norwegen habe ich gar nichts. Das ist die Wahrheit.«

TJUGOETT

Nach dem gestrigen Gespräch mit Bjørn waren Rainer und ich betroffen. Ich, weil ich dem alten Norweger wirklich glaubte und er mir trotz seiner Gewaltbereitschaft ehrlich leidtat – was für ein schreckliches Schicksal, Jahrzehnte in Gödseltorp verbringen zu *müssen*! Und Rainer, weil er es total scheiße fand, dass die Bewohner Gödseltorps einen Senioren so wenig integrierten, ja geradezu ausgrenzten, und das alles wieder mal nur wegen der Kohle.

Selbst Rainer schien langsam zu begreifen, dass die Einwohner des kleinen Ortes uns nicht wohlgesinnt waren.

Darum wunderten wir uns gemeinsam darüber, dass ich vorschlug, doch am morgigen Tag, dem *Midsommar*-Tag, zum Dorffest in den Bygdegård zu gehen, um zusammen mit ebendiesen Menschen den längsten Tag des Jahres zu feiern. Natürlich schlug ich das auch Bjørn vor, der jedoch diabolisch lachend ablehnte. Was er da solle? Die würden wahrscheinlich die Gunst der Stunde nutzen und den Hof hinterrücks überfallen, mutmaßte er. So ein Quatsch!, dachte ich, aber ich verstand selbstredend, dass Bjørn nach all den Zwistigkeiten keine Lust darauf hatte.

Doch immerhin gestattete er Rainer und mir inzwischen, Bad und Küche im Haupthaus zu benutzen. Ein gewaltiger sozialer Aufstieg in unserer Gruppe, kommentierte Rainer diesen Sinneswandel des Norwegers, und ich konnte ihm nur zustimmen.

Es war Freitag vor *Midsommar*. Die Schweden nannten diesen Tag *Midsommarafton*. Ab Mittag wurde schon einmal gefeiert und vorgeglüht. So hatte es mir mein Vater geschildert, und der hatte, wie ich mittlerweile wusste, so gut wie immer recht. Man stimmte sich sozusagen mental und alkoholisch auf die am darauf folgenden Tag stattfindenden *Midsommar*-Hauptfestivitäten ein.

Ob das allerdings heute jemand machen würde, daran hatte ich doch meine Zweifel. Das Wetter war nämlich derart mies, dass man nicht wenig Lust verspürte, sich einfach ins Bett zu legen und die Decke über den Kopf zu ziehen. Es hatte nicht aufgehört zu regnen, es regnete eigentlich seit mehreren Tagen ununterbrochen. Mittlerweile mussten die tief hängenden Wolken von der Farbe einer Raucherlunge die gesamte Ostsee mehrfach über uns abgeladen haben. Dazu gesellte sich ein doch recht frischer Wind, der kräftig an den Dachziegeln zerrte und bereits den einen oder anderen dicken Ast aus den Bäumen gerissen hatte. Ich dachte an die Szene mit Nils Nilsson und dem umgestürzten Baum, der nicht größer gewesen war als vielleicht zehn Meter. Dabei fiel mein Blick auf die knapp doppelt so hohen Linden auf dem Storegården, und mir wurde angst und bange.

Dann lud uns Bjørn doch tatsächlich zum Essen ein. Er hatte ein traditionelles Sommergericht zubereitet: Tiefkühlkrebse. Früher habe es frische Krebse gegeben, aber die seien in Schweden so gut wie ausgestorben, erklärte Bjørn und stellte den riesigen Topf mit den dampfenden Schalentieren aus höchstwahrscheinlich asiatischer

Aquakultur vor Rainer und mich auf den Tisch. Dazu gab es Knäckebrot und Bier.

»Ihr wollt da morgen also wirklich hingehen?«, vergewisserte sich Bjørn.

»Ja, warum nicht?«, antwortete ich und pulte mir ein Krebsbein aus dem Mund. »Was soll schon passieren? Außerdem bin ich neugierig.«

»Wenn du denkst, du würdest diese Leute kennen, dann warte mal, bis sie was getrunken haben«, entgegnete Bjørn und schob sich ein Stück Knäckebrot in den fischgefüllten Mund.

»Drogen können helfen, loszulassen, ne«, sagte Rainer.

»Wenn die losgelassen sind, dann suchst du besser das Weite, mein junger Freund.«

»Na, viel schlimmer kann es doch nicht mehr werden«, versuchte ich Bjørns Warnung zu entkräften.

Er hörte auf zu kauen und sah mich ernst an. »Du hast ja keine Ahnung. Es ist dieses Volk. Die haben etwas Irres im Blut, glaube mir. Die sind jahrhundertelang mit ihren Schiffen kreuz und quer über alle Weltmeere gesegelt und haben jeden geschändet, verbrannt und beraubt, den sie in die Finger kriegen konnten.«

»Also noch schlimmer als die Wehrmacht?«, stichelte ich.

»Nein«, sagte Bjørn, »nur länger.«

»Kulturhistorisch und ethnisch gibt es total enge Bindungen zwischen Schweden und Norwegern, ne«, wagte Rainer einzuwerfen. »Das habe ich mal in einem Seminar über anthropologisch-kulturelle Interaktionen mit Schwerpunkt Gebärdentanz gehört.«

»Aber wir haben wenigstens niemals daran geglaubt, dass in der Nacht vor *Midsommar* Elfen und Trolle durch die Wälder sausen und dass der Morgentau kranke Tiere und Menschen heilt«, fuhr Bjørn den verschüchterten Rainer an und ließ wütend die Gabel fallen. »Darum sind die Schweden herumgelaufen und haben ihn in Flaschen gesammelt und sogar in den Teig gekippt, damit das Brot schön groß und schmackhaft wird. So ein Humbug!«

»Na ja«, kommentierte ich, um die sich anbahnende Missstimmung gewitzt im Keim zu ersticken, »vielleicht hat das tatsächlich geholfen. Groß ist es ja.«

Es funktionierte. Denn obwohl Rainer so elegant Bjørns wunden Punkt getroffen hatte, begingen wir den Rest des gemeinsamen Essens noch einigermaßen friedvoll, verabschiedeten uns früh und legten uns in die Betten.

Der Sturm tobte weiter und wurde dermaßen laut, dass ich mir abgerissene Klopapierfetzen in die Ohren stecken musste, um Ruhe zu finden. Irgendwann jedoch fiel ich in einen traumlosen Schlaf.

Am nächsten Morgen wachten wir erst gegen halb elf auf.

Es war ganz still.

Der Wind war verschwunden, es hatte aufgehört zu regnen.

Kein Vogel war zu vernehmen.

Nichts.

Nur oben am Himmel braute sich etwas zusammen. Die Wolken hatten ihre Farbe verändert. Irgendwo dahinter musste sich die Sonne befinden, deren Höchststand wir heute feierlich begehen wollten, aber sie ließ sich nicht blicken. Stattdessen malte sie eigenartig violettschwarze Fantasiegebilde ans Firmament, und dort, wo die Wolkendecke ein wenig lichter war, glomm ein senfiges Gelb.

Eine seltsame Unruhe ergriff Besitz von mir.

Wir zogen uns an, machten uns einer nach dem anderen in Bjørns Bad frisch und tranken danach zusammen mit ihm fast wortlos einen Kaffee. Sogar Rainer, der bestimmt etwas hätte erzählen können, weil er einfach immer etwas erzählen konnte, schwieg und starrte in den bizarr gefärbten Himmel. Nachdem wir gefrühstückt hatten, verabschiedeten wir uns von Bjørn, stiegen in Lasse und fuhren hinunter nach Gödseltorp.

Ich war sehr gespannt.

Inzwischen gab es Wetterleuchten am Horizont.

Dazu fernes Grollen.

Der Bygdegård, das Gemeindehaus, war ein altes Gebäude auf einem von Büschen, Unkraut und sonstigem schmucklosem Gewächs überwucherten, nicht eingezäunten Grundstück direkt am See. Es lag etwa einen Kilometer von Hedlunds Multimonopol entfernt. Nachdem wir mit Lasse von der Uferstraße abgebogen waren und den ausgefahrenen, schlaglochübersäten Kiesweg entlangrollten, konnten wir schon von Weitem die schwedische Flagge sehen, die, groß wie ein Bettlaken, an einem riesigen Fahnenmast vor dem Gebäude wehte.

Es begann zu nieseln.

Wind kam auf.

Die Wiese vor dem Bygdegård hatte man kurzerhand zum Parkplatz erklärt. Ein gutes Dutzend Volvos in verschiedenen Farben und Ausführungen stand etwas abseits darauf herum. Ragnars Monster-V8 parkte ebenfalls dort und leider auch vier Motorräder. Ich stellte Lasse daneben, und Rainer und ich schlenderten hinüber zum Eingang. Musik drang aus dem Inneren des Hauses. Und Stimmen. Und Lachen.

Wir gingen hinein.

Nur die Musik spielte weiter.

Gefühlte einhundert Augen glotzten uns eine gefühlte Ewigkeit lang an.

»Ah, da seid ihr ja!«, drang es plötzlich von rechts an mein Ohr. Es war Ragnar Hedlund, der sich nun von seinem Sitzplatz erhob und mit übertrieben weit geöffneten Armen zu uns herüberkam. Ich befürchtete schon, er wolle mir um den Hals fallen, aber davon ließ er glücklicherweise ab und schüttelte uns bloß überschwänglich die Hände.

Das Gemurmel wurde wieder lauter, und nach und nach wandten sich die Blicke der Anwesenden erfreulicherweise wieder von uns ab.

Aus den Augenwinkeln konnte ich beobachten, wie Ole-Einar, der mit seinen Kollegen von *MC Satans Oväsen* am Tisch seines Vaters saß, mit höchst missmutigem Gesicht einen kleinen Stapel Geldscheine auf Ragnars leeren Platz legte. Ich deutete darauf und fragte: »Muss man Eintritt bezahlen?«

Ragnar schüttelte den Kopf. »Nein«, druckste er herum, »es ist nur eine Wette, die Ole-Einar und seine Freunde gegen mich verloren haben …«

»Eine Wette?«

»Ich habe gesagt, dass ihr kommt, sie haben es nicht geglaubt.«

»Glückwunsch!«, sagte ich.

»Aber das ist ja nicht wichtig. Setzt euch doch zu uns. Die Frauen haben gleich das Essen fertig. Kommt.«

Ich ließ den Blick über die Gesichter schweifen. Bengt Larsson mit Frau Mona und Tochter Lina, Pfarrer Pettersson und Frau Elsa, Sten und Sophie Olsson und Nils Nilsson mit seiner Frau und auch Ragnars Eheweib, alle, die ich kannte, waren anwesend. Dazu kamen noch etwa dreißig andere Menschen, die ich nicht kannte. Ich nickte wahllos in die Runde, aber nur Jan-Peer Pettersson erwiderte meinen Gruß. Das konnte ja heiter werden.

Wir folgten Ragnar durch den etwa acht mal zehn Meter messenden Raum und setzten uns gegenüber von Ole-Einar und seinen Kumpanen an den Tisch. Ausgerechnet. Es waren nur noch zwei Plätze unbesetzt, die man offenbar eigens für uns frei gehalten hatte.

Der gesamte *MC Satans Oväsen* starrte uns wortlos an.

»He, Ole-Einar! Willst du unserem neuen Gemeindemitglied nicht deine Freunde vorstellen?«

Ole-Einar warf seinem Vater einen aussagekräftigen Blick zu, dann deutete er ringsum auf die in Lederjacken gekleideten Member seines überschaubaren Chapters. »Dasz iszt Sznobb, der Szohn von Szten Olsszon …«, begann er. Ich erinnerte mich an den Kerl, der mir auf dem Weg von Stens Hof wie ein Irrer entgegengebraust war.

»*Hej*, ne!«, sagte Rainer und hob die Hand.

»… und dasz hier szind Piller und Szötnäsz, die Szöhne von Nilsz Nilsszon …«

»*Hej*, ne!«, sagte Rainer und hob wieder die Hand.

»*Hej!*«, sagte ich.

Die anderen sagten nichts.

»Oberstkrass hier. Ne total andere Kultur, ne«, raunte Rainer mir zu.

Unser herzliches Kennenlernen wurde von einem Klingeln unterbrochen, und im selben Augenblick trugen Frauen dampfende Schüsseln und Platten herbei.

»Bei uns gibt es an *Midsommar* die neuen Kartoffeln«, sagte Ragnar lautstark und stolz. »Dazu eingelegten Hering mit Käse und Knäckebrot.«

»Und daszu ordentlich *nubbe*«, rief jetzt Ole-Einar, und seine Member lachten.

»*Nubbe* sind Schnäpse«, erklärte Ragnar.

»Und geszungen wird auch«, riss Ole-Einar das Wort wieder an sich. »Und wer nicht trinkt und szingt, den wollen wir hier nicht, versztehszt du dasz?«

Ich schon, aber Rainer nicht.

»Trinken und Gesänge sind eine total super Kommunikationsbrücke, ne«, gab Rainer seinen Senf dazu, nachdem ich ihm übersetzt hatte.

Ich hoffte inständig, dass er recht behalten würde, denn die Stimmung erschien mir schon vor dem angekündigten Alkohol leicht gereizt und aufgeheizt. Andererseits hatten alle bereits ein paar leere Bierdosen vor sich stehen. Vielleicht war das hier doch keine so gute Idee. Aber nun war es zu spät.

Teller wurden verteilt, und dann schaufelten sich alle den Hering auf die Kartoffeln, streuten Schnittlauch darüber und begannen zu essen.

Ich hatte kaum den zweiten Bissen im Mund, da wurden kleine mit durchsichtiger Flüssigkeit gefüllte Gläschen gereicht, und irgendeiner begann mit einem Trinklied, in das binnen Sekunden alle dröhnend mit einstimmten.

»Helan går
sjung hoppfaderallanlallanlej,
helan går
sjung hoppfaderallanlej.
Och den som inte helan tar
han heller inte halvan får.
Helan går ...«

Jetzt verstummten die Sänger und hauten sich in einer choreografischen Meisterleistung zeitgleich den Schnaps hinter die Binde. Dann erklang die letzte Zeile des Liedtextes: »*... sjung hoppfaderallanlej!*«

Sämtliche Gläser wurden mit Schmackes auf die Tische gedonnert, und als wäre nichts geschehen, aßen plötzlich wieder alle weiter. Rainer neben mir freute sich und kicherte: »Krass, oberstkrass, total das kulturelle Erlebnis, ne.«

Zwei Heringshappen später wiederholte sich das Prozedere, und dann wieder und wieder. Bis ich meinen Teller aufgegessen hatte, waren gut und gerne sieben Lieder gesungen und dieselbe Anzahl an Schnäpsen geflossen, die man jeweils mit Bier nachspülte. Die Stimmung war bereits recht ausgelassen. So ausgelassen, dass niemand bemerkte, wie die trügerische Stille draußen sich in ein tosendes Unwetter verwandelte. Erst als einer von Ole-Einars Motorradgesellen mit kalkweißem Gesicht vom Wasserabschlagen zurückkam und berichtete, was die Wetterlage hergab, brach die Unruhe los.

Die Gemeinde stürzte an die wenigen Fenster des Gebäudes. Rainer und ich versuchten, einen Blick durch die dicht an dicht stehenden Menschen zu erhaschen, und mussten zu unserem Entsetzen feststellen, dass sich uns der Jüngste Tag in aller Pracht präsentierte: Der Wind presste die Bäume fast bis auf den Boden, entwurzelte Sträucher hoben ab und flogen davon, vermengten sich mit diversen Gegenständen des täglichen Bedarfs, welche der Sturm bereits irgendwo mit sich gerissen hatte, und die schwedische Fahne war weg. Nur der Fahnenmast stand gebeugt vor dem Bygdegård und neigte sich bedrohlich. Die Fahnenschnur schlug dabei mit einem bizarren Geräusch rhythmisch ans Fiberglas des Mastes: ping – pling – plong.

Der Himmel war pechschwarz, durchzogen von sulfurfarbenen Adern, und der Sturm peitschte noch tiefer hängende dunkelgraue Wolkenfetzen in ICE-Geschwindigkeit über diese Leinwand des Grauens. Einige Frauen begannen zu schluchzen, aufgeregtes Gemurmel durchzog den Raum, der Wind toste und untermalte diese gespenstische Situation mit einem diabolisch hohen Pfeifen.

Ragnar wandte sich vom Fenster ab und stellte sich auf einen Stuhl. »Hört her! Jetzt keine Panik! Wir haben schon ganz andere Stürme gehabt, und wenn es noch schlimmer werden sollte, dann wird einer von uns fahren und Hilfe holen.«

»Das wird kaum möglich sein!«, erschallte es laut und deutlich vom Eingang her, und alle im Raum fuhren erschrocken herum. »Ein Erdrutsch hat die Straße fortgerissen. Gödseltorp ist von der Außenwelt abgeschnitten.«

Ich dachte, ich träumte. Hatte ich eine Erscheinung? Lag es am Selbstgebrannten, der uns hier bereits in rauen Mengen kredenzt worden war? In der Tür stand ein Mann, groß, breitschultrig, durchnässt, das dünne Haar wirr auf der durchscheinenden Kopfhaut, das Gesicht voller Entschlossenheit. Neben ihm eine Frau, das genaue Gegenteil: klein, ängstlich und jünger. Sie krallte sich panisch in den Regenmantel des Mannes, während sie mit der anderen Hand eine kleine Tasche umklammerte.

»Was geht'n jetzt ab? Wie sind'n die unterwegs?«, fragte mich Rainer.

Ich wusste keine Antwort auf diese Frage, und wenn ich sie gewusst hätte, ich hätte sie nicht aussprechen können. Ich war wie gelähmt. In meinen Mund hätte man in diesem Moment bequem einen Tennisball ablegen können.

Denn dort, nur ein paar Schritte von mir entfernt, standen mein Vater Gerd und an seiner Seite Renate, Tanjas ehemals beste Freundin.

TJUGOTVÅ

Wieder wurde es totenstill.

»Papa!«, rief ich und ging ihm entgegen. »Was um alles in der Welt machst du denn hier?«

»Ich habe dir doch am Telefon gesagt, dass ich mit Renate eine Skandinavienreise mache und an *Midsommar* zu dir kommen wollte. Hörst du mir denn nie zu?«

»Die Verbindung wurde unterbrochen.«

Rainer kam.

»Hallo, ne, ich bin der Rainer. Bist du Torstens Vater? Krass, echt!«

Rainer streckte meinem Vater die Hand hin, doch der sah mich nur überrascht an.

»Wer ist das denn?«

»Rainer«, sagte ich. »Darf ich vorstellen? Rainer, mein Vater, Papa, Rainer. Und das ist Renate, die …« Ich suchte nach einem passenden Begriff. Ich scheute mich davor, den treffenden zu verwenden. »… eine Bekannte meines Vaters.«

»Oh, super!«, freute sich Rainer. »Echt voll familymäßig. Total crazy, dass du für den Torsten extra gekommen bist. Das hätte mein Vater nie gemacht!«

»Komisch eigentlich«, bemerkte mein Vater, und ich verstand diesen Unterton sehr wohl. Rainer nicht.

»Papa«, wies ich ihn zurecht. »Lass es gut sein, ja?«

»Sieh an, sieh an«, kam es plötzlich von hinten. Es

war Ragnar Hedlund, der nun bis auf Schrittlänge herangekommen war. »Der verlorene Gödseltorper kehrt zurück. Haben wir dir so gefehlt, dass du es nicht mehr ausgehalten hast ohne uns?«

»Werd bloß nicht frech, Ragnar! Mir hat gar nichts gefehlt von diesem Drecksnest, und du am allerwenigsten!«

»Da ist was ungeklärt zwischen den beiden, ne«, flüsterte Rainer mir zu. »Irgendetwas hemmt da den Flow in der Kommunikation. Ich verstehe nichts, aber die *vibrations* sind oberstkrass.«

Ich stimmte dem vorbehaltlos zu und war verwundert. Zwar hatte mir mein Vater nicht verheimlicht, dass er Ragnar Hedlund kannte und was er von ihm hielt, aber dass sich die beiden *so* nahe standen, hatte ich nicht gewusst.

»Ragnar, du bist noch derselbe Schweinepriester wie vor dreißig Jahren«, holte mein Vater zum Gegenschlag aus. »Ich bin hochgekommen, weil ich mit meinem Sohn *Midsommar* feiern wollte und weil ich ihn beschützen wollte vor dir. Er soll dir nicht so gutgläubig auf den Leim gehen wie ich damals.«

Ragnar lachte. »Tja, du scheinst noch nicht verwunden zu haben, dass du eben zu blöd warst, das Grundstück mit der Tankstelle zu kaufen. Du warst schon immer eine Träne, Gerd!«

Mein Vater? Die Tankstelle?

»Papa, was meint er damit?«

»Krass, echt oberstkrass hier, ne«, sagte Rainer.

»Ach, hat dir dein Vater das nie erzählt?«, fragte Ragnar an mich gewandt.

Mittlerweile hatte sich die gesamte Gemeinde um die beiden Streithähne versammelt. Nichts war zu hören außer dem Wind, der ums Haus pfiff und im Kamin heulte. Ab und zu krachte etwas gegen die Fassade. Alle starrten wie gebannt auf meinen Vater.

Ich wollte etwas sagen, doch mein Vater kam mir zuvor. »Weißt du, Ragnar«, hob er von Neuem an, »du irrst dich. Ich habe es über die Jahre sehr wohl verwunden, dass du mich betrogen hast. Und hätte Lillemor meinem Torsten nicht den Storegården vererbt, dann wäre ich wohl nie wieder hergekommen und hätte deine hässliche Visage auch vergessen. Allerdings freut es mich, zu sehen, dass deine Visage *mich* nicht vergessen hat. Tut's noch weh?«

Damit drückte mein Vater seine eigene Nase mit dem Zeigefinger platt und grinste relativ gehässig.

Durch Ragnars Körper ging ein angespanntes Zucken, und man sah, dass er sich gerne auf ihn gestürzt hätte, zumal Ole-Einar von hinten rief: »Lassz dir dasz nicht gefallen, Papa!« Doch noch bevor es zu einer handfesten Auseinandersetzung kommen konnte, eilte Pfarrer Pettersson hinzu und schlichtete.

»Schluss jetzt! Es ist *Midsommar*, und draußen tobt ein Sturm! Wir haben Besseres zu tun, als uns gegenseitig Vorwürfe zu machen und uns die Köpfe einzuschlagen. Lasst uns diesen Tag in Eintracht begehen. Danach können wir uns alle unterhalten wie zivilisierte Menschen. Nun sollte sich jeder wieder auf seinen Platz setzen. Unsere Frauen haben frische Erdbeeren mit Schlagsahne vorbereitet, und meine liebe Elsa hat zudem eine Erdbeerbowle gemacht.«

Mit diesen Worten hob Jan-Peer Pettersson die Hände segnend in die Höhe und stellte sich zwischen die beiden Kontrahenten, den Blick streng und auffordernd auf seine schwarzen Schäfchen gerichtet. Langsam setzte sich die Menschentraube in Bewegung und löste sich auf. Kurz darauf saßen alle vor ihren Tellern und spachtelten die Erdbeeren mit Sahne in sich hinein. Dazu gab es Kaffee, Schnaps und Bier, aber keine Trinklieder mehr. Pfarrer Pettersson hatte Renate, meinen Vater und mich in weiser Voraussicht und zur Vermeidung weiterer Wort- und sich anbahnender Faustgefechte an seinen Tisch geholt. Nur Rainer fehlte plötzlich. Er war verschwunden. Erst nach einigen Minuten tauchte er wieder auf. Er kam zu meiner Verwunderung aus der Küche in den Speisesaal des Bygdegårds spaziert und nahm zu meiner Linken Platz.

»Wo bist du gewesen?«

»Ach du, ich war mal draußen an meinem Rucksack was holen und bin dann zur Küchentür wieder rein, ne.«

»Und warum?«, wollte ich wissen.

»Die Situation hier in der Gruppe ist echt konfrontativ. Wir brauchten zwingend ein katalysatorisches Kommunikationsmedium«, gab Rainer zur Antwort.

Mein Vater Gerd schaute Rainer von der Seite an und machte mir durch einen kreisenden Zeigefinger in Schläfenhöhe deutlich, was er von ihm hielt.

»Du schuldest mir eine Erklärung, Papa.«

»Ich schulde dir gar nichts, Sohn.«

»Ach, Gerd, sei nicht immer so garstig zu Torsten«, mischte sich nun Renate ein. Es waren ihre ersten Worte seit der Ankunft. »Das gibt ein schlechtes Karma.«

»Genau!«, sagte Rainer mit leuchtenden Augen. »Karma!«

»Ihr habt ja alle einen Knall!«, sagte mein Vater.

Ich sagte nichts. Die Gesamtsituation begann mich zu überfordern.

»Ahhhh, die Erdbeerbowle«, tönte Pfarrer Pettersson und rieb sich die Hände in froher Erwartung. Dann deutete er auf vier Frauen, die je eine mit eingeschliffenen Ornamenten versehene Bowleschüssel und dazu passende Tassen aus den Siebzigern auf die Tische verteilten.

Geräuschvoll wurden die Glasschöpfkellen in die Schüsseln getaucht und der Inhalt in die Tassen gegossen. Ich nippte, es schmeckte außerordentlich gut, besonders die Früchte, die sich mit Alkohol vollgesoffen hatten. Vermutlich Whisky, etwas anderes gab es hier außer Wodka und Aquavit ja nicht. Irgendein sonderbares Gewürz war noch in der Bowle. Es waren kleine Pflanzenfitzelchen, die ich nicht zuordnen konnte. Ein typisch schwedisches Gewürz, vermutete ich. Überhaupt hatte ich noch nie eine Erdbeerbowle mit Pflanzenfitzeln getrunken, aber es passte hervorragend, leicht süßlich und rauchig, und bildete einen harmonischen Rahmen für die fast schon obszöne Süße der Erdbeeren. Wenigstens eine weitere kulinarische Köstlichkeit, neben den wirklich guten *köttbullar* von Pfarrersfrau Elsa Pettersson, konnte ich also mitnehmen.

Beschwingt füllte ich nach. Mann, die Bowle haute rein! Und die schmeckte! Den anderen schien es ähnlich zu gehen. Die Menschen lachten und schnatterten, dass es eine Freude war, ihnen dabei zuzusehen. All der Ärger schien wie fortgeblasen, und Rainer sah ebenfalls extrem zufrieden aus.

»Alles klar?«, fragte ich ihn.

»Na logo, Torsten. Alles ist total klar. Katalysatorisches Kommunikationsmedium eben, ne.«

»Ist klar«, sagte ich und trank meine Tasse aus.

»So«, rief Ragnar Hedlund plötzlich unangemessen laut und sprang von seinem Stuhl auf. »Jetzt noch für alle eine kleine Überraschung von Hedlunds Supermarkt.« Damit spurtete er wieselflink in die Küche und kam mit einem monströsen Rotkäppchenkorb unter dem Arm wieder zurück. Darin befanden sich unzählige Konservendosen, die mit einem roten Schleifchen versehen waren. Ich konnte die Aufschrift nicht lesen, jedoch nährten die druckgewölbten Deckel der Behältnisse einen Verdacht, der durch Ragnar sofort bestätigt wurde. Der nämlich lief jetzt von Tisch zu Tisch und von Stuhl zu Stuhl und stellte jedem eine Dose vor die Nase. »*Surströmming!*«, rief er, »für meine treuen Kunden nur das Beste!«

Dann kam er auch schon zu uns. »Da Freunde. Nehmt unsere leckere Spezialität.«

Ich sah auf. Irgendwie wirkten Ragnars Bewegungen fahrig. Seine Augen waren puterrot und ihm stand der Schweiß auf der Stirn. Mir allerdings ging es auch seltsam. Irgendwie fühlte ich mich extrem leicht und doch stark. Ein wahnwitziger Zustand. Grundlos lachte ich.

»Was ist so lustig?«, fragte Ragnar.

»Du«, gab ich zurück. Hatte ich das eben wirklich gesagt?

Rainer kicherte.

Mein Vater grinste.

»Was ist denn so lustig an mir?«

Täuschten mich meine Sinne oder schwang da tatsächlich ein wenig Groll in Ragnars Stimme mit? Er stand da und wankte.

»Was an dir lustig ist?«, wiederholte mein Vater. »Na dann schau doch mal in den Spiegel!« Damit drückte er sich wieder mit dem Zeigefinger die Nase platt und machte schnaubende Geräusche.

Ich lachte herzhaft, und mein Vater stieß mir jovial den Ellenbogen in die Seite.

Ragnar knallte den Korb mit den restlichen Fischdosen auf den Tisch. »Willst du Ärger?«

Pfarrer Pettersson sprang auf. Sein Gesicht war gerötet, die Haare schweißnass. »Brüder und Schwestern«, betete er, »so lasst uns nicht streiten an diesem Tage, der dem Herrn ja irgendwie auch geweiht ist.«

»Setz dich!«, fuhr ihn überraschenderweise Elsa an und exte ihre Erdbeerbowle in einem Zug ab. Pettersson hingegen schien derlei Anweisungen gewohnt zu sein und sank auf seinen Stuhl zurück.

»Genau!«, sagte Rainer und kicherte wieder. Ich erschrak.

Seine Augen waren noch weiter hervorgetreten als sonst, und ich befürchtete, sie würden gleich an die Rückseite seiner Flaschenbodengläser stoßen.

»Wer will Ärger?«, fragte jetzt mein Vater in großer Erregtheit und sprang seinerseits vom Stuhl auf.

»Krass!«, sagte Rainer. »Oberstkrass!«

»Na du! Du bettelst doch geradezu darum«, pöbelte Ragnar weiter.

»Mit wem?«, fragte mein Vater.

»Na mit mir!«, antwortete Ragnar.

»Und ich szchlage jeden szu Matszch, der esz will«, sagte Ole-Einar, der mit seiner Motorrad-Rasselbande ebenfalls zu unserem Tisch gekommen war.

Alle im Raum standen inzwischen um uns herum. Sollte mich das beeindrucken? Ich wusste es nicht. Ich beschloss, mich zu gut zu fühlen, um Angst zu haben.

Ein Krachen und Poltern zerriss die angespannte Stille.

»Wasz war dasz?«, wollte Ole-Einar wissen.

»Besztimmt nur ein Sziegel«, sagte ich und bog mich vor Lachen.

Ole-Einar stürzte sich förmlich auf mich, packte mich mit einer Hand am Kragen und holte mit der anderen weit aus.

Ich fühlte mich seltsamerweise noch immer überhaupt nicht ängstlich. Ich fragte mit ur-männlicher Eiseskälte: »Weiß dein Vater eigentlich, dass du mit Bengt Larssons Tochter Lina herummachst?«

Ole-Einars dynamische Bewegung gefror.

»Was?«, fragte Ragnar.

»Was?«, fragte Bengt.

»Worum geht's? Was Krasses?«, fragte Rainer, der nichts verstanden hatte.

Ich hatte meinen Benzinkanister des zwischenmenschlichen Feuerwerks eben erst aufgeschraubt und beschloss, damit nicht zu geizen. Ich fühlte mich so überlegen, so angstfrei und so wunderbar wie schon lange nicht mehr. Zuletzt vielleicht als vogelfreier Student lange vor Tanja. In Dankbarkeit schickte ich einen stummen Gruß an die Therapie des Dr. Ferdinand von Spickaert oder wie der in Wirklichkeit hieß, der ich mein scheinbar unendliches Selbstvertrauen zuschrieb.

»Ach komm, Ragnar. Tu nicht so. Du fummelst doch auch heimlich herum. Mit Bengts Frau Mona.«

Gluck-gluck-gluck. Ach, wie schön das brannte.

»Was?«, schrie Bengt.

»Was?«, keifte Ragnars Frau.

»Yo«, sagte Rainer und lehnte sich zufrieden zurück. »Ist was Oberstkrasses, ne?«

»Ihr seid doch ein Haufen Inzucht, ihr alle«, brüllte mein Vater. »Und du, du mieser Tankstellendieb, du bist doch der größte Schürzenjäger von allen. Mit dir habe ich sowieso noch eine Rechnung offen!«

Damit griff sich mein Vater eine Dose *surströmming* und warf sie Ragnar an den Kopf.

»Krass!«, kommentierte Rainer.

Es dauerte eine oder zwei Sekunden, oder kam es mir nur so lange vor? Dann brach ein einziger Tumult aus. Ragnar sprang meinen Vater an. An Ragnar machte sich Bengt zu schaffen, unterstützt von Ragnars Frau, Ole-Einar versuchte wieder, mich zu packen, erhielt aber, quasi noch im Sprung, bereits eine schallende Ohrfeige von mir und wurde dann von einem anderen umgerissen, der sich anschließend mit ihm auf dem Boden rollte. Wenn auch lächerlich, nach Spaß sah das trotzdem nicht aus. Mona, die Frau von Bengt, bewarf Ragnars Frau mit Tassen, traf dabei ihren eigenen Mann und schien es nicht zu bedauern.

Pfarrer Pettersson war indes wieder aufgesprungen und ein paar Schritte zurückgetreten. Er machte das, was er berufsmäßig am besten konnte: Er betete lauthals und flehte um Frieden. Elsa, seine Frau, beschimpfte ihn hingegen verächtlich als Feigling und schlug mit ihrer Elchlederhandtasche wild drauflos, Hauptsache, sie traf irgendwen. Von diesem Handgemenge angesteckt, prügelte nach kurzer Zeit jeder herum. Ich bekam den einen oder anderen Schlag ab, aber es störte mich nicht im Geringsten. Ich fühlte mich sicher und absolut unverwundbar. Rainer kicherte unentwegt und fiel irgendwann vom Stuhl, weil ihn jemand im Schlagabtausch mit einem anderen weggestoßen hatte.

Gläser klirrten, der Sturm tobte, ein losgerissener Ast krachte ins Fenster, Teller gingen zu Bruch, der Wind fuhr wie der Atem Satans mit Urgewalt durch die zerborstene Scheibe ins Haus, brachte Regen und Dreck mit sich, Stühle kippten um, *surströmming*-Dosen und Fäuste flogen umher, Bilder lösten sich von den Wänden, es wurde mit zu Peitschen umfunktionierten bowledurchnässten Tischdecken aufeinander eingedroschen, die Frauen kreischten, die Männer brüllten. Kurzum: Es war ein total gelungenes *Midsommar*-Fest.

Ich amüsierte mich prächtig, auch wenn ich mir den Quell dieser ungehemmten Aggression und meiner gleichzeitigen Lebensfreude nicht so recht erklären konnte.

Als jemand Ole-Einar vor mir zwischen die Teller und Tassen warf, beschloss ich, einen Schritt zurückzutreten, um eine bessere Aussicht auf das Geschehen zu haben. Rainer kam unter dem Tisch hervorgekrabbelt und suchte sich seinen Weg zwischen stürzenden Menschen und unzähligen Beinen.

»Krasskrasskrasskrasskrasskrass«, murmelte er ohne Unterlass, bis er bei mir angelangt war und ich ihm auf die Beine half.

Ich genoss das bunte Treiben und grinste, dass mir die Backen schmerzten. Was war bloß los mit mir? Mit allen hier?

Plötzlich jedoch verging selbst mir das Grinsen.

Ragnar nämlich stellte sich auf einen Tisch mitten im Raum und brüllte aus Leibeskräften: »Schluss damit! Hört auf! Merkt ihr denn nicht, was hier gespielt wird?«

Es flogen noch ein paar Teller, dann wurde es still.

Draußen toste der Sturm.

Ragnar strahlte etwas Teuflisches aus, wie er da stand, erhöht über allen, ja selbst höher als der Diener Gottes, Pettersson. Dass ihm ein Haarbüschel fehlte und er mit Heringsresten und Sahne beschmiert war, tat diesem Eindruck keinen Abbruch. Als er sich der Zuhörerschaft aller Versammelten zu seinen Füßen sicher sein konnte, schrie er: »Warum kämpfen wir gegeneinander, wenn doch die Schuldigen hier unter uns sind?« Zu meinem Schrecken deutete er dabei auf meinen Vater, Renate, Rainer und mich.

Beipflichtendes Gemurmel erhob sich, und ich musste an das Vorspiel einer Hexenverbrennung im Mittelalter denken, das wahrscheinlich genauso ausgesehen hatte. Die Leichtigkeit, mit der ich noch bis vor wenigen Augenblicken erfüllt gewesen war, hatte sich verabschiedet und war einem Gefühl des Ausgeliefertseins gewichen.

»Sie sind es, die Fremden, die Zwietracht unter uns säen!«

Die Zustimmung wurde stärker.

»Super, ne«, sagte Rainer. »Die kommen sich alle näher. Das ist das katalysatorische Kommunikationsmedium.«

Ich hatte keine Lust, ihm die Wahrheit zu sagen.

»Aber«, wetterte Ragnar weiter, »es ist vor allem das Geheimnis, das sie ergründen wollen, das Geheimnis dieses Norwegers, der sich bei uns eingeschlichen hat.«

Jetzt schwoll das Gemurmel zu einem einzigen beipflichtenden Ton an.

»Wir alle wissen es. Wir kennen Bjørns Geheimnis. Wir sind unter uns. Wer soll uns daran hindern, uns das zu holen, was uns zusteht? Es sind die Goldplatten! Genug für uns alle. Lasst uns zusammenstehen und sie endlich holen. Jetzt!«

Die Menge jubelte frenetisch, und ehe ich michs versah, stürmte Ragnar an mir und Rainer vorbei, und nach und nach folgten ihm alle im Raum. Die Tür des Versammlungshauses schlug auf, der Wind drückte mit Macht herein, zerrte die letzten verbliebenen Tischdecken zu Boden und riss an den Vorhängen. Draußen sprangen die ersten Volvo-Motoren an, Türen fielen zu, Gejohle drang an mein Ohr. Im Matsch drehten Reifen durch, dann entfernten sich die Autos, bis der Sturm sie verschluckt hatte.

Renate, die ganz entgegen ihrer normalen Art überhaupt nicht erschrocken schien und übers ganze Gesicht strahlte, als würde sie sich an einem besseren Ort befinden, und mein Vater, der einige Blessuren davongetragen hatte, kamen zu mir und Rainer herüber.

»Was für Goldplatten?«, fragte mein Vater.

»Sie glauben, Bjørn wäre im Besitz eines eingeschmolzenen Wikingerschatzes aus Norwegen.«

»Die haben doch alle einen Knall!«

»Aber warum waren die plötzlich so aufgedreht?«, fragte ich in die Runde.

»Keine Ahnung«, sagte mein Vater und zuckte die Achseln. »Ich habe das Gefühl, das fing alles mit der Bowle an.«

»Kosmische Karmabowle«, träumte Renate halblaut und verdrehte die Augen, während sie sanfte Tanzbewegungen vollführte.

»Von einer Erdbeerbowle dreht man aber normalerweise nicht so durch«, bemerkte ich. »Ich habe nur zwei

Tassen getrunken und muss sagen, dass ich mich schon ziemlich gelockert fühle.«

»Stimmt«, pflichtete mein Vater mir bei. »Ich auch. Ziemlich sogar.«

»Na ja«, begann Rainer, »es kommt auf die Zutaten an.«

»Wie bitte? Was soll das heißen?«, fuhr ich auf.

Rainer senkte beschämt den Blick. »Ich wollte etwas für die Gruppe tun, ne. Also daher auch der Gedanke mit dem katalysatorischen Kommunikationsmedium.«

»Was redet dieser kranke Typ denn da überhaupt?«, erkundigte sich mein Vater.

»Er hat etwas in die Bowle getan«, mutmaßte ich. »Deswegen warst du vorhin auch verschwunden, nicht wahr?«

Rainer nickte leise. »Aber ich habe es nur gut gemeint, ne. Das war alles so aggro hier, da dachte ich, ein gruppentherapeutischer *peacemaker* müsste her. Habe ich aus Årjäng mitgebracht.«

»Was war es?«

»*Magic mushrooms.*«

Die Krümel in der Bowle, die seltsamen Pflanzenfitzelchen … Na klar!

»Mann, Rainer, du bist echt ein Patient!«, rief ich.

»Das unterschreibe ich«, stimmte mein Vater mir zu.

»Karma, o Karma«, trällerte Renate und drehte sich einige Male um sich selbst. Sie hatte anscheinend einige Tassen Pilzbowle mehr zu sich genommen oder die lustig machenden Fitzel schlechter vertragen.

»Und jetzt?« Mein Vater sah mich fragend an.

»Wir müssen hoch zum Storegården. Rasch!«, fiel es mir siedend heiß ein. »Gold werden diese Verrückten nicht finden, aber wer weiß, was sie mit meinem Hof und mit Bjørn anstellen, um es aus ihm herauszupressen!«

»Da kennst du Bjørn aber schlecht. Ich würde mir eher um diejenigen Gedanken machen, die das versuchen«, bemerkte mein Vater wenig gerührt.

»Ich kenne ihn gut genug«, sagte ich und dachte an den letzten Schusswaffenvorfall, »aber meinen eigenen Vater anscheinend überhaupt nicht. Du schuldest mir eine Erklärung.«

»Später vielleicht«, entgegnete er und war schon mit der jubilierenden Renate auf dem Weg zum Auto.

»Total krass!«, sagte Rainer.

»Oberstkrass«, sagte ich und lief meinem Vater hinterher, hinein in den Sturm.

TJUGOTRE

Es dauerte zwar einen kurzen Moment, bis ich meinen Vater davon überzeugt hatte, sich in einen mit signalroten Beschimpfungen und Genitalien besprühten VW-Bus zu setzen, aber sein Benz war dermaßen voll mit Gepäck, dass er es schließlich einsah und widerwillig im Fond Platz nahm. Renate war das alles sowieso vollkommen wurst. Mittlerweile summte sie das Biene-Maja-Lied und vollführte Schläge mit imaginären Flügeln. »Kommt in meine Wabe«, rief sie voller Verzückung und flatterte durch Lasses Seitentür hinein.

»Was hast du da bloß angerichtet, du Drogen-Heini?«, fragte mein Vater und schlug dem verdutzten Rainer mit der flachen Hand auf den Hinterkopf, dass die Brille verrutschte. »Renate war vorher schon seltsam, aber jetzt … wehe, das bleibt so!« Mich fuhr er an: »Und du? Warum kannst du nicht in ein Auto steigen wie jeder normale Mensch, sondern musst wie ein Depp durch die Beifahrertür rein?«

»Kennst du einen Herrn Özgür und seinen Kumpel Yilmaz?«, kam meine Gegenfrage.

»Du hast doch einen Knall! Fahr lieber zu, los, mach!«

Das tat ich und trat aufs Gas, und ich wäre gerne schneller gefahren, aber es war partout nicht möglich. Der Sturm hatte eine solche Gewalt entwickelt, dass Lasse nur so hin und her gerissen wurde. Der ganze Bus wa-

220

ckelte, und der Wind fauchte wie ein böses Tier. Dachziegel, ja ganze Blechdächer sausten durch die Luft, begleitet von allerlei Krimskrams wie Ästen, Laub und losgerissenem Unrat. Der Regen ergoss sich wie aus Kübeln aus einem mittlerweile nachtschwarzen Himmel auf die überschwemmten und durchgeweichten Wege; Blitze zuckten, Donner grollte.

So stellte ich mir den *Doomsday* vor, das Jüngste Gericht. Wäre ich einer der vier Reiter der Apokalypse, ich hätte mir definitiv diesen Tag für mein theatralisches Auftreten vorbehalten. Besser ging nicht.

Ich beeilte mich, aber Lasse schwamm mehr, als dass er fuhr, und das Wasser aus den tümpelartigen Pfützen spritzte meterhoch an seinen Seiten empor. Endlich kam der Storegården in Sicht. Davor stand ein gutes Dutzend Autos; Volvos und ein großer Truck. Bei einigen brannten die Scheinwerfer, die dünne Lichtkegel in den Hof und auf das geöffnete Tor warfen. Nur Menschen waren keine zu sehen.

»Wo sind die alle?«, fragte ich in die Runde und brachte Lasse zum Stehen.

»Weiß ich doch nicht«, sagte mein Vater.

»An einem Ort, wo Blumen blühen«, sagte Renate.

»Schöner Gedanke, ne«, sagte Rainer, und mein Vater schlug ihm dafür erneut mit der flachen Hand auf den Hinterkopf. Er begann, ihn zu mögen.

Wir stiegen aus und liefen zum Eingang des Hofes.

Dort sahen wir die ersten Gödseltorper. Sie hatten sich in geduckter Haltung dicht an die Scheunenwand gedrückt und starrten gebannt zum Haus hinüber. Ein paar hatten sich bereits weiter vorgewagt und kauerten hinter Steinmauern oder einer der umgestürzten Linden, die gestern noch die Einfahrt gesäumt hatten. Schaudernd fragte ich mich, was der Sturm noch alles mit sich reißen würde.

Allerdings verstand ich nicht, wovor sich die Leute versteckten.

Es knallte.

Donner?

Etwas schlug schnell und wuchtig gegen einen Stein ganz in unserer Nähe, prallte ab und machte ein pfeifendes Westerngeräusch.

Verdammte Axt! Nix Donner. Wir wurden beschossen!

»Krass!«, sagte Rainer, und ich: »Los, alle runter! Bjørn, dieser Irre, hat das Feuer eröffnet!«

»Feuer ist Wärme und Leben«, trällerte Renate mit lustvoll verdrehten Augen und konnte von meinem fluchenden Vater nur unter Mühen auf den Boden und hinter einen Baum gezerrt werden.

»Wir müssen Hilfe holen«, stellte ich verzweifelt fest.

»Und wen?«, erkundigte sich mein Vater.

»Hast du dein Handy dabei?«

Er suchte einen Moment in seiner Jackentasche, dann reichte er es mir. Ich wählte Åsas Mobilnummer.

Zwei weitere Schüsse fielen. Ein Projektil bohrte sich in den Baum, hinter dem wir hockten.

Es tutete verzerrt und abgehackt. Viermal.

Dann hob Åsa ab.

»Norrland?«

»Åsa, ich bin es, Torsten. Du musst uns helfen! Die Leute in Gödseltorp sind wahnsinnig. Sie wollen meinen Hof stürmen, und Bjørn Hakansen beschießt sie mit seinem Karabiner. Schick das SEK oder das Militär oder am besten beide hierher. Hörst du?«

»Torsten? Ich …« Brztprttzp – Ende.

»Was sagt sie?«, wollte mein Vater wissen.

»Die Verbindung ist abgebrochen.«

»Hätte ich dir gleich sagen können.«

Ich warf ihm ungehalten und kommentarlos das Mobiltelefon zu. Er fing es auf, Renate nutzte die Gunst der Stunde, riss sich los und flatterte dem Mündungsfeuer entgegen.

Sie war wieselflink. Die magischen Pilze mussten ihr übermenschliche Kräfte verliehen haben. Dabei sang sie lauthals: »Wo sind all die Blumen hin, wo sind sie geblieben?«, und summte zwischen den kauernden Menschen und natürlichen Hindernissen. Sie überflog die umgestürzte Linde mittels eines federleichten Sprungs und steuerte in leichtem Zickzack auf den Hauseingang zu, wo Bjørn sich verbarrikadiert haben musste.

»Mein Gott, er wird sie niedermachen!«, rief ich aus, doch entgegen meiner Erwartung fielen keine Schüsse mehr, sondern es erschallten wütende Rufe durch das Unwetter.

Was war da los?

Vorsichtig erhoben wir uns und sahen, dass mehrere Gestalten den Hauseingang gestürmt hatten und ins Innere drängten.

»Sie haben Bjørn überwältigt«, stellte mein Vater nüchtern fest, und wir beeilten uns, ebenfalls ins Haus zu kommen.

Wir befürchteten das Schlimmste.

Als wir ins Wohnzimmer kamen, sahen wir uns bestätigt. Die Gödseltorper, allen voran Ragnar Hedlund, redeten wild durcheinander und standen im Kreis um Bjørn herum, den man auf einen Stuhl in der Mitte des

Raumes gesetzt hatte. Er hatte trotzig die Arme verschränkt und schwieg beharrlich.

Ich schaute mich um. Noch immer von der magischen Pilzbowle berauscht, hatten es sich einige bereits auf dem Boden bequem gemacht und dösten vor sich hin. Auch Elsa Pettersson. Der Griff ihrer Elchlederhandtasche war abgerissen, aber sie hielt sie sanft im Arm wie ein Neugeborenes, wiegte sie und lächelte mit geschlossenen Augen. Pfarrer Pettersson konnte ich allerdings nirgendwo ausmachen.

»Los, rede schon!«, brüllte Ragnar. »Wo sind die Platten? Du verbohrter alter Norweger!«

»Besser als ein Schwede mit platter Nase«, entgegnete Bjørn ungerührt.

»Mein Vater hat disz wasz gefragt, du freszer Hund!«, drängte sich nun Ole-Einar nach vorne und rüttelte an Bjørns Stuhl.

»Ich habe euch bereits zehnmal gesagt, dass es diese Platten nicht gibt. Es gab sie nie! Ich habe kein Gold.«

»Lügner!«, rief Ragnar.

»Ja, Lügner!«, riefen nun die anderen.

»Du willst es uns also noch immer nicht sagen?«, tobte Ragnar. »Dann müssen wir zu anderen Mitteln greifen. Fessle ihn, Ole-Einar!«

»Womit denn?«

Ragnar sah sich suchend um, da fiel sein Blick auf mich. »Du! Los gib uns deinen Pulli!«

Ich deutete verstört und ungläubig mit dem Finger auf mich selbst. »Meint ihr mich? Meinen Norwegerpulli?«

»Ja, genau, dich meine ich«, bestätigte Ragnar, und Ole-Einar war auch schon auf dem Weg zu mir. Ich sah mich einer erwartungsvollen und höchst aggressiven Menschenmenge gegenüber und beschloss, ihrem Verlangen nachzukommen. Also zog ich widerwillig meinen Strickpulli aus und überreichte ihn Ole-Einar, der ihn grinsend entgegennahm. Fast zeitgleich kam Ragnar aus der Küche zurück, in der Hand ein Fleischermesser. Damit trennte er zu meiner Erleichterung lediglich die Ärmel ab und schnitt einige Wollstreifen aus meinem Pulli heraus. Vier Leute mussten Bjørn bändigen, bis Ole-Einar ihm Arme und Füße an Stuhllehne und -beine gebunden hatte.

»Einen Norweger mit einem Norwegerpulli fesszeln, dasz iszt lusztig«, freute sich Ole-Einar. Ich schätzte, dass es das erste halbwegs gelungene Wortspiel seines Lebens war. Lachen konnte ich trotzdem nicht.

Bjørn war stinksauer.

»Ragnar, du mieser Schweinepriester. Das wird dir auch nicht weiterhelfen. Du kannst mich fesseln, soviel du willst, und mich sogar in den Gödselsjö werfen, du wirst nicht erfahren, wo das Gold ist, denn ich habe keins. Will das nicht in deinen hässlichen Schädel?«

Ragnar lächelte diabolisch.

»In den Gödselsjö werfen? Ja, genau das habe ich vor, allerdings noch nicht gleich dich, sondern erst einmal deinen Scheißpanzer, den du da in der Scheune versteckst!«

Bjørn war blass geworden. »Woher weißt du ...?«

»Ich weiß alles!«, sagte Ragnar großspurig. »Und du wirst uns verraten, wo das Gold ist, oder blubb-blubb-blubb in den Gödselsjö, verstehst du?«

»Lass den Panzer in Ruhe. Er ist alles, was ich noch habe«, verlegte sich Bjørn aufs Flehen, doch es half nichts.

»Ha, auf einmal bekommst du weiche Knie, was? Du hast Zeit bis morgen früh. Dann werde ich dich noch ein einziges Mal fragen, und willst du es uns dann immer noch nicht sagen, dann: blubb-blubb-blubb.«

»Blubb-blubb-blubb«, sagte Ole-Einar.

»Blubb-blubb-blubb, ne«, sagte Rainer, weil er endlich etwas zu verstehen geglaubt hatte.

Mein Vater schlug ihm mit der flachen Hand auf den Hinterkopf.

»Und was machen wir mit denen?«, fragte nun Nils Nilsson, der sich bis jetzt im Hintergrund gehalten hatte, und gähnte ungeniert. Dabei zeigte er auf uns.

»Gerd, diesen Drecksack, könnt ihr mit seiner be-kloppten Freundin zusammenbinden, die hier ständig herumläuft und singt. Setzt sie in die Küche. Und unse-ren lieben neuen Nachbarn«, dabei grinste Ragnar un-verschämt zu mir herüber, »den sperrt mit dem Trottel mit der dicken Brille da ins Gästehaus. Du kannst sie mit deinen Freunden bewachen, Ole-Einar. Und morgen früh, da werden wir erfahren, was wir wissen wollen, und wenn nicht, dann blubb-blubb-blubb, versteht ihr. Zuerst den Panzer, und dann sehen wir weiter, was noch alles untergehen kann und nie wieder gefunden wird im Gödselsjö.«

»Blubb-blubb-blubb«, sagte Ole-Einar.

Rainer schwieg.

Ich hatte überhaupt kein gutes Gefühl bei der Sache, und ich hoffte inständig, dass Åsa meinen Hilferuf ver-standen hatte; sie war die Einzige, die uns noch retten konnte, ansonsten würde das hier ein böses Ende neh-men.

TJUGOFYRA

Man hatte Rainer und mich in die *gäststuga* gesperrt, und wir schliefen wie die Murmeltiere. Noch im Wegnicken hatte Rainer mir meinen Verdacht bestätigt, nämlich, dass diese fröhlichen Pilze zuerst äußerst anregend seien, wie er sich ausdrückte, und dann doch eher müde machten. Kurz darauf schnarchte er auch schon.

Allerdings nur bis zum Morgengrauen.

Erschrocken fuhren wir aus dem Schlaf. Ein Erdbeben erschütterte die Welt, ein infernalisches Getöse war zu hören, das Grölen eines großvolumigen, kräftigen Motors, ein fieses Quietschen, wie von Hunderten ungeölter Scharniere und dann das Bersten und Splittern von Holz. Übertönt wurde das Ganze nur noch von Angst- und Schreckensschreien aus vielen Kehlen.

Ich taumelte schlaftrunken zur Tür. Mir drehte sich alles. Scheiß *magic mushrooms*! Ich rüttelte an der Klinke. Zu. Mist! Klar, die hatten uns ja eingesperrt. Ich sprang zum Fenster und stieß dabei Rainer beinahe um, der auch noch nicht wirklich wach und mir einfach nachgetrottet war. Der Anblick, der sich uns durch die beschlagenen Scheiben bot, war zum Fürchten. Bjørns Halbkettenfahrzeug stand mit bedrohlich blubberndem Motor mitten im Hof, dichte Abgaswolken erhoben sich, dahinter ein aufgebrochenes Scheunentor, dessen zerfledderte Reste nur noch halbherzig an den Aufhängungen baumelten. Was diesen Anblick noch bizarrer machte, war der Mann, dessen Kopf nun aus der Luke des Pionieraufsatzes erschien: mein Vater. Natürlich.

»Ragnaaaaar!«, brüllte er und lud das Maschinengewehr durch. »Komm raus und stell dich wie ein Mann, du feiger Hund!«

Ich sah, wie unsere nächtlichen Bewacher – *MC Satans Oväsen*, und zwar vollzählig – panisch das Weite suchten.

Dann rief mein Vater zum Gästehaus herüber: »Torsten? Bist du da drin?«

»Japapa«, die Stimme versagte mir; sie überschlug sich vor Aufregung. Lauter und bemüht deutlicher wiederholte ich: »Ja, ich bin hier!«

»Prima!«, kam es zurück. »Geh mal von der Tür weg!«

»Okay, ich bin …«

Schon ratterte das Maschinengewehr los, und neben uns im Eingangsbereich vernahm ich in ohrenbetäubender Lautstärke die Einschläge der Kugeln und das Bersten von Holz.

»Ich hole dich später. Jetzt muss ich erst einmal eine alte Rechnung begleichen. Tschüss!«

Der Kopf meines Vaters verschwand wieder, und kurz darauf legte jemand den Rückwärtsgang ein, rammte dabei die Scheunenwand und donnerte mit dem mittleren Schützenpanzerwagen der deutschen Wehrmacht, Typ 251/7, aufs Hoftor zu, um es wenige Sekunden später krachend zu durchbrechen und einige der davor parkenden Volvos zu einem unförmigen Blechhaufen zusammenzuschieben.

Dann gab der Pilot ordentlich Kette und röhrte unter aufspritzendem Schlamm und Wasserfontänen den Weg nach Gödseltorp hinunter.

»Das ist ja mal absolut megakrass«, stotterte Rainer. Sein Gesicht hatte die Farbe von Erbrochenem. Meines vermutlich auch.

Megakrass. Besser hätte ich es auch nicht formulieren können. Ich zitterte am ganzen Leib. Der Fahrer des Fastpanzers konnte nur Bjørn gewesen sein; mein Vater wusste viel und hatte immer recht, aber er war bei der Marine gewesen. Von Kettenfahrzeugen verstand er nicht viel. Aber wie hatten die beiden sich befreien können, und was war mit Renate?

Mir wurde angst und bange. Mit diesem Kriegsgerät konnten die beiden Rentner eine totale Verwüstung anrichten, so entfesselt, wie sie waren.

Draußen kam unterdessen Bewegung in die Szenerie. Ich sah Ragnar, Bengt, Nils und einige andere Männer und Frauen, gefolgt von Ole-Einar und den Members von MC Höllenlärm, wie sie aus ihren Verstecken hervorkamen und teils ohne Schuhe und liederlich bekleidet zu den Autos rannten. Sie wussten wohl, was ihnen drohte. Hektisch versuchten sie, in ihre Volvos einzusteigen, doch die meisten Wagen waren ineinander verkeilt und konnten erst gar nicht betreten werden, und Ragnars Truck war nur noch ein Haufen Schrott. Schließlich gelang es den Gödseltorpern doch, sich in vier weniger beschädigte Kombis zu quetschen und teils mit abgerissener Heckklappe und zersplitterten Scheiben dem Panzerwagen hinterherzufahren.

Jetzt erst bemerkte ich, dass der Sturm sich gelegt hatte.

Es regnete nicht mehr.

Der Himmel war trist und grau.

Es war plötzlich still.

»Ich wollte doch bloß einen Midlife-Crisis-Männer-bildungsroman schreiben«, sagte ich verzweifelt und hätte vor Selbstmitleid bestimmt gleich angefangen zu schluchzen, wäre mir Rainer nicht dazwischengekommen.

»Schreib doch was anderes, ne«, riet er mir ungerührt und rückte sich die Rastafarimütze zurecht. »Midlife-Crisis ist eh überbewertet.«

Ich wollte ihm schon nach der Art meines Vaters auf den Hinterkopf hauen, da überkam mich die Erkenntnis. Und ein unglaublicher Einfall.

»Du bist genial! Wir müssen hinterher!«, befahl ich. »Los, rasch!«

»Ist das nicht 'n bisschen krass?«, wandte Rainer ein.

»Klar ist das krass«, sagte ich, »aber ich darf das Ende meiner Geschichte nicht verpassen. Verstehst du?«

»Nö«, sagte Rainer.

»Egal, komm schon.«

»Okay, ne.«

Wir rannten zu Lasse, den Bjørn unversehrt gelassen hatte – ob aus Freundlichkeit oder Versehen, wusste ich nicht zu sagen –, und fuhren los. Mit durchdrehenden Reifen, hinein ins Ungewisse.

Wir hatten Gödseltorp kaum erreicht, da erkannten wir schon von Weitem, dass sich hier etwas Grauenhaftes abspielen musste. Nicht etwa, dass Rauch aufstieg oder Häuser und Autos in Flammen standen, nein, ganz im Gegenteil. Es war totenstill, als ich Lasses Fenster heruntersummen ließ. Nichts und niemand war zu sehen. Es schien, als halte die ganze Welt – inklusive des Wetters und aller Tiere – den Atem an und verharre in geduckter Haltung, einen gewaltigen Donnerschlag erwartend.

»Wo sind 'n die alle?«, fragte Rainer und sah sich um.

»Ich habe absolut keine Ahnung«, gab ich achsel-zuckend zurück. »Lass uns zu Ragnars Tankstelle wei-terfahren. Irgendwo müssen die ja stecken, und so ein Halbkettenfahrzeug mit dem Gewicht einer Rentierher-de kann sich ja nicht einfach in Luft auflösen.« Mein Bauchgefühl ließ Böses erahnen.

»Genau!«, sagte Rainer bloß.

Ich tuckerte mit Lasse etwas schneller als im Standgas weiter durch die leere Straße Gödseltorps am Gödsel-sjö entlang. Bald darauf tauchte Ragnar Hedlunds Tank-stellen-Megastore mit angeschlossenem Café auf. Mein Bauch hatte recht gehabt.

Uns bot sich ein kurioses Bild, das an die Kulisse ei-nes experimentellen Kleinstadttheaters erinnerte: rechts Ragnars Immobilien, direkt davor die zum Stillstand ge-kommene Karawane komplett zerbeulter Volvos, deren Besitzer sich mit verschränkten Armen davor aufgestellt hatten, und dann, nur etwa dreißig Meter entfernt, genau gegenüber und den Gödselsjö im Rücken, das gepanzerte und maschinengewehrbewehrte Halbkettenfahrzeug der deutschen Wehrmacht mit laufendem Motor.

Ich fuhr bis auf einen Steinwurf heran und stoppte. Die Gödseltorper Köpfe sahen sich nach Lasse um, wandten sich aber schnell wieder dem weitaus bedrohlicheren Ge-fährt zu, das mit tiefem Blubbern dunkle Wolken aus-atmete.

Blubber-blubber-blupp. Es war, als schliefe der Panzer.

Alle waren da. Ragnar, Ole-Einar und seine Bande, Sten, Nils, Bengt mit ihren Frauen sowie die anderen teils nur halb bekleideten Einwohner. Sogar Pfarrer Petters-son konnte ich ausmachen, der sich etwas abseits hielt und einen ratlosen Eindruck machte. Unstet sprang sein Blick zwischen dem Halbkettenfahrzeug und der außerplanmäßigen Gemeindeversammlung hin und her.

Ich bedeutete Rainer auszusteigen und krabbelte hinterher. Im Schutze von Lasses bemalter Karosserie lugten wir um die Ecke. Die Nerven aller Anwesenden waren zum Zerreißen gespannt, ich konnte es fühlen.

Schließlich schien es Ragnar nicht mehr auszuhalten, er trat todesmutig vor seine Mitbürger und rief: »He, Gerd! He, Bjørn! Was wollt ihr? Habt ihr vor, uns alle umzubringen? Kommt raus und stellt euch. Ihr habt genug Unheil angerichtet. Bjørn, dieser Sturkopf, soll uns einfach sagen, wo das Gold ist, und dann könnt ihr meinetwegen wegfahren. Niemandem wird etwas geschehen, und alle sind zufrieden.«

Blubber-blubber-blupp.

Sonst nichts.

»Wir haben nicht ewig Geduld, ihr Idioten! Wie lange wollt ihr da herumstehen? Irgendwann ist euer Sprit aus und dann? Was macht ihr dann?«

Unvermittelt kam Bewegung in das schlummernde Monstrum. Der Motor blubberte lauter, die Räder wurden eingeschlagen, Ketten quietschten, bewegten sich langsam, bedächtig, wie in Trance. Glied für Glied. Bjørn stieß vor und zurück, vor und zurück, richtete das Fahrzeug aus. Wie ein grimmer Finger aus schlecht gelauntem Stahl deutete das Maschinengewehr plötzlich genau auf Ragnar.

Der zeigte sich nicht unbeeindruckt und wich einige Schritte zurück. Wieder erschien der Kopf meines Vaters in der Fahrzeugöffnung. Unter normalen Umständen hätte ich laut aufgelacht, denn er hatte sich eine alte

Panzerfahrerlederhaube aufs Haupt gezwängt, eine mit integrierten Ohrenschützern. Sicher ein weiteres Beutestück aus Bjørns Fundus.

»Ragnar! Du mieser Dieb! Alle seid ihr Diebe! Du hast mir vor über dreißig Jahren meine Tankstelle genommen und dich dann auch noch an meine Frau herangemacht, alle habt ihr mitgeholfen dabei, und jetzt werdet ihr dafür bezahlen. Der Tag der Abrechnung ist gekommen. Gottes Mühlen mahlen langsam, aber unendlich fein, nicht wahr, Pettersson?«, wandte sich mein Vater nun an den Dorfpfarrer. »Sie können gehen, Sie haben damit nichts zu schaffen. Das war vor Ihrer Zeit. Aber die anderen werden mich jetzt kennenlernen.«

»Papa!«, schrie ich verzweifelt. »Das kannst du doch nicht machen.«

»Genau!«, pflichtete Rainer mir kreidebleich bei.

»Halt die Klappe, Torsten!«, kam es zurück. »Du hast keine Ahnung, was ich alles machen kann!« Damit griff mein Vater mit beiden Händen an das schwere Maschinengewehr.

Wieder musste ich ihm recht geben. Ich hätte nicht einmal die Hälfte von dem geglaubt, was mein Vater bis jetzt schon angerichtet hatte, wäre ich nicht selbst dabei gewesen.

»Du bist wahnsinnig, Gerd, du Drecksack!«, brüllte Ragnar.

»Selber Drecksack!«, brüllte mein Vater zurück und lud das MG durch. »Drecksnest!«

Dann eröffnete er das Feuer.

Trotz des infernalischen Geknatters der vollautomatischen Wehrmachtswaffe standen alle noch einige Sekunden wie angewurzelt da, bis sie realisierten, dass die im

Hundertstelsekundentakt einschlagenden Projektile in ihre Richtung pfiffen und hinter ihnen in die Autos und Ragnars Tankstelle einschlugen. Die Frauen begannen zu kreischen und liefen davon, und auch die Männer sprangen in geduckter Haltung zur Seite.

»Oberstkrass!«, stammelte Rainer.

Ich war nur froh, dass es mein Vater auf das Demolieren von Gegenständen abgesehen und scheinbar keine Kapitalverbrechen im Sinn hatte, denn auf diese Entfernung hätte selbst der pazifistische Rainer ohne Brille die Hälfte der Gödseltorper niedermähen können, wenn er es gewollt hätte. Mein Vater jedoch kümmerte sich gar nicht um die Menschen, die sich stolpernd hinter einen bewaldeten Erdwall retteten. Er hatte ein irrsinniges Grinsen aufgesetzt, das sein Gesicht in eine diabolische Fratze verwandelte. Der altmodische Chic der Lederhaube tat sein Übriges. Vielleicht war es auch kein Hass, sondern nur pure Anstrengung, die sich in seinen Zügen widerspiegelte, denn ich sah, wie ihn die Wucht des MGs durchschüttelte. Garbe um Garbe schlug in Ragnars Tankstelle ein. Die ersten Autos hatten Feuer gefangen, das bereits auf die Zapfsäulen und das Haus übergriff. Holz, Glas und Metallteile flogen in die Luft und prasselten zu Boden. Dieses Konzert der Zerstörung wurde von surrenden Querschlägern und den rauchenden Patronenhülsen begleitet, die klingelnd zu Boden und auf die Panzerung des Halbkettenfahrzeugs fielen. Ein Rambo-Showdown war ein Dreck dagegen.

Plötzlich tat es einen Riesenschlag. Ein gigantischer Feuerball stieg zum Himmel auf. Die Tankstelle explodierte. Als der Rauch sich gelegt hatte, sah ich, wie mein Vater einen neuen Gurt nachlegte und wieder durchlud.

Er schien seiner Sympathie Ragnar gegenüber noch weiteren Ausdruck verleihen zu wollen. Wieder schlugen die ersten Kugeln in die Überreste von Hedlunds Lebenswerk ein, doch es knatterte jetzt nur noch ein paar Mal, dann verstummte das MG. Der Lauf glühte rot, er leuchtete bis zu uns herüber.

Es dauerte nicht lange, da erschienen die ersten Gödseltorper auf dem Erdwall und riefen sich aufmunternde Worte zu, und bald schon kamen Ragnar, dessen Sohn nebst Pseudorockerbande, Nils und Bengt den Hügel heruntergelaufen. Zu meinem Schrecken sah ich, dass sie Knüppel, Mistgabeln und Hacken in den Händen hielten. Ragnar trug sogar ein Jagdgewehr. Sie mussten sich irgendwo bewaffnet haben. Das war nicht gut.

Ein dumpfer Knall ertönte. Eine Ladung Schrot schlug gegen die Panzerung des Halbkettenfahrzeugs und hinterließ einen grauen Fleck. Der Kopf meines Vaters schnellte hinter die Bordwand, dann tauchte er wieder auf.

»Komm her, Torsten!«, rief er mir zu, »und bring deinen grenzdebilen Kumpel mit. Hier im Panzer seid ihr sicher!«

»Wieso grenzdebil, ne?«, fragte Rainer empört.

Ich ignorierte das.

»Papa, macht lieber, dass ihr wegkommt. Mit uns haben die nichts zu schaffen. Ich werde mit ihnen reden …«

Die zweite Schrotladung hinterließ ein kopfgroßes Loch in Lasses Frontscheibe, direkt neben dem Einschuss von Bjørns Karabiner.

»Oberstkrass!«, rief Rainer mit sich überschlagender Stimme.

»Wir kommen!«, rief ich aus voller Überzeugung und sah aus den Augenwinkeln, wie Ragnar zwei neue

Schrotpatronen in seine Doppelläufige steckte. Rainer und ich gaben Fersengeld und langten schließlich am Halbkettenfahrzeug an.

»Hinten rein!«, befahl mein Vater und verschwand im Ausguck. Rainer und ich hatten das Gefährt kaum umrundet, da prasselten neue Schrotkörner auf die Panzerung. Dann noch ein Schuss. Ragnar meinte es ernst und war anscheinend ein Anhänger der Sippenhaft. Hastig und schwer atmend quetschten wir uns durch die enge Mannschaftsluke am Heck des Fahrzeugs. Bjørn kam uns in gebückter Haltung entgegen, grinste durch seinen Vollbart und verschloss den Einstieg.

»Setzt euch hin und haltet euch fest. Jetzt geht der Spaß erst richtig los!«

TJUGOFEM

Die kaum eins zwanzig hohe und höchstens vier Quadratmeter große Kabine wurde von einer zittrigen Niedervoltfunzel beleuchtet, deren Glühfaden im Takt des blubbernden Motors zuckte. Erst als Bjørn wieder im Fahrersitz Platz genommen hatte und die Drehzahl des Motors inklusive Beleuchtung auf Touren brachte, erkannte ich, dass auch Renate bei uns war. Halbwegs zumindest. Denn sie schlief noch immer ihren Bowlenrausch aus, gebettet auf olivgrüne Militärdecken und ihre Handtasche und umgeben von Munitions- und Proviantkisten. Sie wirkte friedlich, fast als wäre sie sanft entschlafen, doch ihr zeitweises Grunzen und ihr regelmäßiger Atem zeugten zum Glück von etwas anderem.

»Da hast du ja ordentlich was angerichtet«, sagte ich an meinen Vater gewandt, noch immer außer Puste von der Flucht.

»Genau! Oberstkrass!« Rainer kicherte unpassend, wahrscheinlich aus Überforderung und Hilflosigkeit.

»Klappe da hinten!«, kam es zurück. Mein Vater drückte seine Augen ans Periskop. »Sie kommen näher«, raunte er Bjørn zu. »Los, fahr an ihnen vorbei und über die beiden Volvos da am Rand neben Pettersson. Ich glaube, der eine gehört Bengt.«

»Wird gemacht!«, rief Bjørn. Die beiden Herren hatten sich zu einem eingespielten Duo infernale vereint.

237

Draußen krachten wieder zwei Schüsse kurz nacheinander, doch von hier drinnen hörte es sich an, als würde ein Kleinkind eine Handvoll Sand auf die Stahlhülle des Schützenpanzers werfen, als die Schrotkugeln einschlugen. Bedrohlich war das wirklich nicht. Unerwartet gab Bjørn Vollgas, wodurch Rainer und ich abrupt nach hinten katapultiert wurden und gegen die Heckklappe krachten. Meine Schulter brannte, Rainer rief: »Aua, ne!«, und dann blieb das Halbkettenfahrzeug ruckartig stehen, was uns wiederum in die entgegengesetzte Richtung schleuderte und gegen Renate. Bei diesem Manöver hätte sich mir fast ein rostiger Wehrmachtsklappspaten in den Leib gebohrt, aber das war halb so schlimm. Denn noch beängstigender war die Stille, die uns plötzlich umgab.

Der Motor war aus.

Bjørn hatte ihn im Eifer des Gefechts abgewürgt.

Und er sprang nicht mehr an. Der Anlasser jammerte und leierte, doch nichts geschah. Und auch das wäre noch zu verkraften gewesen, hätte ich nicht zugleich lauter werdende Stimmen gehört. Es klang nicht freundlich: »Holt Benzin, wir zünden diese Hunde an!« Oder: »Hackt ihnen die Ketten kaputt und lasst sie verhungern!«

Steine flogen gegen die Panzerung. Es krachte laut.

»Was ist los?«, pöbelte mein Vater in Bjørns Richtung.

»Was weiß denn ich? Das Mistding will nicht mehr. Undankbarer Haufen deutscher Mistschrott!«, schrie er übel gelaunt zurück.

»Wenn sie uns jetzt erwischen, ist es deine Schuld, nicht die dieser deutschen Wertarbeit und Ingenieurskunst!«, konterte mein Vater, der sich anscheinend persönlich und in seiner Berufsehre auf den Schlips getreten fühlte.

»Wenn sie uns jetzt erwischen, dann nur, weil du Marinestümper den Lauf krumm geschossen hast!«, konterte Bjørn.

»Leute«, versuchte ich zu schlichten, »meint ihr denn, es ist der richtige Moment, um …«

»Klappe!«, riefen Bjørn und mein Vater.

»Ist alles so weit okay?«, klinkte sich Rainer ein, der wie immer nichts verstanden hatte. Sein linkes Brillenglas hatte einen Sprung.

»Nein!«, schrien mein Vater, Bjørn und ich ihn gleichzeitig an.

»Was ist denn hier los?« Renate war aufgewacht und rieb sich die Augen. »Warum schreit ihr denn so? Wo bin ich?«

»Zurück aus dem Land der Pilze«, sagte ich zynisch.

»Genau, ne«, kicherte Rainer und kassierte einen Schlag auf den Hinterkopf.

»Ach, Gerd, hör doch auf, so brutal zu sein. Ich kann es langsam nicht mehr ertragen. Du bist so negativ!«

»Genau, genauestens!«, befand Rainer.

»Schmeiß den Trottel mit der kaputten Brille und die komische Frau aus dem Panzer«, sagte Bjørn, »dann hält unser Proviant länger.«

»Halt du dich da raus und sag mir nicht, was ich zu tun und zu lassen habe, du norwegischer Möchtegerngeneral!«, tobte mein Vater.

»Ich ein Möchtegerngeneral? Was bist du dann? Ich bin unter Beschuss durch eisiges Brackwasser gerobbt, da hast du noch in die Windeln geschissen!«, kam es aus Norwegen zurück.

»Ha, Windeln!«, rief mein Vater. »Für so ein Zeug hatten wir früher gar kein Geld!«

»RUUUUUHHHHHEEEEE!«, brüllte ich. »Seid ihr denn alle total behämmert? Draußen steht ein Mob, der uns lynchen will, und ihr streitet euch über scheiß Windeln und scheiß Karma? Wir sollten lieber überlegen, wie wir …«

Es klopfte dreimal an den Panzer.

Stille.

Dann wieder dreimal.

»Torsten?«

Verflucht, ich kannte diese Stimme.

»Torsten, bist du da drin?«

Das Herz schlug mir heftig gegen den Brustkorb. Eine Mischung aus Freude und Hoffnung durchflutete mich heiß und kalt. Konnte das wirklich wahr sein? Hatte Gott – vielleicht von Pettersson gerufen – oder Odin oder sonst wer unter den Asen ein Einsehen gehabt und würde unsere Haut retten aus dieser schier ausweglosen Situation?

»Åsa Norrland? Åsa, bist du das wirklich?«

»Ja, ich bin hier draußen. Ich habe deinen Hilferuf per Handy verstanden, konnte aber wegen der unpassierbaren Straßen nicht früher kommen.«

»Haben sie dir etwas angetan?« Ich stellte mir gerade vor, wie Ragnar sie mit seiner Jagdflinte in Schach hielt oder sein missratener Sprössling Ole-Einar mit einer verwitterten Gartenhacke.

»Nein, alles ist in Ordnung. Ich habe bereits die Polizei informiert. Sie wird in Kürze hier sein … wobei … wegen des Unwetters und der Schäden könnte das vielleicht doch noch ein wenig dauern.«

»Trau keiner Frau«, grummelte mein Vater.

Renate warf ihm einen missmutigen Blick zu.

»Ich kenne diese Stimme«, überlegte Bjørn halblaut. »Aber woher nur ...?«

»Kommt raus«, sagte Åsa. »Ragnar Hedlund und die anderen haben mir versprochen, euch nichts anzutun. Das mit der Tankstelle wird sich regeln. Bengt wird das als Sturmschaden darstellen, hat er versprochen.«

»Stimmt das, Ragnar? Bengt?«, fragte ich.

Zustimmende Laute drangen herein.

»Ich bin Zeugin«, setzte Åsa nach.

»Und was ist mit meinem Hof? Alle wollten ihn haben, aber ich will ihn behalten. Es ist mein Hof!«

»Niemand will dir mehr deinen Hof wegnehmen«, beruhigte mich Åsa mit ihrer zuckersüßen Stimme. »Auch das kann ich offiziell bezeugen. Ragnar und die anderen wollen Frieden. Es ist genug zerstört worden, und außerdem müssen wir jetzt alle zusammenhalten, wenn die Polizei kommt und die Aussagen aufnimmt. Wenn wir uns jetzt nicht einig werden und uns abstimmen, kann das für alle sehr, sehr teuer werden, auch für deinen Vater.«

»Blödsinn!«, sagte mein Vater und raunte mir zu: »Hör nicht auf die. Die blufft!«

»Ach sei ruhig!«, fuhr ich ihn an. »Du hast mir nie die Wahrheit gesagt über dich und Gödseltorp. Ich will meinen Hof und muss jetzt hier in einem Panzer hocken, damit mich die Leute nicht ermorden, deren Besitz du zerstört hast.«

»Das war mal mein Besitz, den sie mir geraubt haben.«

»Kann sein, aber das ist dreißig Jahre her, und jetzt ist es genug!«

Kurz entschlossen machte ich einen Schritt zur Heckklappe und öffnete die beiden quietschenden Riegel.

»Irgendwoher kenne ich diese Stimme …«, sagte Bjørn noch einmal nachdenklich.

Es war die Stimme der Frau, die ich schon die ganze Zeit über hatte kennenlernen wollen und die nun unser rettender Engel war. Ich sehnte mich nach ihr, danach, sie endlich sehen zu dürfen, ihren nordischen Astralleib, gekrönt von blondem Haar, das ein gütiges, fein geschnitztes Gesicht mit ein wenig lasziven Lippen umspielte, die ich zu küssen bereit war.

Ich drückte mit aller Kraft gegen die gepanzerte Tür, die schließlich mit einem dumpfen Schlag gegen das Chassis des Halbkettenfahrzeugs knallte. Grelles Tageslicht fiel herein, und ich musste die Augen zusammenkneifen. Nur schemenhaft erschienen einige Menschen aus dem überbelichteten Bild, das sich mir durch die Gitterstäbe meiner Wimpern bot. Langsam wurde das Bild klarer. Und hässlicher.

Vor mir stand Ragnar Hedlund und tat das, was er am besten konnte: fies grinsen. Rechts von mir war Ole-Einar aus dem Schatten der Hecktür aufgetaucht und stellte sich nun demonstrativ zwischen den Stahl und mich; an ein Verschließen war nicht mehr zu denken. Das allerdings hätte ich am liebsten wieder getan, denn Ragnars Doppelläufige gähnte mich bedrohlich an, und was noch schlimmer war: Links neben Ragnar stand eine Frau, die an körperlicher Abscheulichkeit kaum zu überbieten war. Ungewaschenes Haar umrahmte ein pickeliges, pockennarbiges Gesicht, mit einer ebensolchen, rot leuchtenden Knollennase. Sie war fett. Ziemlich fett sogar. Der Saum ihres wurstgepressten Sommermantels beschrieb Halbmonde zwischen den zum Absprung bereiten Hornknöpfen.

Ich beschirmte die Augen mit der Hand und fragte die Fette: »Wo ist Åsa? Was habt ihr mit ihr gemacht?«

Das Mondgesicht lachte. »Ja wo ist sie nur?«

In gespielter Überraschung sah sich die feiste Frau nach allen Seiten suchend um.

Alle Gödseltorper lachten.

Ich nicht.

Mir war speiübel.

Das war doch Åsas Stimme! Hatte die dicke Nordwanze meine kleine, zierliche Anwaltsgehilfin vielleicht aufgefressen, und diese sprach nun durch das Gedärm dieses Monstrums, das sich vor mir aufbaute?

»*Ich* bin Åsa«, erklärte mir das Ungetüm und zupfte sich eine Haarsträhne aus der Stirn, die an ihrer öligen Haut geklebt hatte. »Und nicht nur das, mein gutgläubiger, dummer deutscher Freund. Mehr noch. Ich bin Ragnars Schwester.«

»Stimmt. Daher kenne ich diese Stimme«, sagte Bjørn fröhlich, weil er sich wieder erinnerte, und nickte beipflichtend.

»Hedlunds Schwester, Pfui!«, bemerkte mein Vater. »Hab ich doch gleich gesagt: Trau keiner Frau!«

»Sag ma, Torsten, kennst du die oder was geht ab, ne?«, fragte Rainer.

Ich wünschte mich weit, weit weg.

TJUGOSEX

»Tja, Torsten, das hättest du wohl nicht gedacht, was?«, feixte Ragnar.

Nee, das hätte ich wirklich nicht gedacht. Ich schwieg und stierte ratlos und angewidert auf Åsa, die mittlerweile ebenso unverhohlen und dummdreist grinste wie ihr Bruder. Die Blutsverwandtschaft war unverkennbar.

»Ihr seid ein Haufen ekelerregender Halsabschneider. Drecksäcke, alle miteinander!«, fluchte mein Vater und machte Anstalten, aus dem Schützenpanzer zu steigen, doch Ragnars Flinte schnellte hoch.

»Nichts da! Du bleibst, wo du bist, sonst mache ich ein Loch in deinen Sohn und dich. Selber Drecksack!«, fügte Ragnar hinzu. Er spannte beide Hähne.

Ich gebot meinem Vater Einhalt. Aus den Augenwinkeln konnte ich sehen, wie Bjørn irgendetwas im Inneren des Fahrzeugs werkelte. »Ich habe nicht vor, für einen blöden Bauernhof zu sterben«, sagte ich.

»Vernünftig«, nickte Ragnar.

»Dasz iszt szchlau von dir«, kam es jetzt auch von Ole-Einar, der noch immer an der geöffneten Heckklappe stand und den Zugriff verhinderte.

»Und nun?«, erkundigte ich mich. »Was ist mit der Polizei?«

»Mann, bist du ein Hornochse!«, schimpfte mein Vater. »Das war doch bloß ein Trick.«

Ich blickte Åsa und Ragnar an, deren einheitliches Grinsen mir verriet, dass ich tatsächlich dumm und gutgläubig war.

»Okay, also keine Polizei. Aber irgendwie müssen wir ja jetzt weitermachen oder wollen wir hier ewig rumstehen?«

»Nein, bestimmt nicht«, sagte Åsa. Ihre Stimme klang blechern und gar nicht mehr süß. Sie löste einen der angespannten Knöpfe, der dankbar aufsprang. Ihr unförmiger Busen wogte wie ein Gebirge aus Gelee. Aus dem Revers ihres zu engen Mantels zog sie ein Bündel Papiere hervor und einen Kugelschreiber.

»Das ist ein vorbereiteter Kaufvertrag für deinen Hof. Hiermit überträgst du ihn an die Gemeinde Gödseltorp, deren Ortsvorsteher mein Bruder ist. Alle Erträge, abzüglich des Schadens, der den Einzelnen entstanden ist, ganz gleich welcher Art, werden dann auf die Bürger gleichmäßig verteilt.«

Ungläubig starrte ich auf Ragnar, Bengt, Nils und Sten. »Und das ist euch egal? Ihr hasst euch doch?«

»Mann, bist du ein Hornochse!«, schimpfte mein Vater. »Das war doch auch bloß ein Trick.«

Wieder lachten alle. Ich kam mir unendlich dumm vor. Jetzt ergab alles einen Sinn.

»Das war also alles bloß ein lächerliches Schauspiel? Ihr habt euch gesagt: Einem von uns wird er den Hof schon verkaufen? Ist es das? Und dann hättet ihr sowieso gemeinsame Sache gemacht?«

»Ach nee«, sagte mein Vater.

»Genau«, sagte diesmal nicht Rainer, sondern Åsa und fuhr fort: »Du bist ja wirklich fast zu niedlich zum Betrügen.« Dann wurde ihre Stimme wieder ernst. »Also.

Du unterschreibst das jetzt, und dann könnt ihr euch verkrümeln.«

»Einfach so?« Ich traute dem Braten nicht. »Wir könnten zur Polizei gehen.«

Jetzt lachte Åsa. Es war ein dreckiges Lachen. Ihr ganzer Monsterleib bebte dabei. »Natürlich könnt ihr das. Und was wollt ihr denen sagen? Entschuldigung, liebe Polizei. Wir haben einen halben Ort niedergemacht mit einem Maschinengewehr, ein Dutzend Autos in Schrott verwandelt und sind im Besitz von militärischem Gerät, aber jetzt wollen wir Anzeige erstatten, weil ich einen Immobilienkaufvertrag unterzeichnet habe? Das könnt ihr gerne tun, wenn du glaubst, dass du dadurch einen Vorteil hast. Aber das bezweifele ich. Du magst gutgläubig sein, aber blöd bist du nicht.«

»Ist er doch«, rief mein Vater dazwischen.

»Da wäre nur noch eine klitzekleine Kleinigkeit«, mischte sich nun Ragnar ein. »Wo ist das Gold?«

»Was für Gold? Es gibt kein Gold!«, sagte ich.

Ragnar kam näher und hielt mir die Schrotflinte direkt an die Brust. »Hör auf, mich zu verarschen! Natürlich gibt es das Gold. Bengt hat es gehört, als der Norweger wieder einmal mit sich selbst gesprochen hat.«

»Bjørn! Sag ihnen, dass es kein Gold gibt, hörst du?«, flehte ich. Statt einer Antwort drangen nur wieder klackende mechanische Geräusche aus dem Fahrzeuginneren.

»Bjørn!«, schrie jetzt auch Ragnar wutentbrannt. »Ich schwöre dir, wir holen Stens Trecker und schieben dieses Panzerding hier mit euch allen zusammen in den See, wenn du nicht sofort mit der Wahrheit rausrückst. Dann haben wir zwar kein Gold, aber wir sind euch für alle Zeiten los. Der Gödselsjö ist tief genug, glaub mir.«

Als Bjørn noch immer nicht antwortete, gab Ragnar einen Schuss in die Luft ab. Rainer und ich zuckten zusammen, Renate schrie spitz auf.

»Bjørn, sag es ihnen!«, brüllte ich. »Du sturer Idiot! Sag es ihnen endlich!«

Wie durch ein Wunder erschien plötzlich sein bärtiges Gesicht zwischen dem meines Vaters und Rainers in der Heckklappenöffnung. Täuschte ich mich oder hatte er meinem Vater etwas zugeflüstert? Er sah auf und fragte: »Was soll ich ihnen sagen?«

»Na, dass es kein Gold gibt!«

»Wieso? Es gibt doch Gold. Ich habe es schon vor Jahren gefunden. Es lag hier im Schützenpanzer in zwei großen Kisten. Insgesamt achtzig Kilo in Barren.«

Mir stand der Mund offen.

»Hahaha!«, freute sich Ragnar mit glänzenden Augen. »Ich hab's doch immer gewusst!« Und auch die anderen Umstehenden bekamen einen gierigen Blick. »Wo ist es? Los, rede oder ich mache kurzen Prozess mit euch!«

Bjørn sah sich um, zuckte die Achseln und erklärte so trocken, als sei er gerade nach der Uhrzeit gefragt worden: »In der Abwassergrube. Das Gold ist in der Abwassergrube auf dem Storegården. Können wir jetzt gehen?«

»In der Abwassergrube? Willst du mich auf den Arm nehmen?«, fauchte Ragnar.

»Denk mal nach, Hedlund. Wo hättest du es am allerwenigsten vermutet? Unter meinem Bett, im Pferdestall, im Brunnen? Nein, in der Abwassergrube, oder? Genau deswegen habe ich es dort versenkt, in der ganzen Scheiße. Schön wasserdicht in schwarzen Plastiktüten verschweißt. Darauf wärt ihr Volltrottel nie und nimmer gekommen, nicht wahr?«

Jetzt grinste Bjørn übers ganze bärtige Gesicht. Es war das erste Mal, dass ich ihn so lange lächeln sah.

Ragnar war nachdenklich geworden, während Nils, Sten und Bengt sich bereits leise davonstahlen, sicher, um zum Hof zu laufen oder zu fahren.

»Hiergeblieben!«, befahl Ragnar und richtete sein Gewehr auf seine Mittäter. Bjørn war unterdessen wieder im Schützenpanzer verschwunden.

»Wir sollten nachsehen, ob das stimmt«, sagte Nils entschuldigend.

»Ja, das sollten wir«, unterstützte ihn Sten, und auch Bengt nickte eifrig.

»Okay, das sollten wir wirklich«, zeigte Ragnar sich einsichtig, »aber die hier kommen mit uns, und wenn das nicht stimmen sollte, dann …«

Weiter kam er nicht.

»Jetzt!«, brüllte Bjørn, gleichzeitig leierte der Motor zwei Umdrehungen, sprang an, Bjørn legte den Gang ein, gab Vollgas, der Panzer machte einen Satz nach vorne, eine eiserne Hand packte mich am Kragen und zog mich hinein; Rainer ging es genauso. Und schon fuhren wir mit einem Affenzahn davon und hinterließen eine riesige Wolke aus halb verbranntem Kraftstoff und eine hustende und würgende Menschenmenge. Das alles war so schnell gegangen und hatte die Gödseltorper derart überrascht, dass sie zu keiner Regung fähig waren. Erst als Bjørn seinen Wehrmachtsboliden bereits auf die Straße gelenkt hatte, hörte ich einen Schuss und wie die Schrotkugeln aus Ragnars Flinte gegen die Heckklappe prasselten, die mein Vater bereits verrammelt hatte.

»Sie verfolgen uns!«, rief ich, doch Bjørn war voll in seinem Element, ließ den Motor aufbrüllen und gab alles, was in ihm steckte.

Einen der beiden Volvos, die uns auf den Fersen waren, drängte er in den Graben, der andere gab auf, als wir den Erdrutsch erreichten, der die bekieste Straße blockierte und Gödseltorp von der Außenwelt abschnitt. Für unser Halbkettenfahrzeug eine der leichteren Übungen, war es für unsere Verfolger unmöglich, uns über Felsen, Stock und Stein zu folgen.

Wir hatten es tatsächlich geschafft.

Mein Hof war zwar so gut wie weg und mein Traum geplatzt.

Aber wir waren entkommen und lebten noch.

Immerhin etwas.

TJUGOSJU

Wir hatten das Hindernis, das sich als schlammige Zunge einer Moräne in Richtung Seeufer schlängelte, hinter uns gelassen und bollerten nun mit unserem Schützenpanzer die vom Sturm schwer in Mitleidenschaft gezogene Kiesstraße entlang. Von Zeit zu Zeit fuhren wir über einen Felsbrocken oder einen entwurzelten Baum, dann hob der gepanzerte Wagen kurz ab oder riss sein Hindernis einfach mit sich, bis er es zermalmt hatte.

»Was für 'ne oberstkrasse Story«, bemerkte Rainer trocken.

»Aber hallo!«, sagte ich. »Genau das habe ich doch gemeint, als ich dir auf dem Storegården sagte, wir müssten hinterher, um das Ende meiner Geschichte nicht zu verpassen.«

»Was für eine Geschichte? Was für ein Ende?« Mein Vater hatte sich von seinem Sehschlitz gelöst, den ihm die halb geöffnete Schießscharte bot, und sah mich skeptisch an.

»Na, mein Buch!«

»Häh? Ich dachte, du wolltest so eine Art Ratgeber für Männer schreiben, die genauso wenig auf die Reihe kriegen wie du.«

»Danke, Papa, du bist mir mental immer eine große Stütze. Ich verspreche dir, du wirst in meiner Geschichte eine angemessene Rolle bekommen.«

Mein Vater schüttelte verständnislos und wenig gerührt den Kopf, spähte wieder durch den Sehschlitz und grummelte: »In einer Geschichte, die in diesem Drecksnest spielt und so ein beschissenes Ende hat, will ich nicht vorkommen.«

»Ja, das stimmt, ne. Das Ende ist nicht sooo doll, ne«, merkte Rainer an.

»Eine Frage des Karmas«, gab Renate ihren Senf dazu.

»Na klar«, sagte ich. »Ihr helft mir alle so sehr. Danke!«

»Aber«, sagte mein Vater, »mach dir keine Sorgen, Sohn, die Geschichte ist noch lange nicht zu Ende, denn gleich wird es heiter.«

»Wie meinst du das?«

»Komm her und sieh selbst«, forderte er mich auf und winkte mich heran.

Ich drückte meine Augen gegen den Fahrtwind an die Öffnung und sog erschrocken die Luft ein.

»So ein Mist!«

»Was is'n los, ne?«, fragte Rainer neugierig.

»Pe-O-eL-I-eS«, buchstabierte ich in Gedenken an sein alphabetisches Gestammel auf der Autobahn in Deutschland.

»Was?«, hakte er nach.

»*Polis*. Auf Deutsch: Die Bullen, Rainer, die Bullen kommen.«

»Krass, die Bullen. Sind die zu zweit im Auto? Wenn nicht, dann können die nämlich gar nichts machen, ne, wegen Zeugenaussage und so, ne«, erklärte er altklug. »Hat mir mal einer auf 'ner Antifa-Demo in Hamburg erzählt.«

Ich wandte mich ihm zu. »Ich kann nicht sehen, ob die

zu zweit sind, dafür sind sie noch zu weit weg«, gab ich zurück, »aber ich weiß nicht, ob das überhaupt relevant ist, denn es sind vier Polizeifahrzeuge. Es sind also in jedem Fall mehr als zwei Polizisten an diesem Einsatz beteiligt.«

Rainer rückte sich die zersprungene Brille zurecht. »Krass!«

»In der Tat«, pflichtete ihm mein Vater bei, dann wandte er sich an Bjørn: »Was machen wir? Fliehen oder kämpfen?«

»Fliehen oder kämpfen?«, rief ich dazwischen. »Bist du übergeschnappt? Wir machen nichts von alldem! Wir ergeben uns einfach, okay?«

Bjørn stoppte den Schützenpanzer so abrupt, dass Rainer, Renate und ich herumpurzelten.

»Aua, ne«, sagte Rainer.

»Feigling!«, lachte Bjørn verächtlich.

»Weichei!«, schnaubte mein Vater.

»Das MG ist hinüber, weil du es kaputt gemacht hast mit deinem sinnlosen Dauerfeuer. Wir haben keinen Wechsellauf«, sagte Bjørn.

»Ach, sei still!«, donnerte mein Vater. »Wir brauchen kein MG. Ramm einfach den ersten Wagen, dann werden die sich schon überlegen, ob das eine gute Idee ist, uns verhaften zu wollen.«

»Guter Vorschlag«, erklärte sich Bjørn einverstanden, doch bevor er wieder Vollgas geben konnte, schrie ich: »Ihr habt sie wirklich nicht mehr alle!«, öffnete die Heckklappe, rannte um das Halbkettenfahrzeug herum und stellte mich mit ausgestreckten Armen davor.

»Wenn ihr euch unbedingt ins Unglück stürzen wollt, dann ohne mich. Zuerst müsst ihr mich überfahren«, brüllte ich dem Fahrzeug entgegen. Ich glaubte nicht, dass sie mich hören konnten, aber meine Haltung hatte genug Symbolkraft, nahm ich an.

Der Maybach des Schützenpanzers lief ruhig vor sich hin.

Blubber-blubber-blupp.

Die Sirenen der Polizeifahrzeuge wurden langsam lauter. Position und Motorengeräusche des Panzers blieben unverändert. Bjørn und mein Vater schienen zu überlegen, ob sie mich opfern oder doch leben lassen sollten. Für meinen Geschmack etwas zu lange.

»Gerd!«, krakeelte Renate.

Dann verstummte der Motor.

Die Polizeiwagen kamen mit blockierenden Reifen vor uns zum Stehen. Matsch und Kies spritzten auf. Ein gutes Dutzend bewaffneter Beamter in schwarzen Uniformen strömten aus den Polizeiwagen und rannten mit ihren Pistolen auf mich zu. Prophylaktisch schraubte ich meine Hände noch einen Stock höher. In Windeseile wurde der Panzer umstellt und mindestens zehn Mündungen waren auf mich und das Fahrzeug gerichtet. Ein Beamter in Zivil hatte plötzlich ein Megafon in der Hand und kläffte aus sicherer Entfernung: »Kommen Sie mit erhobenen Händen aus dem Fahrzeug. Sie sind umzingelt, Sie haben keine Chance, zu entkommen!«

»Ha, ich bin schon aus ganz anderen Situationen entkommen!«, rief Bjørn von drinnen.

»Bjørn!«, ertönte mit einem Mal eine mir bekannte Stimme. »Lass es gut sein. Ich habe der Polizei bereits erzählt, dass man euch überfallen hat und dass das Notwehr war mit dem Panzer. Man hat euch bedroht, nicht wahr?«

253

Ich sah, wie Pfarrer Pettersson aus einem der Polizeiwagen stieg und jetzt näher kam. Was mich aber noch wesentlich mehr erfreute, war der Anblick seiner Tochter, die ihm folgte und mich anlächelte.

»Pfarrer Pettersson? Linda?«, entfuhr es mir. »Wie um alles in der Welt kommt ihr hierher?«

»Ich habe mich zu Fuß auf den Weg gemacht, um Hilfe zu holen«, erklärte der Pfarrer. »Mein Auto war ja leider nicht mehr zu gebrauchen. Ich bin bis zur Tankstelle da vorne gelaufen.« Damit deutete er in Richtung des Horizonts, wo sich der Kiesweg zwischen den Bäumen verlor.

»Bis zur Tankstelle von Stephen King sind Sie gelaufen?«

»Wessen Tankstelle?«

»Ach, nichts. Auf jeden Fall ein ganz schönes Stück zu Fuß. Ich bin Ihnen sehr dankbar.«

»Ich helfe, wo ich kann«, gab Herr Pettersson zurück. »Linda wollte auch unbedingt herkommen. Sie hat sich ebenfalls große Sorgen gemacht.«

»Das freut mich. Also ich meine, dass sie hier ist, nicht das mit den Sorgen.«

Wieder lächelte Linda. Mir wurde eigenartig warm ums Herz.

»Also, Bjørn, was ist jetzt?«, rief der Pfarrer zum Schützenpanzer hinüber. »Hör doch mit dem Unfug auf!«

Nach einem kurzen Moment kam endlich Bewegung in die Sache. Nacheinander stiegen Rainer, Renate, Bjørn und mein Vater aus dem Fahrzeug und stellten sich neben mich. Zwei Beamte umrundeten staunend das antiquierte Kriegsgerät und überzeugten sich davon, dass niemand mehr im Inneren war, dann nickten sie dem

Mann in Zivil zu, der seinen Kollegen Entwarnung gab. Die Waffen wurden gesenkt, die Lage entspannte sich.

Der Kommissar trat näher.

»Mein Name ist Lars Abrahamsson, Hauptkommissar in Borlänge«, sagte er etwas genervt. »Ist jemand verletzt?«

Bjørn und mein Vater schüttelten den Kopf. Ich übersetzte für Renate und Rainer, die mich fragend ansahen. Renate schüttelte ebenfalls den Kopf, Rainer sagte: »Ja. Ich hab 'ne Beule, hier, ne«, und deutete auf seinen Hinterkopf. »Meine Brille ist auch hin.«

Jetzt sah der Kommissar mich fragend an, dem ich erklärte: »Alles in Ordnung. Er hat nichts.«

An Rainer gewandt sagte ich: »Das zählt in Schweden nicht als Verletzung.«

»Ach, echt? Die sind ja krass drauf!«

»Stimmt es, was Pfarrer Pettersson uns berichtet hat? Hat man Sie wirklich bedroht?«, fuhr Abrahamsson fort.

»Die wollten es so haben, diese …«, fauchte Bjørn.

»Ja, das stimmt«, schnitt ich ihm das Wort ab. »Man hat uns überfallen, mein Auto verschandelt und demoliert, man hat auf uns geschossen, uns festgehalten, man hat uns gedroht, uns zu ersäufen, und man hat mein Haus gestürmt.«

»Das ist ja allerhand«, nickte Abrahamsson unbeteiligt. »Da wundert es mich nicht, dass Sie mit diesem *Ding* da geflohen sind.« Er deutete auf den Schützenpanzer.

»Das ist kein *Ding*, sondern ein 251/7 und außerdem sind wir nicht geflohen, sondern haben uns gestellt«, rief Bjørn sauer.

»Auch gut.« Abrahamsson zuckte die Schultern. »Wie dem auch sei, wir sollten zusehen, dass wir die Täter dingfest machen. Das sieht mir alles weniger nach organisierter Kriminalität als nach einer Bande von Verrückten aus, und wenn wir die noch fassen wollen, dann sollten wir uns beeilen. Wer weiß, ob die nicht schon längst über alle Berge sind.«

»Sind sie nicht«, lachte Bjørn. »Ich denke, sie stecken eher in den Bergen fest. Bergen aus Scheiße.«

Kommissar Abrahamsson sah den Norweger verständnislos an, dann sagte er resigniert: »Ich habe mir mein letztes Mittsommerfest vor der Pensionierung wahrhaftig anders vorgestellt. Nun gut, es ist, wie es ist. Fahren Sie mit dem … dem … 251/7 voraus, wir folgen Ihnen. Wir haben leider keinen Platz mehr. Sie müssten uns aber zuerst den Weg frei machen.«

Bjørn grinste, und nur eine halbe Stunde später hatte er mit seinem Halbkettenfahrzeug die Straße nach Gödseltorp von Bäumen, Schlamm und Geröll befreit. Ein Polizeiwagen wurde mit zwei Beamten zurückgelassen, die nun, anstelle der Natur, den potenziellen Fluchtweg blockierten. Rainer, Renate, mein Vater und ich gesellten uns wieder zu Bjørn in den Schützenpanzer. Zu meiner freudigen Überraschung setzte sich auch Linda zu uns. Dann ging es los, zurück in Richtung Gödseltorp.

Unterwegs herrschte eisiges Schweigen, irgendwann jedoch sagte Bjørn: »Wisst ihr, egal, wie die Sache hier ausgeht. Dass ich das noch erleben darf auf meine alten Tage, das macht mich froh. So viel Spaß hatte ich schon seit fünfzig Jahren nicht mehr. Und das, obwohl ihr Deutsche seid«, fügte er hinzu und brach in schallendes Gelächter aus. »Ihr habt zwar alle eine Macke, aber ihr seid in Ordnung.«

»Was sagt er, ne?«

»Er mag uns«, erklärte ich Rainer.

»Krasse *vibrations*«, gab der unbeholfen kichernd zurück.

»Ganz großes Karma«, kommentierte Renate.

»Sentimentales Blablabla. Guck lieber auf die Straße«, grummelte mein Vater. Er schien sehr gerührt zu sein.

»Nur das mit dem Gold tut mir irgendwie leid«, fuhr Bjørn fort. »Ich schwöre, ich würde es mit euch teilen, halbe-halbe, ehrlich! *Ihr* hättet es verdient, aber ich habe es nie gefunden. Ich würde was darum geben, es zu besitzen, nicht wegen des Reichtums, aber dann könnte ich endlich zurück an meinen Fjord.«

»Oberstkrass, 'ne echte völkerübergreifende Aussöhnungsaktion, ne«, nickte Rainer beeindruckt, als ich ihm übersetzt hatte.

»Ich hab mir schon gedacht, dass das mit der Abwassergrube eine Finte war …«, hob ich an.

»Du machst ja richtig Fortschritte«, sagte mein Vater.

»… es wäre ja auch zu schön gewesen«, seufzte ich, diese erneute Spitze ignorierend.

»Ja, das wäre es«, pflichtete Bjørn mir bei. »Man muss es bereits in Norwegen entwendet haben. Ich meine, acht große Brocken Gold zu zehn Kilo, die kann man ja schwer übersehen, oder?«

»Das ist wohl wahr«, musste ich mit Bedauern zugeben.

»Vielleicht ist das auch besser so. Dieses Märchen vom versteckten Gold hat den ganzen Ort ins Unglück gestürzt«, tröstete Linda mich und legte mir zu meiner mentalen Erbauung ihre warme Hand auf den Oberschenkel. Ihre Stimme hatte so gar nichts mehr von ei-

257

nem erkälteten Reibeisen und ließ mir das Herz auf-
gehen. »Wer weiß, was noch alles passiert wäre … Mein
Vater muss sich jetzt wohl eine neue Gemeinde suchen.
Viele der Einwohner werden auf ihn nicht mehr gut zu
sprechen sein.«

»Drecksnest!«, zischte mein Vater. »Das haben die alle
verdient.« Plötzlich sog er die Luft mehrmals ein, als
nehme er Witterung auf. »Was riecht denn hier so komisch? Brennt der Motor?«

»Nein, alles bestens«, sagte Bjørn und klopfte gegen
einige der Anzeigenuhren vor ihm, weil er sich offenbar
selbst nicht so sicher war.

Jetzt roch ich es auch. Süßlich, verbrannt, beißend.
Dann sah ich es. »Renate, was machst du denn da?«

»Ich räuchere den Raum aus. Hier sind sehr viele ne-
gative Schwingungen konzentriert, und die müssen vertrieben werden.«

»Das finde ich gut, ne«, bemerkte Rainer. »So was mit
Engeln, ne?«

»Du hast dein Handy zu Hause vergessen, aber eine
Packung Räucherstäbchen hast du in deiner Handtasche?«, rief mein Vater aus. »Ich fasse es nicht.«

In dem Punkt musste ich meinem Vater einmal wirklich sofort recht geben: Ich konnte es auch nicht fassen.

»Renate«, sagte ich, »das ist ja prinzipiell eine ganz
tolle Idee und hilft auch bestimmt, aber meinst du nicht,
du könntest das machen, wenn wir uns *nicht* im Fahrzeug befinden?«

»Dann wirkt es aber nicht gleichzeitig auf die Cha-
kren und auf das Karma jedes Einzelnen von uns, verstehst du.«

»Mach die Luken auf!«, donnerte mein Vater.

»Gerd, du bist immer so eingefahren und aggressiv«, rügte Renate ihn.

»Also, jetzt muss ich aber auch mal sagen: Genau, ne!«, sprang Rainer ihr zur Seite.

»Die Luken auf, ihr verrückten Esoterik-Spinner! Und schmeißt diese dämlichen Räucherstäbchen raus«, rief mein Vater noch einmal, während er die beiden vorderen Schießschartenklappen bereits so weit öffnete wie irgend möglich. Ich machte mich daran, die drei auf unserer Seite aufzubekommen, Rainer bediente widerwillig die über sich und Renate. Die massiven Klappen waren schwergängig und wogen viel. Kühl und frisch strömte die Sommerluft herein und nahm den schweren, süßlichen Geruch mit sich fort, der sich in feinen Rauchschwaden im Fahrzeug breitgemacht hatte. Kopfschüttelnd, als hätte mein Vater einem kosmischen Gesetz widersprochen, warf Renate die glimmenden Räucherstäbchen aus einer der Luken und setzte sich schmollend und mit verschränkten Armen zurück neben Rainer auf den Boden.

Ich sah mich um. Schaute in jedes Gesicht, besah mir das Innere des Panzers, das durch das einfallende Licht erstmals richtig ausgeleuchtet wurde. Durch jede der Schießscharten bot sich ein anderer Ausschnitt des Himmels. Plötzlich wurde mir heiß und kalt. Konnte das sein?

»Hm«, dachte ich laut, »vielleicht war das mit dem Gold doch kein Märchen.«

»Dummes Geschwätz!«, rief mein Vater dazwischen. »Klappe jetzt, Torsten! Und du, du halb blinder Norwegergreis, schau lieber auf die Gasse, bevor wir die Polizeiautos doch noch zu Schrott fahren. Wir sind da!«

Renate schmollte noch immer und sah nicht aus, als wollte sie sich freiwillig erheben. Anders Rainer. Er sprang auf und sah in geduckter Haltung aus einer der Schießscharten hinaus.

»He, guck mal, wir sind ja auf deinem Hof, Torsten, ne. Was geht 'n hier ab? Wie sind die denn unterwegs? Das ist ja voll sodommäßig und gomorratechnisch!« Er kicherte irgendwie dreckig. »Oberstkrass!«

TJUGOÅTTA

Rainer hatte nicht unrecht. Der Anblick, der sich uns bot, als wir alle – mit Ausnahme von Renate – aus dem Schützenpanzer kletterten, war beängstigend. Mehr noch. Es war nicht nur dieses bizarre Bild, das einer modernen Theaterinszenierung entsprach, nach deren Aufführung man sagte, sie sei gewagt und interessant gewesen, weil man sie nicht verstanden hatte. Es war vielmehr die Gesamtkomposition der Sinneswahrnehmungen, die sich zu einem grotesken Ensemble verdichtete, wie es selbst Hieronymus Bosch nicht besser hinbekommen hätte (den ich im Übrigen zwar auch nicht verstand, den ich aber bewunderte).

Metallisches Klappern von Werkzeug war zu hören, Flüche und Gemurmel, durchbrochen von entsetzten Schreien ob der anrückenden Polizei. Die wiederum rief in militärischem Ton die Anwesenden dazu auf, sich zu ergeben und aus der freigelegten und geöffneten Abwassergrube zu steigen, die sich unweit des Haupthauses befand. In der Luft lag ein schwerer, unerträglich beißender Fäkaliengeruch, der mir die Tränen in die Augen trieb und mich dazu veranlasste, den Kragen meines Pullovers bis über die Nase zu ziehen und fest darauf zu pressen; es stank fast so schlimm wie *surströmming*.

Um den freigegrabenen und aufgesägten Tank, der gut und gerne fünf Kubikmeter Schlamm und Schlacke aus

Urin, Toilettenpapier, Abwasser und Kot enthielt, standen etwa zwanzig Personen, die sich Schals um Mund und Nase gewickelt hatten oder sich Taschentücher aufs Gesicht drückten. Ich erkannte einige von ihnen. Bengt zum Beispiel oder auch Nils Nilsson nebst Eheweib. In der Grube selbst, mit voll Scheiße gelaufenen Gummistiefeln, standen Ragnar und Ole-Einar Hedlund und durchpflügten mit Schneeschaufeln den Tümpel aus menschlichem Unrat.

Ole-Einar wirkte etwas grünlich um die Nase. Er hatte sich mehrere Staubmasken, wie man sie beim Abschleifen von altem Lack gerne verwendet, über das Gesicht gezogen und reckte die Nase in regelmäßigen Abständen nach oben, im Irrglauben, zehn Zentimeter höher würde die Luft nicht nach Sulfur und bestialischer Verwesung stinken. Sein Vater gab auch kein besseres Bild ab. Zwar war sein Gesicht nicht grünlich, sondern leichenblass, dafür tropfte ihm der Schweiß vom Haupt und vermengte sich zu seinen nicht sichtbaren Füßen mit dem Kotschlamm.

Hatte man sich noch nie Gedanken über das jüngste Gericht gemacht, so war das eine gelungene Szenerie mit reichlich Bild- und Geruchsvorschlägen, wie es in der Hölle denn so aussehen und zugehen könnte. Ich versuchte mir einzureden, dass auch das für mich als angehenden Schriftsteller ein Gewinn war, und unterdrückte einen immensen Brechreiz.

Erst nach mehrmaligem Auffordern gaben Ragnar und Ole-Einar auf, schleuderten wütend ihre Werkzeuge über den Rand und kletterten aus der Grube heraus.

Jeder der Anwesenden würgte, hustete, kämpfte mit seinem Mageninhalt, wandte den Kopf angewidert ab oder hielt sich irgendetwas vors Gesicht.

Mit einer Ausnahme: Bjørn.

Er ertrug den Gestank scheinbar ungerührt, ja schien ihn nicht einmal wahrzunehmen. Stattdessen kam er näher und grinste übers ganze Gesicht, als er zu Ragnar hinüberrief: »Im Mittelalter nannte man die Typen, die die Scheiße weggekarrt haben, Goldsucher! Haha! Ihr Vollidioten, ich habe euch doch gesagt, dass es hier nichts gibt. Ihr wolltet mir ja nicht glauben! Aber jetzt habt ihr bekommen, was ihr verdient. Dieser Duft steht euch gut, er passt zu euch und ist genau wie ihr: einfach scheiße!«

Ragnar sagte nichts. Er stand auf der anderen Seite der Fäkaliengrube, die Hose bis zur Hüfte voller Kot; an einem seiner Schuhe klebte ein bräunlichweißes Fähnchen Klopapier. Es war das Bild eines Mannes, wie es demütigender nicht sein konnte.

»Was haben die denn gesucht?«, nuschelte Kommissar Abrahamsson durch sein Taschentuch in meine Richtung.

»Einen Goldschatz«, antwortete ich trocken. »Stellen Sie sich das mal vor!«

»Einen Goldschatz? In der Scheiße? Deswegen der ganze Ärger? Deswegen musste ich mein *Midsommar* unterbrechen? Wegen einem scheiß erfundenen Goldschatz?«

Abrahamsson war richtig sauer.

»Abführen!«, befahl er seinen Leuten. »Alle! Bringt sie ins Gemeindehaus und bewacht sie. Und die sollen sich vorher irgendwo duschen und umziehen. Das ist ja unerträglich. Oder spritzt sie einfach mit einem Schlauch ab oder lasst sie ein paar Runden im See schwimmen«, schlug er vor, und dann murmelte er noch so etwas wie: »Nicht zu glauben, wie die Tiere …«

»Was wird mit ihnen passieren?«, erkundigte ich mich.

»Die kommen nach Borlänge aufs Kommissariat, gleich morgen früh zur Vernehmung. Natürlich nur, wenn Anzeige erstattet wird«, wechselte er wieder in einen sachlichen Ton.

Ein Traktor rollte vor, mit vergittertem Viehwagen. Auf diesem wurden nun alle Gödseltorper von den Polizisten zusammengetrieben. Die Tür fiel zu, ein Schloss wurde vorgehängt, und dann rollte der Trecker mit seiner stinkenden Fracht in Begleitung der Polizei vom Hof, den Kiesweg nach Gödseltorp hinunter. Abrahamsson sah dem Treiben mit einiger Genugtuung zu.

»Wie haben Sie das gemeint, *wenn jemand Anzeige erstattet*? Natürlich wird Anzeige erstattet!« Mein Vater war zu mir und dem Kommissar gestoßen.

»Das sollten Sie sich gut überlegen, Herr Brettschneider«, sagte Abrahamsson. »Ich will Ihnen mal erklären, wie das abläuft und weitergehen kann, in Ordnung? Also Ragnar Hedlund und jeder Gödseltorper, der Schaden genommen hat, kann Sie und Bjørn Hakansen wegen der Zerstörung anzeigen, die Sie angerichtet haben. Schwere Sachbeschädigung und Erregung öffentlichen Ärgernisses.«

»Ha, das haben die verdient«, giftete Bjørn von hinten. »Die sollen nur kommen!«

»Wie Sie meinen«, fuhr Abrahamsson ungerührt fort. »Andererseits könnte jeder der hier Anwesenden die Gödseltorper ebenfalls anzeigen wegen Sachbeschädigung, Hausfriedensbruch, Körperverletzung und und und ...«

»Ha!«, rief mein Vater. »Es gibt noch Gerechtigkeit. Genau das habe ich gemeint!«

»Natürlich haben Sie das.« Abrahamsson klang, als wäre er im Moment zu gerne Kellner in einem Restaurant, das heute Ruhetag hatte. Tonlos fuhr er fort: »Der Staat Schweden allerdings könnte zumindest Herrn Bjørn Hakansen wegen des Verstoßes gegen das Kriegswaffengesetz anzeigen …«

»Trottel!«, zischte mein Vater an Bjørn gewandt.

»… und Sie, Herrn Brettschneider, wegen der Benutzung einer vollautomatischen Waffe, was in Schweden nur der Polizei und dem Militär vorbehalten ist. Einen Waffenschein haben Sie doch auch nicht, oder? Das käme dann noch hinzu.«

»Wer ist jetzt hier der Trottel?«, kam es von Bjørn zurück, wofür er von meinem Vater einen bösen Blick erntete.

»Weiterhin«, hob Abrahamsson wieder an und sah auf mich, »weiterhin haben wir in einem Rucksack in dem Gästehäuschen, der Ihnen gehören dürfte, fast hundert Gramm Marihuana gefunden. Sie würden also wegen des Verstoßes gegen das Betäubungsmittelgesetz angezeigt werden.«

Ich schluckte und übersetzte.

Rainer entfuhr ein: »Hoppla, ne …«

»Andererseits könnten Sie auch wegen der Schmierereien auf Ihrem Bus Anzeige wegen Beleidigung erstatten.« Abrahamsson seufzte tief und herzergreifend und raufte sich die Haare. »Alles in allem also so ungefähr fünfzig Einzelverfahren oder mehr, die in wahrscheinlich mehrere Jahre dauernden Prozessen verhandelt würden.«

Was wollte mir der Kommissar sagen? Als hätte er meine in Gedanken gestellte Frage gehört, erläuterte er: »Gibt es nicht eine gütliche Einigung zwischen den Parteien? Außergerichtlich? Das mit dem Panzer und den Waffen geht natürlich nicht, für diese Delikte muss eine legale Lösung im öffentlichen Interesse her, aber die gegenseitigen Beleidigungen, Sachbeschädigungen und Körperverletzungen? Was für ein Aufwand, und am Ende kommt nichts dabei heraus, glaubt mir. Denkt mal darüber nach.«

Hatte dieser Mann nur keine Lust, die notwendigen Gerichtsverfahren anzustoßen, oder hatte er recht? Eine Vermutung ereilte mich: Das war kein Polizist aus Leidenschaft mehr, sondern nur ein weiterer bewaffneter Rentner! Im Gegensatz zu Bjørn und meinem Vater wollte der allerdings bloß seinen Frieden, um sein letztes *Midsommar* schön in Ruhe feiern zu können. Ich verstand ihn nur zu gut. Ruhe und Frieden …

»Ich verstehe«, sagte ich also. »Aber wie stellen Sie sich das vor?«

Abrahamsson zuckte die Achseln und sah mich schweigend an. Doch seine Augen forderten mich auf: »Na, mach doch mal einen Vorschlag!«

Okay, einverstanden. Also begann ich nachzudenken, nein, falsch, *es* begann in mir nachzudenken. Ich war überfordert. Reihum blickten mich gezeichnete Gesichter an.

Rainer mit der kaputten Brille, mein Vater Gerd, zornig, irgendwie unbefriedigt, Renate, noch immer schmollend und, um diesen Zustand zu unterstreichen, einige Schritte von ihm entfernt. Bjørn indes stolz, unbeugsam, aber auch irgendwie zornig, und dann Linda. Schön, weich. Sie forderte nichts. In ihrem Blick und dem fast unmerklichen Lächeln lag etwas so Vertrautes. Etwas wie nach Hause kommen.

Das alles sollte ich unter einen Hut kriegen mit meinen Gefühlen? Ich war Autor, Bestsellerautor, zumindest hochgradig potenziell. Ich wollte mein Buch schreiben. Wo blieb *ich* bei der ganzen Geschichte? Und wie konnte ich meinen Traum verwirklichen? Sollte ich wieder alles auf eine Karte setzen? Auf den Hof hier? Meinen Hof? Wie in Frankfurt, als ich alles aufgab, weil ich einem Hochstaplertherapeuten, der mir meine Nörgelfreundin ausspannte, vertraut hatte?

Ich atmete einmal tief durch. »Okay«, sagte ich schließlich. »Lassen Sie uns zu den Gödseltorpern fahren und verhandeln.«

Abrahamsson sah mich mit hochgezogenen Augenbrauen, aber nicht freudlos an. Damit hatte er nicht gerechnet, war ich doch der Sohn meines Vaters, dessen Hartnäckigkeit er mittlerweile kennengelernt hatte. Der machte seinem Ruf auch alle Ehre und fauchte: »Nix da! Mit Drecksäcken wird nicht verhandelt!«

»Doch!«, widersprach ich.

»Weichei!«, rief Bjørn dazwischen.

Der Kommissar ignorierte die alten Herren und nickte behutsam. »Gut, dann gehen wir.«

»Moment!«, rief ich aus. »Ich will nur noch einmal kurz in den Panzer, wenn es recht ist. Ich habe mein Taschenmesser da drin verloren, glaube ich.«

Abrahamsson zuckte mit den Schultern, was ich als Genehmigung verstand.

Fünf Minuten später saß ich neben ihm im Polizeiwagen auf dem Weg zum Bygdegård von Gödseltorp.

TJUGONIO

Noch zäher als die Verhandlungen mit Ragnar und Konsorten waren die mit Bjørn und meinem Vater gewesen. Nur mithilfe von Renate, die Gerd mit sexlosen Zeiten drohte, und der Unterstützung von Kommissar Abrahamsson, der mir, motiviert durch die Aussicht auf Arbeitsersparnis, argumentativ zur Seite sprang, gelang es, den beiden grauhaarigen Sturköpfen ihr Einverständnis und den Verzicht auf eine Anzeige abzuringen.

Abrahamsson, Renate und ich waren damit sehr zufrieden, Linda im Prinzip auch, obwohl sie bedauerte, dass wir abfuhren. Rainer war das alles irgendwie nicht so wahnsinnig wichtig, Hauptsache, es passierte etwas, aber mein Vater und Bjørn sagten keinen Ton und hatten verkniffene Gesichter aufgesetzt, als wir am nächsten Morgen alle zusammen ein letztes Mal in Lasse durch Gödseltorp rollten.

Kommissar Abrahamsson hatte erklärt, den Rucksack mit dem Marihuana ausnahmsweise zu vergessen. Der Rest, so Abrahamsson weiter, beträfe ohnehin nicht das öffentliche Interesse und sei zwischen den Parteien geregelt worden, dem müsse man also nicht weiter auf den Grund gehen. Ihm sei nur daran gelegen, Bjørns Schützenpanzer auf einen Sattelschlepper wuchten zu lassen, um ihn ins *Dalregementets Militärmuseum* nach Borlänge zu überführen, der beträfe nämlich doch irgendwie das öffentliche Interesse. Ich hatte den alten Norweger mit Engelszungen dazu überreden müssen, und jetzt tat er mir leid, auch wenn Abrahamsson natürlich recht hatte. Immer wieder blickte ich in den Rückspiegel und sah sein behaartes Gesicht, das keine Regung verriet, nur seine Augen waren traurig. Wahrscheinlich auch, weil die Gödseltorper es zur Bedingung gemacht hatten, dass er, wie von Ragnars Schwester Åsa bereits vorgeschlagen, ins Altenstift nach Borlänge zog.

Und *ich*? Sollte ich mich über den Ausgang der Geschichte ärgern?

Letztlich hatte ich den von Åsa vorbereiteten Kaufvertrag unterschrieben. Mein Hof ging zu einem verschwindend geringen Preis von knapp fünftausend Euro an Gödseltorp. Das hatte mehr symbolischen Wert, aber der Schaden, den mein Vater angerichtet hatte, ging in die Hunderttausende. Ich konnte von Glück sagen, überhaupt etwas bekommen zu haben. Bengt, der praktischerweise auch gleich Notar war, hatte umgehend den Vertragsabschluss amtlich bezeugt, und Ragnar hatte mir das Geld in bar gegeben. Nö, ich ärgerte mich nicht! Noch nicht einmal, als wir ein letztes Mal an Ragnars Tankstelle vorbeifuhren, wo die Aufräumarbeiten in vollem Gange waren und uns die ganze Gang von *Satans Oväsen* inklusive aller neuen Besitzer des Storegårdens feixend und winkend nachsahen. Ich ärgerte mich deshalb nicht, weil ich wusste, dass diese Leute nicht glücklich werden würden. Denn was keiner von Lasses Insassen wusste, war, dass ich Bengt und Ragnar hinter vorgehaltener Hand gesagt hatte, dass es den Schatz in Wahrheit doch gebe. Der alte vertrottelte Norweger habe ihn irgendwo auf den vierzig Hektar verbuddelt, an einer markanten Stelle, aber er habe vergessen, wo, eben weil er so alt und trottelig sei.

Ragnar und Bengt hatten mich skeptisch angesehen, aber ich wusste, dass sie es geschluckt hatten und in Kürze vierzig Hektar Gelände umgraben würden. Und ich wusste auch, dass dieses »Geheimnis« nicht lange geheim bleiben würde in Gödseltorp.

Ich hatte ein wunderschönes Samenkorn für Zwietracht, Missgunst und Neid sanft in die Erde gedrückt, es mit Überzeugung gewässert und war mir sicher, dass es bald schon zu sprießen beginnen würde.

Ich bedauerte zwar, es nicht selbst miterleben zu können, aber genau deshalb ärgerte ich mich in diesem Moment nicht.

Und es gab noch einen Grund. Einen wesentlich gewichtigeren sogar.

Kurz nach dem eingeknickten Gödseltorper Ortsschild, weit draußen vor dem Dorf und noch einige Kilometer vor der Tankstelle von Stephen King, hielt ich an und stellte den Motor ab.

Ich drehte mich um und sah in müde, schlecht gelaunte Gesichter.

Rainer fragte neben mir: »Alles paletti?«

»Yip«, antwortete ich. »Lass mich mal raus.«

Rainer öffnete die Beifahrerseite und rutschte ins Freie, ich hinterher. Dann zog ich Lasses Schiebetür auf.

»Was ist los?«, fragte mein Vater ungehalten. »Hast du vergessen, den Drecksäcken in Gödseltorp noch ein weiteres Geschenk zu machen?«

»Die Liebe zwischen Vater und Sohn ist stets etwas Besonderes«, sagte ich und lächelte.

Mein Vater nicht. Er tippte sich mit dem Zeigefinger an die Stirn. »Von wegen! Erst schenkst du denen quasi deinen Hof, und dann bekomme ich für meinen alten, treuen Benz, den sie mitsamt Gepäck aus niederträchtiger Rachsucht angezündet haben, keinen Pfennig. Mein Handy war da auch drin.«

»Ja, ja, ist ja schon gut. Kommt mal alle her!«

Renate, mein Vater und Bjørn sahen sich verständnislos an.

»Los!«, setzte ich nach. »Jetzt macht schon!«

Renate und Bjørn kletterten aus dem Bus, doch mein Vater stolperte über die zwei Holztruhen, die ich als Andenken aus der *gäststuga* eingeladen hatte.

»Verfluchter Plunder!«, wetterte er los. »Musstest du zu allem Unheil auch noch diesen Sperrmüll mitnehmen? Es ist so und so schon kaum Platz in deiner bemalten Schrottkarre mit zerschossener Scheibe, durch die es zieht wie Hechtsuppe.«

Dann stand er neben mir. »Was ist jetzt?«

Ich ignorierte ihn und sah mich nach allen Seiten um.

Nichts.

Nur Natur.

Schweden. Es war wunderschön. Und ruhig. Die Wolkendecke riss auf, sanfte Sonnenstrahlen fielen wie ein Mikado aus Gold auf die bewaldeten Hügel und brachten den in einiger Entfernung liegenden Gödselsjö zum Funkeln. Eine idyllische Lüge.

Wortlos zog ich eine der beiden Truhen an den Rand der Schiebetür und öffnete den Deckel. Alle streckten neugierig ihre Köpfe darüber.

Bjørn schüttelte den Kopf. »Ich habe mich schon gewundert, wer von den verdammten Dieben mir auch
noch diese Dinger in der letzten Nacht geklaut hat. Was
soll das? Was willst du damit?«

Mein Vater schüttelte ebenfalls den Kopf. »Du bist
echt ein Spinner! Weshalb schleppen wir den Schrott mit
uns herum? Deshalb halten wir an?«

Ich ignorierte ihn wieder. Ich wusste ja, wie ihn das in
Rage brachte, und genoss es. Ein wenig zumindest.

»Sag mal, Bjørn«, fragte ich den Norweger, »sag es
noch einmal. Wie viele Platten aus Gold waren es, stand
in dem alten Wehrmachtsdokument?«

»Acht.«

»Wie viele Klappen sind hier drin?«

»Vier.«

»Wie viele Kisten stehen im Bus?«

»Zwei.«

»Macht …?«

Keiner sagte etwas. Dann Bjørn: »Das kann nicht
sein!«

»Doch!«, entgegnete ich, wuchtete einen der Schieß-
schartendeckel aus der Truhe auf den Wagenboden
und klappte dramatisch den Schraubenzieher meines
Taschenmessers auf. Ich war mir bewusst, dass ich da
gerade in Echtzeit die Schlüsselszene meines Buches
durchlebte. Das Ganze war nicht nur bestsellertauglich,
sondern sogar filmreif, fand ich.

Sechzehn Schrauben später glänzten zehn Augen und
ebenso viele Kilo Gold, die aus ihrer Gefangenschaft im
Inneren der Klappe befreit worden waren.

»Das gibt's doch gar nicht!«, rief mein Vater und nahm
abwechselnd Renate und mich überschwänglich in die

Arme. »Wie und wann bist *du* darauf gekommen? Und warum hast du nichts gesagt?«

»Weil ich nicht blöd bin«, erklärte ich. »Eigentlich haben wir es Renate zu verdanken«, fuhr ich mit meinen Ausführungen fort. »Hätte sie nicht das Räucherstäbchen angezündet, hätten wir niemals alle acht Klappen geöffnet, die ich aus Langeweile während der Rückfahrt gezählt habe. Dazu fiel mir wieder Bjørns Zitat vom Wehrmachtslieferschein ein. Dann bin ich in den Panzer, bevor ich gestern Abend mit Abrahamsson ins Gemeindehaus gefahren bin, und hab da eine der Klappen auf- und wieder zugeschraubt.«

»Siehst du, Räucherstäbchen«, sagte Renate stolz.

»Oberstkrass!«, stammelte Rainer und strich mit dem Finger über die staubige Goldplatte. »Ultrakommerzmäßig krass!«

Bjørn hingegen rieb sich die feuchten Augen. »All die Jahre habe ich es vor der Nase gehabt, aber es musste erst ein Deutscher kommen, um es zu finden.«

»Halbe-halbe?«, vergewisserte ich mich.

Björn nickte. »Ich stehe zu meinem Wort. Halbe-halbe! Aber nur, wenn du deinem Freund eine neue Brille kaufst und ihn mal zum Frisör schickst! Und er soll diesen Parka und diesen Stricksack auf seinem Kopf auf den Müll schmeißen!«

»Was sagt der?«, erkundigte sich Rainer bei mir.

»Er wünscht dir viel Erfolg bei einer visuell-sozialen Metamorphose.«

»Nett, die Norweger, ne«, gluckste Rainer und nickte Bjørn aufmunternd zu.

»Ich denke, wir sollten weiterfahren. Unsere Wege werden sich ja jetzt trennen, nicht wahr, Bjørn?«

»Mein Fjord, mein Fjord«, schluchzte Bjørn. »Ach, wenn Lillemor das noch erleben könnte.«

»Ich habe etwas für dich«, sagte ich und griff in die Truhe. »Erleben kann sie es nicht mehr, aber sie wird dich begleiten.«

Mit diesen Worten überreichte ich ihm die Urne mit den sterblichen Überresten meiner Großtante, die ich neben den vier Schießscharten in die Truhe gestellt hatte.

»Du hast das Grab entweiht und geschändet?«, fragte mein Vater.

»Nicht ohne kirchlichen Beistand«, gab ich zurück. »Als Pfarrer Pettersson von meinem Vorhaben hörte, hat er mit mir zusammen die Urne geborgen. Das war ich ihr einfach schuldig, nachdem sie mich bedacht hat.«

»Respekt!« Anerkennung lag in der Stimme meines Vaters. Ja, ich gestehe, es machte mich ein wenig stolz. Ein einziges Mal hatte *ich* recht gehabt, auch wenn er es niemals zugeben würde!

»Wollen wir jetzt weiter?«, drängte ich und sah nervös zurück, die Kiesstraße in Richtung Gödseltorp hinunter.

»Moment noch!« Blitzschnell griff mein Vater in den Wagen und lief zum Ortsschild. Kurz darauf kam er wieder und betrachtete sein Werk. In der Hand hielt er die Spraydose, die ich damals nach dem Attentat auf Lasse auf dem Storegården gefunden hatte.

Alle blickten zum Ortsschild und prusteten los.

Signalrot erstrahlte über dem Ortsnamen »Gödseltorp«: »DRECKSNEST!«

Die einäugige Kuh sah uns nach, bis wir am Horizont verschwunden waren.

ENDE

EPILOG

Ich goss mir lässig einen Kaffee ein und etwas Milch obenauf. Gedankenverloren trat ich ans Fenster, blickte hinaus und pustete ein wenig in die Tasse; es war einiges los gewesen in der letzten Zeit. Der herrliche Sommermorgen und der See in Leksand, an dem mein angemietetes Holzhäuschen gelegen war, verschwanden für einen kurzen Moment hinter aufsteigendem Kaffeedampf. Rechts vom Seeufer, dort, wo das mit einem roten Holzzaun eingefriedete Grundstück begann, stand Lasse. Die Schmierereien waren verschwunden, der Motor war gut eingestellt, die Fahrertür ging wieder auf, eine neue Windschutzscheibe zierte ihn, und die Strahlen der frühen Sonne brachen sich in den Tautropfen auf seinem Lack. Ich war froh, ihn zu haben. Lasse war mein Freund geworden. Ein neues Auto wollte ich nicht, auch wenn ich es mir jetzt locker hätte leisten können. Bjørn hatte Wort gehalten, und jeder von uns hatte seinen Anteil bekommen.

Es klingelte, ich sah verwundert auf die Uhr. Kurz nach neun. Mit der Tasse in der Hand schlurfte ich zur Eingangstür und öffnete. Zu meiner Freude strahlte Linda mich an. Wie hübsch sie doch war.

»*Hej*, Torsten. Bekomme ich einen Kaffee bei dir? Ich tausche ihn gegen die Post, die in deinem Briefkasten war.« Damit hielt sie mir augenzwinkernd eine Ansichtskarte und einen Brief unter die Nase und lächelte, dass mir die Knie weich wurden.

»Na klar«, sagte ich, setzte mein schönstes Morgenlächeln auf und machte etwas ungelenk eine einladende Geste. »Wie schön, dass du vorbeischaust!«

In der Küche setzten wir uns zusammen an den Tisch, und ich schenkte ihr Kaffee ein. Sie reichte mir die Post. Eine Millisekunde lang berührten sich dabei unsere Hände; ihre Haut war warm und weich. Ich versuchte mich auf das Schreiben zu konzentrieren.

»Club Mucho Gusto, Costa Rica«, entzifferte ich den Stempel und die Absenderanschrift der Postkarte und drehte sie um. Die Bildseite zeigte ein Potpourri verschiedenster Karibikimpressionen. Strand, Palmen, Papageien, dunkelhaarige Männer und Frauen, Erstere mit Schnurrbärten, Letztere zum Glück nicht, sondern in knappen Bikinis und natürlich türkisblaues Meer bis zum Horizont.

»Sie ist von meinem Vater«, stellte ich verwundert fest. »Komisch, es ist normalerweise nicht seine Art zu schreiben und schon gar nicht so viel.«

»Was schreibt er?«, wollte Linda wissen und nippte am Kaffee.

Ich las laut vor.

Santa Dolores, 19.08.2013
Hallo Sohn!
Das Wetter hier ist sehr gut, das Essen ist sehr gut, der Service ist sehr gut, der Strand ist sehr gut, mit Renate läuft es sehr gut, mir geht es sehr gut und Rainer auch. Er surft beschissen, hat aber Anschluss gefunden. Einen Knall hat

*er immer noch! Ich habe das schon im Griff.
Zumindest den hässlichen Parka braucht er hier
nicht, weil das Wetter so gut ist, aber das hatten
wir ja schon.
Viel Spaß, und wir sehen uns an Weihnachten
bei dir in Schweden wie abgemacht, kurz nachdem wir zurück sind.
Es grüßt
Dein Vater*

»Nicht gut«, sagte ich.

»Dass sie einen so langen Urlaub machen?«

Ich schüttelte den Kopf. »Nö, das ist schon okay nach dem ganzen Stress in Gödseltorp, und leisten können sie es sich ja nun wahrhaftig. Nein, das ist es nicht. Mein Vater macht sich Sorgen.«

»Das klang aber gar nicht so«, widersprach Linda und schenkte sich Kaffee nach.

»Weil du ihn nicht kennst. Ich lese drohendes Unheil zwischen den Zeilen.« Seit ich das Manuskript meines Männerbildungsromans fertiggestellt und eingereicht hatte, versuchte ich, mich von Zeit zu Zeit etwas literarischer auszudrücken.

»Aha«, bemerkte Linda. »Apropos Gödseltorp. Stell dir vor, die Versetzung meines Vaters ist durch. Er hat eine neue Gemeinde hier in der Nähe bekommen. Sogar die Kirche hat jetzt wohl eingesehen, dass man niemanden in diesem Nest lassen kann, außer man will ihn loswerden.«

»*Drecks*nest«, korrigierte ich sie. »Was ist passiert?«

»Niemand weiß, warum, aber Bengt, Ragnar, Sten und Nils haben wieder angefangen, aufeinander zu schießen.

Bengts Haus ist abgebrannt, sie haben auf dem Storegården alles verwüstet und überall Löcher gegraben, und bei Ragnar wurden die Zapfsäulen umgefahren. Wie das bloß wieder kam?«

»Ts, ts, ts, ja, das kann ich mir auch nicht erklären«, bemerkte ich scheinheilig und freute mich innerlich wie ein kleines Kind, dass mein perfider Plan, Zwietracht zu säen, aufgegangen war und nun prächtige Früchte trug.

Mein Blick fiel auf den Brief, den Linda ebenfalls mitgebracht hatte. Den hatte ich fast vergessen. Ein zurückhaltender Umschlag aus Umweltpapier.

»Vom FunnyTimes Verlag aus München«, bemerkte ich, und meine Hände wurden feucht.

»Ist das nicht der Verlag, der dein Manuskript lesen wollte?«, erkundigte sich Linda.

Ich nickte wortlos, öffnete den Umschlag mit meinem Kaffeelöffel und zog das Schreiben heraus.

»Und?«, wollte Linda neugierig wissen.

Ich ließ den Brief sinken und konnte mein Glück kaum fassen. »Sie nehmen mein Buch.«

»Das ist ja großartig!« Linda sprang auf, kam um den Tisch herum und umarmte mich freudig. »Sind sie mit dem Titel auch einverstanden?«

Ich nickte. »Sie schreiben, er sei zwar ungewöhnlich, aber markant.«

»Mir gefällt er auch«, sagte Linda. »*Elchscheiße* passt perfekt.«

ENTSCHULDIGUNGEN

Ich möchte mich hier an dieser Stelle entschuldigen. Bei den Schweden, die ich wirklich sehr mag und die ein ganz toller Schlag Menschen sind, aber sorry, Leute, *surströmming* ist nicht essbar! Und das Brot muss man mögen. Bei den Elchen, die auch nichts dafür können, dass sie so große Mengen scheißen (sind ja schließlich große Tiere!). Bei Tankstellenbesitzern, die aufgrund physiologischer und gottgegebener äußerlicher Unzulänglichkeiten mit stereotypen Triebtätern und Serienmördern verwechselt werden könnten (bei dieser Gelegenheit auch gleich bei Stephen King, weil ich eines seiner mit feinem Gruselstrich skizzierten Bilder mit breitem plumpem Satirepinsel übertüncht habe). Außerdem kann man da nicht mit Schnaps zahlen. Oder? Bei den Bürgermeistern und Ortsvorstehern schwedischer Kleinstädte und Dörfchen, die bestimmt nicht alle gleichzeitig Besitzer eines kommerziellen Multimonopols sind und vor allem nicht gleich zwangsläufig moralisch zweifelhaft agieren und anderen über Leichen gehend nach dem Besitz trachten. Bei allen verstorbenen und noch lebenden norwegischen Widerstandskämpfern, denen ich über sieben Ecken ja doch irgendwie unterstellt habe, sie hätten pauschal etwas gegen alle Deutschen. Bei den schwedischen Herstellern von silikonhaltigem Schuhwerk (Gummistiefeln), die einen viel besseren Vertrieb ohne Engpässe haben als in meiner Geschichte dargestellt. Bei der Kommune und der Stadt Borlänge, deren Polizisten bestimmt extrem viel Lust haben, zu arbeiten, sogar kurz vor der Rente und an *Midsommar* (das mit der hohen Kriminalitätsrate soll trotzdem stimmen, behaupten einige Schweden). Bei allen Anwälten und deren Angestellten (besonders denen in Borlänge), deren Kompetenz- und Einflussbereiche von mir doch über das rechtlich zulässige Maß hinaus gedehnt wurden und die mit meiner fiktiven Åsa Norrland (hoffentlich arbeitet niemand gleichen Namens bei einem Anwalt namens Svensson in Borlänge ...) eine Kollegin bekommen haben, die gewiss nicht stellvertretend für die anderen ansonsten selbstlosen und durchweg fleißigen Advokaten zu sehen sein kann. Bei allen Autohändlern auf und in der Nähe der Hanauer Landstraße in Frankfurt a.M. Dort wurde noch nie ein Kunde übers Ohr gehauen! Bei der Firma Volkswagen, weil ich Lasse anfangs gar nicht leiden kann und dem Produkt VW-Bus einige unseriöse Ziel- und Käufergruppen unterstellt habe (ist natürlich völlig aus der Luft gegriffen!). Darüber hinaus verbrauchen die auch nicht mehr als andere Autos, und die Fahrertüren klemmen statistisch bestimmt maximal genauso häufig wie bei Konkurrenzprodukten. Bei der Firma Volvo, die extrem viele ihrer Autos in dieser Geschichte auf tragische Weise verloren und das definitiv nicht verdient hat. (Ich fuhr selber einen. Er hieß Lars-Åke.) Bei der Frankfurter Kripo, denn es gibt gar keine Kripobeamten mit Oberlippenbart oder Schimanski-Blick. Noch nie gesehen! Bei allen Sozialpädagogikstudenten (vor allem bei denen im zehnten Semester), bei allen Esoterikerinnen, bei allen Frauen, die mit dem Freund ihrer besten Freundin

durchgebrannt sind, bei allen frankophilen Therapeuten, ob Hochstapler oder nicht, bei allen fünfundsechzig-
jährigen Frührentnern, die es geschafft haben, sich eine
fünfundzwanzig Jahre jüngere Freundin zu angeln (Respekt!), und abschließend und prophylaktisch bei jedem,
dem ich mit meiner frei erfundenen Geschichte mit frei
erfundenen Figuren ohne jeglichen Realitäts- oder Ver-
gangenheitsbezug irgendwie auf den Fuß getappt sein
sollte.

Alles Zufall! Ich hab's nicht so gemeint.

DANKSAGUNG

Niemand schreibt ein Buch allein, ohne tatkräftige und professionelle Helfer geht es nicht. Daher mächte ich mich ganz herzlich bei meinen Testlesern, Dr. Olaf Leue (Danke für den scharfen Blick und die Unterstützung!) und Dr. Bettina Storcks bedanken, die gleichzeitig eine geschätzte Kollegin und Freundin von mir ist. Mein weiterer Dank gilt meinem Agenten Joachim Jessen, der mir mit Rat und Tat stets zur Seite stand, und natürlich dem tollen Team von dtv, allen, die mit diesem Projekt befasst waren und sind, insbesondere Bianca Dombrowa und meiner Lektorin Elisabeth Kurath, die aus meinem Text noch mehr herausgeholt und der Rainer auf Seite 229 seine oberstkrass-kreative Gesichtsfarbe zu verdanken hat, ne. Mein ganz besonderer Dank jedoch gilt meiner Freundin und Kollegin Heike Koschyk; ohne sie stünde ich als Mensch und Autor heute weder da, wo ich bin, noch wäre jemals dieses Buch entstanden. Sollte ich jemanden vergessen haben, geschah dies nicht vorsätzlich.

DAS KLEINE ELCHSCHEISSE-SCHWEDISCH-KOMPENDIUM

Die in diesem Buch verwendeten schwedischen Sätze und
Vokabeln in der Reihenfolge ihres Erscheinens: (Und das
Allerbeste: Man kann sie auch für beliebige andere Ge-
schichten verwenden!)

Schwedisch	Deutsch
Gödseltorp	Erfundener Ortsname. Frei übersetzt *Misthausen* (oder wahlweise *Drecksnest*).
Gödselsjö	Erfundener Gewässername. Frei übersetzt *Mistsee*.
Okej, det ska jag göra.	Okay, das mache ich.
Jaså, du pratar svenska?	Ach was, du sprichst Schwedisch?
Ja, men bara lite grann. Jag har glömt det mesta.	Ja, aber nur ein klein wenig. Das meiste habe ich vergessen.

Hej då och lycka till.	Tschüss und mach's gut.
Vägkarta	Straßenkarte
Vill du prata perfekt svenska? Inget problem!	Du willst perfekt Schwedisch sprechen? Kein Problem!
Hur kan jag hjälpa dig?	Wie kann ich Ihnen/dir helfen?
Vad synd!	Wie schade!
Tio	Zehn
Har ni någonting att de-klarera?	Habt ihr/Haben Sie etwas zu verzollen?
Nej	Nein
Svampar o fred	Pilze und Frieden
Elva	Elf
Viltövergång	Wildwechsel
Skulle jag kunna få betala?	Kann ich bezahlen?

Sexhundratrettiosju kronor	Sechshundertsiebenund- dreißig Kronen
Självklart	Natürlich / klaro
Snaps och brännvin, förstår du?	Schnaps und Branntwein, verstehst du?
Satans oväsen	Höllenlärm
Tolv	Zwölf
Gäststuga	Gästehaus. Mehrzahl: *gäststugor*
Faluröd	Eisenoxydrot
Tretton	Dreizehn
Vem är du? Vad gör du här på min gård?	Wer bist du? Was machst du hier auf meinem Hof?
Fjorton	Vierzehn
Försvinn!	Verschwinde!
Lingonbröd	Preiselbeerbrot
Surströmming	Saurer Strömling/Hering

Blodpudding	Blutpudding (klingt lecker, nicht wahr?). Schwedische Variante der Blutwurst
Lönnebergsskinka	Lönneberger Schinken
Kanelbulle	Zimtschnecke mit Kardamom. Mehrzahl: *kanelbullar*
Femton	Fünfzehn
Midsommar	Mittsommer
Skål!	Zum Wohl!/Prost!
Försäkringar och Fastigheter	Versicherungen und Immobilien
Köttbullar	Fleischbällchen
Sexton	Sechzehn
Sjutton	Siebzehn
Lättöl	Dünnbier
Tack för maten.	Danke für das Essen.
Arton	Achtzehn

Nitton	Neunzehn
Utedass	Toilettenhäuschen
Hej vännen, pratar du lika bra svenska som din kompis Torsten?	Hallo, (mein) Freund. Sprichst du auch so anständig Schwedisch wie dein Freund Torsten?
Tjugo	Zwanzig
Tjugoett	Einundzwanzig
Midsommarafton	Mittsommerabend. Freitag vor dem Mittsommerfest
Nubbe	Schnaps/Kurzer (ugs.)
Helan går sjung hoppfaderallanlallanlej, helan går sjung hoppfaderallanlej. Och den som inte helan tar han heller inte halvan får. Helan går …	Das Trinklied, (sehr) freie Übersetzung: Hau wech! Sing hoppfaderallanlallanlej. Hau wech! Sing hoppfaderallanlej. Und wer es nicht schafft, der kriegt kein halbes Schaf. Hau wech …

Sjung hoppfaderallanlal-lanlej	Sing hoppfaderallanlal-lanlej
Tjugotvå	Zweiundzwanzig
Tjugotre	Dreiundzwanzig
Tjugofyra	Vierundzwanzig
Tjugofem	Fünfundzwanzig
Tjugosex	Sechsundzwanzig
Tjugosju	Siebenundzwanzig
Polis	Polizei
Tjugoåtta	Achtundzwanzig
Tjugonio	Neunundzwanzig